FOLIO POLICIER

Chang Kuo-li

Le sniper,
son wok et son fusil

Traduit du mandarin (Taïwan)
par Alexis Brossollet

Gallimard

Titre original :

炒飯狙擊手

© *Chang Kuo-li, 2019.*
All rights reserved.
Published in agreement with Chang Kuo-li c/o Marco Polo Press,
a division of Cite Publishing Ltd., in association with
The Grayhawk Agency, through Anna Jarota Agency.
© *Éditions Gallimard, 2021, pour la traduction française.*

Chang Kuo-li, né en 1955, longtemps rédacteur en chef du *China Times Weekly*, est l'auteur d'une trentaine de livres, dont plusieurs ont été adaptés à la télévision et au cinéma.

Linguiste, historien, poète et dramaturge, il est également critique. Il vit à Taïwan.

Personnages principaux

Pour les noms chinois, la transcription utilisée dans le texte est suivie entre parenthèses des caractères chinois traditionnels et de la transcription *pinyin*. Le nom de famille vient en premier, suivi du prénom en une ou deux syllabes.

Les assassins

Ai Li (艾禮, *Ai Li*), alias « Alex Lee ». Manie aussi bien le fusil que le wok.

Chen Li-chih (陳立志, *Chen Lizhi*), alias « le Gros ». Un camarade du précédent.

Les assassinés

Kuo Wei-chung (郭為忠, *Guo Weizhong*). Un marin.

Chiu Ching-chih (邱清池, *Qiu Qingchi*). Un officier d'état-major.

Chou Hsieh-ho (周協和, *Zhou Xiehe*). Un conseiller.

Les policiers

Superintendant Wu (伍, *Wu*). Un policier en fin de carrière. Son fils : « Fiston ».

« Crâne d'œuf », un superintendant général, le supérieur de Wu.

Le chef du Bureau des enquêtes criminelles, supérieur de Crâne d'œuf et de Wu.

Et quelques autres

Huang Hua-sheng (黃華生, *Huang Huasheng*), alias « Tête-de-fer ». Un officier de terrain.

Lo Fen-ying (洛紛英, *Luo Fenying*), alias « Bébé ». Une orpheline.

Hsiung Ping-cheng (熊秉誠, *Xiong Bingcheng*). Un autre marin.

Lili, une tenancière de café. Son père, M. Chu (朱, *Zhu*) ; les amis de ce dernier.

Shen Kuan-chih (沈觀止, *Shen Guanzhi*), alias « Peter Shan ». Un commerçant.

Paulo, Tsar, Cravate : des camarades d'Alex Lee.

Je remercie Hou Erh-ko, « le Vieux Fou du rivage »,
pour l'inspiration et pour ses conseils
techniques professionnels.

« *Il existe trois sortes de tireurs d'élite. Au niveau de la section ou de la compagnie de combat, les tireurs de précision visent les soldats ennemis en approche, les chefs de chars, les véhicules. Le but est d'effrayer l'adversaire, de l'empêcher de progresser. Les tireurs d'élite tactiques, eux, agissent au niveau de la brigade ou de la division. Ils éliminent les snipers ennemis, les officiers supérieurs ou d'autres objectifs prioritaires. Et puis… »*

Il s'interrompit et jeta son cigare, sur le point de brûler sa moustache, dans sa tasse de café : « *Et puis vous avez ceux qui tirent le moins souvent possible, qui restent planqués derrière les lignes ennemies et se préparent à tuer l'ennemi désigné, d'un seul tir, au moment opportun. Ceux-là, je les appelle les snipers stratégiques… »*

PREMIÈRE PARTIE

1

Rome, Italie

5 h 12, La Spezia, Italie. Il monta dans le train, rabattit la capuche de son sweat-shirt sur son visage et s'endormit. Bercé par le mouvement du train, il arriva à 6 h 22 en gare de Pise.

Il ne prendrait pas la navette pour aller voir la tour penchée sur la Piazza dei Miracoli et s'imaginer Galilée, à la fin du XVIe siècle, jetant de son sommet deux sphères de plomb de masse différente et découvrant les principes de la chute des corps. Ni ne se ferait prendre en photo, une main soutenant la tour, pour démontrer la puissance de l'illusion créée par la parallaxe.

Avant de descendre, il se rendit aux toilettes, jeta le sweat jaune clair à la poubelle et enfila une veste de survêtement rouge. Il changea rapidement de quai, sauta dans le 3100, départ à 6 h 29. Il trouva une place assise et se rendormit.

Les trains du matin sont rarement en retard. À 7 h 29, il arriva en gare de Florence-Santa-Maria-Novella, ouvrit les yeux, découvrit que le train s'était rempli de passagers. La plupart, en sortant de la gare, partaient à la recherche de la grande coupole que Brunelleschi avait construite pour la cathédrale Santa Maria del Fiore, dont ils allaient gravir, suant et soufflant, les quatre cent soixante-trois marches étroites pour admirer dans la bise mordante, rayonnants de fierté, la vieille cité étalée à leurs pieds.

Selon le plan initial, il n'avait qu'à changer de quai et prendre le 9503 de 8 h 08 pour Rome. Mais il se ravisa brusquement, entra dans les toilettes de la gare, échangea son survêt rouge contre un court manteau noir. Il s'apprêtait à fourrer la veste de survêtement dans la cavité au-dessus de la cuvette, quand il se souvint du vieillard assis dehors.

Peut-être pas un vieillard, d'ailleurs. Juste un peu dégarni, et recroquevillé sur lui-même, à gauche en sortant des toilettes, le visage enfoui dans ses bras posés sur ses genoux. Il drapa doucement les épaules de l'homme de la veste rouge.

Il sortit, se dirigea vers la gare routière. Un car partait pour Pérouse à 8 h 02, s'arrêtant dans toutes les petites villes sur son trajet, mais il avait encore largement le temps. Sa seule erreur : c'était un car de tourisme ; il aurait dû garder son sweat à capuche, le manteau noir lui donnait l'air trop sérieux.

Trop tard pour les regrets. Il sortit un sac de voyage noir de sa valise, abandonna celle-ci derrière un kiosque à journaux.

Le car partit à l'heure. À Arezzo, en Toscane, il s'acheta un café et un croissant au chocolat.

De vraies fourmis, ces Italiens, avec leur amour du sucre.

Il arriva à Pérouse à 10 h 54. Pas le temps de rêver au célèbre civet de lièvre local. Il pressa le pas, entra dans la gare, grimpa dans le 2483 partant à 11 h 05.

Cette fois-ci, il ne se changea pas mais se contenta de coiffer une casquette des Yankees. Il avait près de trois heures de trajet pour terminer sa sieste.

Il y avait peu de passagers : quatre backpackers à l'accent écossais, trois hommes d'affaires qui s'empressèrent d'allumer leur ordinateur portable, et une jeune touriste seule, sans doute de Taïwan ou hongkongaise. Il s'assit au fond du wagon, sombra dans le sommeil.

Ce n'étaient pas simplement les suites de sa nuit blanche. C'était surtout qu'il n'aurait peut-être pas d'autre occasion de dormir avant longtemps.

Le train arriva en gare de Rome-Termini à 14 h 01 avec cinq minutes de retard. À peine descendu du train, il se noya dans la marée humaine affairée. Mais il ne suivit pas le flot des voyageurs vers la Piazza della Repubblica : il obliqua vers le sud en quittant la gare, jusqu'aux consignes automatiques, à côté d'un café. Il sortit une clé de sa poche, ouvrit un casier. Parfait : les deux sacs en plastique à cordon de serrage étaient là. Il les prit, traversa l'avenue, emprunta une ruelle et entra un peu au hasard dans une petite boutique tenue par un Algérien. Lui acheta une veste de chasse marron foncé renforcée de cuir aux coudes et une valise à roulettes décorée d'un ourson.

Derrière la gare, les rues étaient pleines de clochards et de réfugiés. Il vérifia l'adresse, se retrouva devant un immeuble d'un jaune grisâtre crasseux, comme recouvert d'une couche de peinture aux gaz d'échappement. Il appuya sur la sonnette du cinquième étage. La porte en verre s'ouvrit immédiatement.

Trois hôtels se partageaient l'immeuble : l'hôtel Hong Kong, l'hôtel Shanghai, et l'hôtel Tokyo, au cinquième, où il s'arrêta. Un type d'âge mûr, arborant fièrement un ventre monumental, lui prit ses trente euros sans poser de question et lui remit sa clé.

La chambre était sobre : un lit, une chaise, une télé si petite qu'il fallait coller le nez dessus pour y voir quelque chose.

À 14 h 40 pile, le téléphone, presque une antiquité, sonna sur la table de chevet. Il souleva le combiné et entendit une voix féminine, qui le perturba. Était-ce elle ?

— Hôtel Relais Fontana di Trevi.

— Et Tête-de-fer, l'instructeur ?

Elle dit à voix basse, ne manifestant aucune émotion :

— La chambre est réservée. Servez-vous du passeport numéro deux.

Puis raccrocha sans lui laisser le temps de répondre.

Il ouvrit la valise à l'ourson. À l'intérieur : un autre sac de voyage et des vêtements. Il enleva sa parka et son jean, les fourra dans la valise qu'il rangea sous le lit. Enfila une veste et un pantalon noirs, posa sur sa tête un bonnet en laine noir surmonté d'un casque audio, sortit de sa chambre avec le sac en bandoulière.

Personne au comptoir. L'obèse regardait un match de foot à la télé dans l'arrière-salle. Il poussa la porte sans rien dire et descendit en louvoyant entre les rebuts qui encombraient l'escalier.

Plusieurs bicyclettes étaient stationnées dans la rue. Il sortit une pince multifonctions de sa poche, sectionna la chaîne qui retenait l'une d'elles à son râtelier en métal, lança rapidement la machine en avant, bondit en selle. Prit vers l'ouest à travers les rues étroites, abandonna le vélo à la station de métro Barberini, rattrapa un groupe de touristes japonais qui trottinait derrière un fanion, le suivit jusqu'à la Piazza di Trevi, noire de monde. Là, il quitta ses Japonais aux cheveux gris et se faufila jusqu'à l'hôtel, au sud de la fontaine. Tendit son passeport à un beau jeune homme au sourire avenant, qui le vérifia et le lui rendit accompagné d'une clé au format carte de crédit. Il n'avait pas ouvert la bouche.

— *One night only ?* demanda le réceptionniste.

Il hocha la tête en souriant.

— *From Korea ? My girlfriend can speak a little bit Korean.*

Il sourit et hocha la tête.

Il avait laissé au type de l'hôtel de Tokyo l'image d'un Asiatique quelconque, et se présentait au jeune homme en face de lui comme un Coréen timide qui ne baragouinait pas un mot d'anglais.

Il entra tranquillement dans l'ascenseur, arriva sans encombre à la chambre 313.

Cent cinquante euros lui donnaient droit à une chambre remplie de la clameur de la foule, pas plus décorée qu'insonorisée.

Il sortit l'un des sacs récupérés à la consigne, desserra le cordon d'un geste brutal des deux mains. Il en tomba une grande enveloppe cartonnée, contenant deux photos : l'une d'un homme, asiatique, d'âge moyen, prise de trois quarts face ; l'autre, de ce qui semblait être une terrasse de café. Une croix était tracée sur l'une des tables.

Il ouvrit le second sac de la même façon. À

l'intérieur, un portable à l'ancienne, un bête Nokia 7610 à coque argentée, qu'il glissa dans sa poche.

Il renversa son sac Adidas, déballa une lunette de visée enveloppée dans deux sous-vêtements, se posta à la fenêtre et balaya lentement les alentours de la fontaine de Trevi. Malgré le froid glacial, trop de gens se pressaient ici, trop de silhouettes mouvantes bloquant sa ligne de visée.

Pourquoi lui refiler une mission dans le site touristique le plus fréquenté de la planète ?

Chaque jour, trois mille euros en petites pièces étaient balancés dans la fontaine et des dizaines de milliers de photos de touristes montrant le dieu des mers en arrière-plan étaient mises en ligne.

Il enfila un pull à col roulé, chaussa des lunettes de soleil et descendit, son appareil photo lui battant la poitrine.

Tête-de-fer disait : si tu ne peux pas changer le décor, fonds-toi dedans.

Il se joignit à la foule, flâna un moment devant les boutiques de souvenirs autour de la fontaine, s'assit dans un café. Commanda un *macchiato*, y versa deux petites cuillerées de sucre comme font les Italiens, mordit dans ce qui devait être l'un de ces fameux *cannoli* siciliens.

Il ouvrit son roman, un Donato Carrisi, entre les pages duquel il avait glissé les photos. Bingo : la table la plus proche de la vitrine, à l'extérieur, était bien la même que celle marquée d'un X sur la photo. Elle était visible de sa chambre, la distance d'environ cent vingt-cinq mètres. Pas ou peu de vent, grâce aux immeubles qui entouraient la place. Pas d'obstacles au tir. Sauf les touristes.

À chaque problème soulevé répond une solution. Le temps de réaction à une grosse frayeur, pour les gens normaux, est de quatre secondes en moyenne. Disons trois, pour se donner une marge de sécurité. Au pire, il devrait donc traiter la cible dans les trois secondes après avoir réglé la question d'un éventuel passant dans sa ligne de mire. Trois secondes pour tirer de nouveau après la chute de la première victime.

À part la dépense d'une deuxième cartouche, rien de vraiment gênant. Il leva son appareil photo, prit un cliché du Neptune à moitié nu, espérant ne laisser aux employés du café que l'image d'un Oriental anonyme parmi des milliers d'autres.

Le problème des *cannoli*, c'était les miettes qui tombaient sur les pages du livre et laissaient des taches graisseuses. Il en arriva à la mort de Billy, le gamin de l'orphelinat. Billy, qui avait vu de ses propres yeux les cadavres de ses parents pendus se balancer et avait desserré calmement les nœuds coulants pour les détacher. Billy, le plus joyeux des seize orphelins, toujours un sourire au coin des lèvres. Mais Billy était mort. La cause officielle du décès était une méningite, mais la police avait rouvert le cercueil pour une autopsie et découvert qu'il avait tous les os brisés. Il avait été battu à mort.

Billy souriait-il encore, juste avant de mourir ?

Il s'arracha à sa lecture avec réticence et glissa le roman dans sa poche. Peut-être aurait-il le temps de le finir dans le train du retour. Il devait savoir qui avait tué le garçon. Ça lui restait en travers de la gorge comme un glaviot tenace.

Il ne mangerait plus de *cannoli* tant qu'il ne connaîtrait pas le fin mot de l'histoire.

2

Taipei, Taïwan

Wu reposa ses baguettes et régla l'addition. Il avait la flemme de retourner au bureau. Il héla un taxi, prit l'autoroute, traversa Shenkeng et se fit déposer au poste de police de Shiding, où l'attendait Chen Li-chang.

Chen avait soixante-dix ans bien tassés et pas mal de dents en moins. Au bout de dix minutes, le visage de Wu était constellé de postillons. Il comprenait confusément que l'un des administrés de Chen, Wang Lu-sheng, quatre-vingt-sept ans, avait disparu depuis belle lurette. Chaque fois que Chen venait aux nouvelles, les deux fils de Wang disaient que leur vieux papa était à l'hôpital. Quel hôpital ? Affaire de famille, répondaient-ils, ça ne vous regarde pas. Alors Chen, en bon chef de village, s'était rendu à l'hôpital des vétérans où il avait vérifié les listes d'admission, puis s'était renseigné à l'hôpital interarmées. Pas de Wang Lu-sheng. Chen flairait du louche ; il avait prévenu la police.

Le vieux Wang aurait-il pu perdre la boule et s'égarer ? Ou se faire renverser par une voiture et mourir dans une quelconque ruelle ?

Peut-être, mais puisque ses enfants n'avaient pas signalé son absence, le vieux Chen, épuisé mais véhément, avait dû se résoudre à faire son devoir.

Eh bien, allons voir sur place.

Wu partit vers Wutuku dans une voiture du poste de police, escorté de deux bleusailles fraîchement sorties de l'école de police, trois étoiles et un trait dorés encore tout brillants sur leur poitrine.

Ils quittèrent la route principale, prirent la cantonale, puis le chemin vicinal, puis une piste qui elle-même s'évanouissait après quelques kilomètres.

Au flanc d'une colline se dressait une construction en tôle ondulée de légalité douteuse. Les murs de briques de la maison d'origine étaient écroulés comme ceux d'un site historique oublié du budget du patrimoine. Partout gisaient des tuiles brisées, et aux angles des arbustes poussaient dans les crevasses, menaçant de percer la toiture. Impossible d'échapper au vent et à la pluie. Les propriétaires avaient dû calculer le coût des réparations et décider que le jeu n'en valait pas la chandelle ; quelques poteaux recouverts de plaques de tôle présentaient l'avantage d'éviter le permis de construire et, incidemment, de jouir à peu de frais de la forêt domaniale.

La voiture s'arrêta au bout de la piste boueuse et trois chiens noirs surgirent en aboyant. Les jeunes recrues ayant l'air d'hésiter, Wu sortit en premier et jeta dans une bassine au pied du mur les restes d'un repas à emporter oubliés sur le siège arrière du véhicule. Pendant que les bêtes se battaient pour la nourriture, il leur passa la laisse au cou.

— Ses enfants sont là ?

— Ils étaient là ces derniers jours, dit un Chen inquiet.

— Ils s'appellent comment ?

— Dans le coin, l'aîné on l'appelle le Grand, le cadet c'est Gamin.

Wu hocha la tête et s'avança jusqu'à la porte de tôle, où une odeur de colle forte lui sauta aux narines. Il ouvrit l'étui de son pistolet, passa la main dans sa brosse grise mouillée de crachin, releva la manche de son imperméable et ouvrit la porte d'un vigoureux coup de pied.

— Hé, les abrutis ! Le Grand ! Gamin ! Sortez d'ici !

Il ne reçut pour toute réponse qu'un fracas indistinct. Il entra dans la bicoque d'un pas décidé et en ressortit très vite, poussant devant lui deux types décharnés d'une cinquantaine d'années, qu'il plaqua contre le capot de la voiture.

— Foutez-leur les menottes. Ils ont de la drogue à l'intérieur. Cherchez-moi le vieux aux alentours.

La baraque, adossée à une falaise, était entourée de forêt sur trois côtés. Le voisin le plus proche vivait au pied de la colline.

Ils ne trouvèrent pas le vieillard, mais des traces d'héroïne dans des sacs plastique et des aiguilles usagées. Détention de stupéfiants de première catégorie : trois ans de prison maximum, mais un casier chargé et deux cures de désintoxication ratées aux frais de l'État alourdiraient la peine. Sur la table, un grand pot de colle forte, vide aux deux tiers, côtoyait un tas de sacs plastique jaunis.

Ils n'avaient plus les moyens pour l'héroïne et s'étaient rabattus sur la glu. Tel était le destin des junkies.

Wu se foutait des drogues. Où était Wang ?

L'aîné, dit le Grand, était accroupi près de la voiture : air ahuri, yeux chassieux, bave aux lèvres. Le cadet pouvait au moins se tenir debout, un pied nu et l'autre chaussé d'une sandale en plastique, tous deux maculés de boue.

— Tu ne vas pas t'en tirer avec une énième cure de désintox forcée, Gamin. Cette fois c'est la taule, et tu pourras célébrer tes soixante balais en sortant. Alors dis-moi, où est ton père ?

Gamin baissa les yeux sur la boue qui couvrait ses pieds. Wu lut les données qui s'affichaient sur son téléphone.

— Oui, ton père. Wang Lu-sheng, quatre-vingt-sept ans, adjudant à la retraite. Ça te dit quelque chose ?

Silence. Wu fit les gros yeux et haussa le ton :

— Je te le demande gentiment une dernière fois. Où est-ce que vous avez enterré le vieux Wang, salopards ?

Il saisit Gamin par le cou.

— Il est mort depuis quand ? Sa retraite d'adjudant, son alloc vieillesse, ça fait combien d'années que vous vous les foutez dans les poches ?

C'était la conclusion logique du rapport du vieux Chen. Rien d'inhabituel. Les deux fils étaient drogués et jouaient les voleurs de poules depuis l'âge de dix-sept ou dix-huit ans. Ils n'avaient jamais eu d'emploi stable et toute la famille vivait des pensions de Wang Lu-sheng. Que personne n'avait vu depuis des années. Wu soupçonnait que, pour continuer à toucher l'argent, ses fils l'avaient enterré en douce et gardé bouche cousue.

Les renforts arrivèrent du commissariat de Xindian et du Bureau des enquêtes criminelles. Wu se dirigea vers la forêt de bambous, entraînant Gamin – dont les yeux larmoyants et la morve au nez annonçaient une crise de manque.

— Il s'est occupé de vous pendant cinquante ans, et à sa mort tout ce que vous, les deux crevures, avez fait pour lui, c'est lui creuser une tombe en deux, trois coups de pelle sur la colline ? T'as pas honte ? Tu es pire qu'une bête ! Allez, parle ! Où est-il ?

Gamin s'effondra dans la boue, et ce fut le Grand, soutenu par deux policiers, qui les guida finalement dans la forêt jusqu'à cinq grosses pierres entassées.

— Nous… nous… nous venons nettoyer la tombe chaque année, pour la fête de Ch'ingming.

De la voix noyée de larmes d'un fils en deuil.

— Ta gueule, trouduc.

Sur le ton rageur d'un flic en colère. Wu se lâcha, l'envoya d'une gifle rejoindre son frère dans la fange.

On enfila des masques. Après quelques coups de pelle, une atroce puanteur envahit le bosquet. C'était une région pluvieuse, et le cadavre avait été déposé à même la boue, sans cercueil, ni même une natte en guise de linceul.

Digne sortie de scène pour une vie consacrée à deux fils ingrats.

Wang avait succombé à la maladie quatre ou cinq ans auparavant. Ni le Grand ni Gamin ne pouvaient préciser quand. Ils n'étaient même pas sûrs des causes du décès. Un jour, Gamin était rentré à la maison et l'avait trouvé sur son lit, mort.

Combien de temps était-il resté allongé sur ce matelas de récupération ?

Ils ne savaient pas non plus. Le Grand déclara qu'à l'époque, il bossait dans le bâtiment à Yilan, et Gamin sur un navire de pêche. Ils n'étaient pas revenus pendant plusieurs mois. Wang était mort tout seul sur son coin de colline à Shiding. Gamin n'avait pas appelé l'ambulance et avait dormi dix jours auprès du cadavre en attendant son frère. Ils avaient décidé de planquer le corps et de continuer à toucher la pension, grâce au sceau et au livret de dépôt du mort.

Si le vieux chef de village ne s'en était pas mêlé, Wang Lu-sheng aurait pu atteindre quatre-vingt-dix ou même cent ans. Avec un peu de chance, il aurait pu devenir immortel, se disait Wu.

Le procureur fuyait le bosquet de bambous en se bouchant le nez. Avant de quitter les lieux, il signa le mandat d'arrêt pour le Grand et Gamin. Les agents du Bureau des enquêtes criminelles refusèrent de les embarquer de peur d'empester leur véhicule. Les flics futés de Xindian dégotèrent un robinet et un tuyau d'arrosage, et les deux frères eurent droit à une douche en règle.

Arroser deux délinquants à l'eau glacée par ce temps, est-ce que ça comptait comme brutalité policière et violation des droits de l'homme ? Ce n'était pas le problème de Wu.

Il refit plusieurs fois le tour de la baraque. À l'extérieur, des bouteilles de gaz rouillaient ; à l'intérieur, l'électricité était coupée, et le frigo, qui servait d'étagère, vide. À part quelques vieux bols de nouilles instantanées grouillant de cafards, il n'y avait là rien de comestible pour des êtres humains. Comment n'étaient-ils pas morts de faim ?

Il trouva une pile de factures d'électricité. Ils ne payaient plus depuis quinze mois, et le courant avait été coupé six mois auparavant.

Un vieux bidon d'essence servait de brasero, avec une marmite suspendue au-dessus des cendres. Une couche de moisissure verdâtre recouvrait les restes non identifiables de leur dernier repas.

Ils n'étaient plus que des épaves vidées de leur substance par leur addiction à la colle. Peu de chances qu'ils se préoccupent de leur régime alimentaire.

Wu prit un sentier étroit et si peu entretenu qu'il devait se plier en deux pour progresser péniblement. Il déboucha sur une cahute aux parois en contreplaqué. Probablement les latrines. Sinon, pourquoi est-ce que ça puerait autant ? Un pied de femme, chaussé d'une sandale à talon plat, dépassait sous la porte en bois qui pendait de guingois : il n'eut même pas besoin de l'ouvrir. Il sortit son téléphone. Pas de réseau. Il revint à la baraque de tôle, composa le numéro des policiers de Xindian et hurla lorsqu'ils décrochèrent :

— Dans les bois ! Un cadavre de femme !

Les flics de Xindian et ceux du Bureau des enquêtes criminelles durent faire demi-tour avant même d'avoir quitté les collines de Wutuku.

Une brève recherche à partir de l'ordinateur de bord de la voiture indiqua que Gamin avait divorcé à deux reprises, de la même épouse : une femme de chambre qui travaillait dans un hôtel de la station thermale des monts Wulai. Il semblait bien qu'ils s'étaient retrouvés une dernière fois.

Elle avait été battue à mort. Les ecchymoses

étaient encore visibles sur les chairs décomposées. Une batte de base-ball gisait dans l'herbe, cabossée, tachée de sang, couverte des empreintes digitales et palmaires de Gamin. Wu pouvait presque y sentir des remugles de vieux pas lavé et de slip pas changé.

Quelques coups de téléphone révélèrent que Gamin et sa femme avaient un fils, qui purgeait depuis un an une peine de dix années pour fraude informatique, dans une prison de Canton, aux frais du contribuable continental.

Wang Lu-sheng s'était engagé, encore mineur, dans les rangs de l'armée nationaliste au Shandong. Il s'était battu dans toute la Chine contre les Japonais, puis contre les communistes à Hsüchou, avait vécu la bataille de Kuningtou et les bombardements de Quemoy, reçu la médaille des Défenseurs de la Patrie (deuxième classe), et celle de la Loyauté et de la Valeur pour bravoure au combat. Il avait finalement pu rejoindre Taïwan même pour y fonder un foyer – tout ça pour que trois générations de la famille connaissent ce sort ignominieux.

Gamin, encore à poil, sautait d'un pied sur l'autre en se couvrant les parties de ses mains. Wu s'empara du tuyau, ouvrit le robinet à fond, et braqua le jet sur ses fesses flétries :

— Il aurait mieux fait de se contenter de clébards !

Un appel de Crâne d'œuf sauva Gamin d'un rhume certain. Le téléphone convoyait fidèlement son rire bizarre.

— Mon vieux Wu, que dirais-tu d'un petit détour par Keelung pour y goûter les sandwichs gastronomiques du marché de nuit ?

— Dis un chiffre : combien de jours il me reste à tirer avant la retraite ?

— Douze. C'est marqué sur mon tableau blanc, et chaque jour j'en efface un. Pour toi.

— Et au lieu de laisser un pauvre vieillard en paix, tu l'envoies à Keelung ?

— On est complètement débordés en fin d'année, et tu sais bien que le nouveau chef est du genre impatient. T'inquiète, c'est un cas de suicide simple, tu débarques, tu jettes un coup d'œil au corps et à l'arme, tu rentres et tu rédiges ton rapport. Après, c'est pour le pathologiste.

— Ah, il te reste un brin de conscience. Tu m'as choisi délibérément un boulot si passionnant que je vais regretter de partir.

Encore ce gloussement de poule étranglée.

— Écoute, rapporte-moi deux sandwichs – au ketchup, pas de mayo. Ce soir je risque encore de ne pas être à temps à la maison pour dîner.

Wu agita la main pour intercepter une des voitures de Xindian :

— Vous me déposez à Keelung ?

Le flic en tenue au volant s'étonna timidement :

— À Keelung, monsieur ?

— Oui, dit Wu en se penchant pour entrer dans le véhicule, il paraît que Crâne d'œuf, chef de section au Bureau des enquêtes criminelles, vous offre des sandwichs. Vous êtes contents ?

Ils ne l'étaient apparemment pas assez pour applaudir, mais la voiture s'élança sous le crachin. Ce jour-là, le thermomètre était descendu à huit degrés, record pour la saison, et la pluie ne cessait de tomber.

3

Keelung, Taïwan

La pluie tombait encore plus fort. Keelung était bien ce « port pluvieux » qui ne voyait pas le soleil deux cents jours par an.

Quand le véhicule arriva à l'hôtel des Lauriers, au sud du port, Wu se revigorait en ingurgitant un grand café acheté au 7-Eleven. Il monta par l'ascenseur vitré, contemplant deux frégates de classe Cheng Kung paresseusement amarrées aux pontons de la Marine, au-delà de la digue.

Des policiers s'agglutinaient devant la chambre 917. Dès sa sortie de l'ascenseur, Wu fut saisi par la puanteur douceâtre qui traînait dans le couloir, et il demanda un masque à l'un des flics en tenue.

Le major Kuo Wei-chung, embarqué sur le destroyer *Kee Lung*, s'était tué le matin même, et la police de Keelung, en recevant l'appel de l'hôtel, s'était empressée de prévenir le Bureau avant de se rendre sur place.

Le mort, assis bien droit à la fenêtre donnant sur la mer, portait une impeccable tenue de travail bleu gris de la Marine. Il avait appuyé le canon de son pistolet contre sa tempe droite. La balle était ressortie par le côté gauche du crâne, accompagnée de projections de sang, de morceaux de cervelle et de fragments d'os, souillant des draps de lit auparavant blancs comme neige et toujours sans une ride.

L'arme : un pistolet semi-automatique modèle T75, version locale du Beretta M92F fabriquée par le 205e Arsenal. Calibre : 9 mm ; portée pratique : cinquante mètres ; chargeur de quinze cartouches. Réputé obsolète et imprécis. Mais il était difficile d'être très imprécis quand on se tirait dans la tempe droite, de la main droite.

Les policiers de Keelung avaient isolé l'étage et prévenu la Marine depuis une demi-heure. Sept marins en uniforme s'alignaient devant la porte. La chambre elle-même, derrière un ruban de signalisation, relevait encore de la police ; les militaires devaient se contenter d'observer.

Wu parcourut les informations disponibles : Kuo Wei-chung, trente-huit ans, major, navigant, marié, deux fils, domicilié à Taipei. À la demande de la police, la Marine avait envoyé une voiture chercher Mme Kuo, afin qu'elle identifie le corps.

Wu se retourna brusquement en entendant un « Garde à vous ! » jailli des entrailles d'un des matafs. Trois officiers pénétraient dans la chambre. À leur tête, un capitaine de vaisseau* qui parcourut la pièce du regard en se couvrant le nez.

— Qui est le policier responsable ici ?

Wu était contrarié. Qui les avait laissés entrer sur une scène de crime ?

---

* Ce grade est l'équivalent, dans la Marine, de celui de « colonel ». (*Toutes les notes sont du traducteur.*)

— C'est moi : Wu, section de lutte contre le crime organisé, Bureau des enquêtes criminelles.

— Trouvons un endroit où parler, dit l'officier impassible.

Ils sortirent de la chambre, s'arrêtèrent devant une fenêtre près de l'ascenseur. Avec son mètre soixante-dix-huit, Wu était plutôt grand, mais l'autre lui rendait une bonne tête et sa carrure trahissait une solide pratique sportive dans sa jeunesse.

— Quel choc que ce drame !... Une ambulance de l'hôpital interarmées est en route pour emporter le cadavre à Taipei.

L'hôpital interarmées ? Wu arracha son masque :

— Nous n'avons pas fini d'examiner la scène de crime et nous attendons le pathologiste.

— Il ne s'agit pas d'un suicide ?

« Suicide, mon cul », songea Wu. Mais il répondit :

— Peut-être pas.

— Mais alors, qu'est-ce que c'est ?

« Un meurtre », pensa Wu. Mais il dit :

— Quelques points douteux restent à clarifier.

— Des points douteux ? grimaça l'officier.

Contenant sa colère, Wu énonça lentement :

— L'anse du mug posé sur la table basse, devant le cadavre, est tournée vers la gauche ; les deux barquettes de légumes à emporter et deux paires de baguettes ; et un pack de bières, dont une canette déjà ouverte et à moitié bue.

— Et... ?

— Il avait fixé un rendez-vous à quelqu'un avant sa mort, et...

— Continuez, dit l'officier en roulant de gros yeux.

— La position du mug. L'anse tournée vers la gauche. Kuo Wei-chung était gaucher.

— Très bien. Il était gaucher. Et alors ?....

La patience d'un individu a ses limites.

— Il est seul, il boit un peu de bière, avale quelques légumes. Son ami ne vient pas, ou bien débarque mais refuse de boire ou de manger, et du coup, dans un accès d'indignation, il décide de changer de main pour se tirer une balle dans la tempe droite ? Juste pour voir s'il est aussi bon de la main droite que de la main gauche ?

— Quel est votre nom ?....

— Je vous l'ai déjà dit : je m'appelle Wu. Vous voulez que je vous l'écrive ?

— Un peu de sérieux, s'il vous plaît.

Ignorant l'interruption, Wu continua :

— Les baguettes maintenant. Le défunt avait déballé les siennes, et les avait posées sur une assiette, à gauche. Il avait posé l'autre paire en face de lui, toujours intacte, comme s'il attendait un ami.

— Un ami ? dit l'officier en fronçant les sourcils.

— Dans la corbeille, nous avons retrouvé un sac au nom du restaurant "le Canard laqué de Nankin", rue Xinyi à Taipei. Donc, il a acheté des plats à emporter à Taipei, a pris le train ou le bus pour Keelung, a trouvé de la bière sur le chemin de l'hôtel, et a dressé la table : la bouffe, la bière, les baguettes, les mugs de l'hôtel. Il attendait quelqu'un. Mais il est de Taipei : pourquoi venir jusqu'à Keelung et s'offrir une chambre d'hôtel pour ça ? Et s'il avait donné rendez-vous à sa maîtresse et fricotait dans le dos de son épouse, pourquoi porter sa tenue de travail ? Une serviette autour de la taille aurait suffi.

— Vous affirmez donc que c'est un meurtre ?

— Plus exactement, je dis qu'il y a suspicion de meurtre.

La porte de l'ascenseur s'ouvrit et Yang, le pathologiste, en sortit en blouse blanche, suivi de deux assistants. Il adressa un signe de tête à Wu et se dirigea vers la chambre 917.

— Vous comptez pratiquer une autopsie ? C'est un militaire, il dépend de nous, vivant ou pas.

— Veuillez en référer à mes supérieurs. Je ne suis qu'un simple policier, j'ai des règles à respecter. Le pathologiste décidera s'il y a lieu de mener une autopsie.

Sans même un au revoir, le capitaine de vaisseau rappela les deux autres d'un signe de la main et reprit l'ascenseur. Wu les suivit. L'officier leva le sourcil gauche et le regarda de biais. Wu se hâta d'expliquer :

— Je descends en griller une.

Le sourcil resta levé. L'homme n'était apparemment pas fumeur.

Sur le parvis de l'hôtel, Wu alluma sa cigarette en accompagnant du regard leur Toyota kaki.

Son téléphone sonna de nouveau. Crâne d'œuf ne riait plus :

— Je viens de recevoir un appel du ministère de la Défense, ils disent que le mort est un sous-off de la marine qui s'est suicidé, mais que tu prétends que c'est un meurtre…

— Une *suspicion* de meurtre.

— Suspicion. D'accord. Le chef veut que tu lui fasses un rapport avant la fin de la journée.

— Je n'attends pas que Yang et ses gars aient fini leurs examens ?

— Non, reviens de suite.

— Je n'aurai pas le temps de t'acheter tes sand-wichs gastronomiques.

— Hé, hé ! Prends ce que tu peux. Des pas trop gastronomiques, ou même des pas gastronomiques du tout, OK ?

La coutume du Bureau était d'attendre que les enquêteurs et les techniciens sur place aient sou-mis leur rapport avant que le chef ne se décide à convoquer, ou pas, une réunion de travail. Et nul n'ignorait que le chef était un homme très occupé, à la vie sociale très riche. Mais aujourd'hui, c'était différent. La mort d'un militaire et celle d'un civil n'avaient-elles pas droit au même traitement ? Com-bien d'étoiles brillaient sur les épaules du général qui avait appelé le chef, et quel air lui avait-il joué ?

Wu avait un très mauvais pressentiment.

Comme quand son fils jetait ses baguettes et quit-tait la table du dîner, abandonnant son bol à peine entamé. Comme quand son fils partait à l'école en coup de vent, laissant ses sandales en vrac devant la porte. Comme quand sa femme rentrait de sa promenade matinale et le réveillait en criant alors qu'il venait de se coucher après une nuit de bou-lot : « Debout ! Le soleil te crame les fesses, tire-au-flanc ! »

Comme quand son chef parlait dans son téléphone en pleine réunion. Comme quand il arrivait à l'aéro-port, après s'être extrait d'un embouteillage terrifiant, pour s'apercevoir qu'il avait oublié son passeport.

Comme là, maintenant, alors qu'il quittait l'hô-tel, et que le chauffeur constatait qu'il n'avait plus d'essence.

Comme quand il était dans une bagnole de flics sans essence qui faisait interminablement la queue à une station-service.

Comme quand il attendait de faire le plein, coincé dans la file entre deux camions à ordures dont les bennes puantes n'étaient pas fermées.

Comme quand il voyait un panneau annonçant une hausse de cinquante cents du prix du litre d'ordinaire.

Comme quand il n'avait plus que douze jours avant de partir à la retraite mais tombait sur une affaire qui semblait bien ne pouvoir être résolue en moins de douze jours.

Comme quand il crachait « Fait... » juste au moment où le chef arrivait et qu'il devait ravaler en vitesse le « ... chier, merde ! » qui suivait, et afficher un sourire de circonstance.

4

Rome, Italie

Il se leva à six heures trente pile, fit ses katas et ses cent pompes, descendit au café pour un panini jambon-laitue et un *latte* qu'il avala en inspectant la fontaine et ses abords. Le temps était froid et humide. La météo prévoyait un long été caniculaire, d'où l'hiver glacial.

Il espérait qu'il se mette à neiger. La neige ferait déguerpir les touristes et lui laisserait une ligne de tir dégagée.

Mais il ne neigeait jamais à Rome. Ce n'était pas le titre d'une chanson ? Il sortit son smartphone. Non : c'était en Californie du Sud qu'il ne neigeait jamais.

Il vérifia de nouveau son itinéraire de repli. Moins de touristes signifierait moins de couverture, mais peut-être aussi moins de danger. Leurs appareils photo et leurs téléphones pouvaient produire des milliers de clichés à la minute. Il suffisait d'un type futé maniant un algorithme quelconque, qui rentre-rait quelques critères de recherche : homme, seul, pressé, portant un sac, le visage probablement dis-simulé, et se noyant dans la foule ; asiatique... En trois secondes à peine le programme sortirait son portrait de face, de profil, et de dos.

Camouflage. Tête-de-fer et tous les instructeurs de la Légion étrangère avaient lourdement insisté : la première tâche du tireur d'élite à son arrivée sur le champ de bataille est de se fondre dans son environnement. De ne rien montrer de remarquable. La vitre lui renvoyait le reflet de son visage pas rasé depuis plusieurs jours. Qu'y avait-il de plus remarquable chez lui ? Son visage d'homme asiatique.

Il réintégra sa chambre après son petit déjeuner pour préparer sa transformation en Occidental. Son modèle : un Américain anonyme, dont il avait trouvé la photo sur Internet. Appelons-le… Tom.

Tom, comme un Romain, est assis dans un café où il mange deux maritozzi à la crème avec son macchiato. Le lait est plus doux pour ses entrailles mal réveillées. Repu, il s'essuie la bouche, renfile sa doudoune et se dirige vers la fontaine, sur laquelle il va bientôt neiger.

Il rentre sa petite bedaine. Tom porte normalement du quarante-huit, mais là, il desserre sa ceinture d'un cran en lâchant un rot discret. La température est proche de zéro, pourtant Tom porte un short et des sandales. Les poils apparents de ses mollets et sa peau blanchie de froid témoignent de son attitude décidément vacancière.

Au cou de Tom : un appareil photo reflex ; sur son dos : un sac plein comme un œuf auquel est accroché un sac de couchage, dont il ne saurait se passer même à l'hôtel. Sous le sac de couchage : une paire de chaussures de randonnée. Sur sa tête : une casquette des Yankees, des Redskins, ou des Dodgers – plutôt celle des *Yankees*, d'ailleurs – de laquelle dépassent des cheveux roux frisés.

La touche finale : un tatouage sur le mollet ; c'est le caractère chinois pour « zen ». En fait une décalcomanie achetée la veille dans la petite boutique. Un détail, remarquable, mais dont il est aisé de se débarrasser ; excellent pour le camouflage.

Quand retentissent les cris aigus, Tom semble tout aussi abasourdi que les autres, puis il cherche des yeux la source des cris, entend quelqu'un hurler « À l'assassin ! » et s'accroupit en hurlant comme ceux qui l'entourent, un Suisse d'âge mûr, une jeune Japonaise, un Coréen qui lève son appareil photo. Il entend « Il y a des morts ! » et il s'enfuit sur les talons du Suisse, renverse la Japonaise, fait tomber l'appareil photo du Coréen sur le pavé.

Tom galope pour sa vie, il en perd une de ses sandales – rien de grave, les Américains portent des chaussettes sous leurs sandales, la police ne trouvera aucune trace d'ADN.

Tom contourne quelques coins de rue, s'engouffre dans le métro près de l'escalier de la Trinité-des-Monts, attend deux minutes, saute dans la rame, descend à Termini, va aux toilettes. Se débarrasse de son short, de la sandale restante, de sa perruque, de sa casquette, de sa doudoune, jette l'oreiller qui lui servait de faux ventre, sort un pantalon et une veste Hugo Boss de son sac à dos, met les chaussures de randonnée, recouvre le sac d'un poncho vert fluo, enfile un bonnet de laine, ressort des toilettes, le sac négligemment pendu à une épaule et la main dans la poche. Cool. Il prend un café au petit stand sur le quai, puis monte tranquillement dans un train pour Florence.

42

*Quand la police italienne aura analysé les innom-
brables images des caméras de sécurité autour de la
fontaine et identifié Tom l'Américain comme suspect,
l'assassin sera déjà dans une venelle autour de la place
principale de Florence, en train de déguster un* lam-
predotto *brûlant – un sandwich à la panse de bœuf.*

Il venait de terminer un panini : le sandwich
devrait attendre. Arrivé à sa chambre, il vérifia son
fusil, une arme de tireur d'élite couramment appelée
le M21. Quand il s'était engagé, il se servait du fusil
d'assaut T65, copie taïwanaise du M16 américain.
Après sa mutation chez les tireurs d'élite, il avait
perçu un vieux M21.

L'armée américaine était passée du fusil M1
Garand au M14 en 1959, et avait créé le M21 en y
rajoutant une lunette à grossissement 9×. Mais ça
restait une arme semi-automatique qui ne méritait
pas mieux qu'une note de 3,5 sur 5 en portée et en
précision. En 1988, le M21 avait été remplacé par
le M24, doté d'un mécanisme à verrou qui lui valait
un point de plus dans chaque catégorie.

Papi, qui s'était servi d'un M14 quand il était soldat, ne tarissait pas d'éloges sur cette arme. Compa-
rée au vieux M1, elle était plus facile à nettoyer, plus
légère et plus précise. Mais les temps changent, et à
côté du M16 de la guerre du Vietnam, le M14 était
lourd et pataud ; plus encore si on le comparait au
SRS, si facile à porter, ou au Barret M107, le nouveau fusil de précision à l'aspect futuriste.

*Au premier jour de l'entraînement, Tête-de-fer,
debout sur son estrade, assemblait un M21 en silence,*

caressant le fût en bois du fusil entre la crosse et le mécanisme.

« À partir de dorénavant, la personne dont vous serez le plus proche ne sera plus ni votre copine, ni votre maman, ni la crevette que vous vous trimballez dans le falzar. Ça sera ce grand garçon. Il est moche, d'accord – encore plus moche que votre copine, mais il a un chargeur de dix cartouches et pèse 4,5 kg à vide. C'est trop léger ? Vous avez peur que le vent le dévie au moment de tirer ? Pas de problème, on va l'alourdir un peu. »

Tête-de-fer inséra un chargeur rectangulaire dans le fût et verrouilla une lunette tactique ART au-dessus du canon.

« Maintenant, il pèse 5,6 kg. Alors ? Ça commence à sentir le sang frais, pas vrai ? »

Personne n'aurait osé contredire une seule de ses paroles.

« On a dû les emprunter aux Marines, on n'a pas pu faire mieux. Bon, dans votre programme il n'y a aucune chierie de formation politique, du coup ça sera réveil à six heures, une demi-heure plus tard que pendant vos classes. Vous gérez vos petites affaires, vous me faites un bon gros pipi, et à 6 h 15 pétantes, rassemblement avec votre nouveau braquemart chéri. Départ pour un cinq mille mètres en petites foulées. Si vous ne tenez pas la distance, vous recommencez à midi. Si vous craquez avant la fin à midi, vous recommencez dans la soirée. Je me contrefous que vous restiez debout la moitié de la nuit, mais vous allez me courir ces cinq kilomètres. »

Un frémissement parcourut l'assemblée ; courir cinq mille mètres, ce n'était rien, mais avec cette vieille pétoire à bout de bras ? Les épaules allaient leur en tomber.

« Oh, pas d'inquiétude, vous y arriverez. Vous allez courir tous les jours, qu'il vente ou qu'il pleuve, votre fusil bien tendrement serré contre votre cœur comme si vous meniez votre petite amie au plumard. Et quand vous aurez fini de courir, vous nettoierez votre arme jusqu'à ce qu'il n'y ait plus une trace de crasse à l'intérieur du canon et que le fût soit plus tendre et lisse que la peau de votre grognasse. Compris ?

— Compris ! hurlèrent-ils en chœur.

— Compris ? Mon cul, oui ! On en reparlera quand vous aurez couru vos premiers cinq mille mètres. »

L'instructeur caressait doucement son arme : « Après le footing, le petit déjeuner. Histoire de vous remonter le moral, voilà le menu : des petits pains à la vapeur blancs comme les nibards de votre copine, du lait de soja plus crémeux que sa salive, de la confiture, du beurre, de la viande séchée, des légumes en saumure, des œufs à la coque. Il y en a qui veulent des hamburgers ? Je dirai aux cuistots de vous les préparer à la chinoise : du poulet frit dans des petits pains vapeur. »

Puis il remit à chacun des stagiaires, solennellement, son premier M21.

« Ces flingots ont servi en Corée et au Vietnam. Ils en ont sorti un million trois cent quatre-vingt mille en tout. Beaucoup moins que les cent millions d'AK-47. Ceci est une version améliorée du M14, le M21, encore plus rare, alors faites-y gaffe. Maintenant, vous allez le prendre à deux mains, la main gauche juste derrière l'attache avant de la bretelle, la main droite agrippant fermement l'arme par la crosse. À mon commandement – partez ! »

Et de ce jour, le cross quotidien de cinq kilomètres, M21 sur les bras, eut lieu quoi qu'il arrive. Les jours de congé, ils devaient le terminer avant de quitter le camp. Trois mois et un jour de ce régime et le fusil était devenu partie intégrante de leur anatomie. Quelle que soit la position dans laquelle ils tiraient, leurs bras formaient un support d'acier pour stabiliser la visée.

À chaque séance au stand de tir, il appréciait de plus en plus le contact de sa joue contre la crosse en bois. Les années à venir le verraient se servir de bien d'autres modèles de fusils de précision, bien plus mortels que le M21, mais jamais il ne retrouverait ce sentiment d'intimité ineffable.

Dans sa chambre d'hôtel à proximité de la fontaine, il démonta l'arme en plusieurs dizaines de pièces, qu'il essuya une à une à l'aide d'un tissu huilé. Aussi tendrement que Tête-de-fer avait caressé les courbes de son fusil, des années auparavant.

La précision du tir exige une base bien stable. Avec trois points d'appui solides, tout le monde peut devenir tireur d'élite. Dans les unités de snipers, l'entraînement consiste à les trouver et les consolider. La crosse du fusil dans le creux de l'épaule est le premier point d'appui. La main droite sur la poignée, index sur la détente – il faut juste tenir l'arme, pas la serrer –, en est un autre. Le dernier, c'est la paume de la main gauche sous le fût.

« Il faut soutenir le fusil légèrement, comme si vous vous caressiez les roustons, pas comme si vous vous tiriez sur la nouille. Si vous serrez trop fort vous ne pourrez plus respirer. »

1, + 1, + 1.

Bien huilé et remonté, le M21 a une portée efficace de huit cents mètres. L'un de ses camarades avait tenté – et réussi – un tir à mille mètres, mais Tête-de-fer lui avait soufflé dans les bronches.

« Môssieur se croit dans la DCA ? Pour descendre les avions on a des missiles, inutile que Môssieur se donne la peine de braquer sa pétoire vers le ciel ! Rentrez-vous ça dans le crâne : deux cents à quatre cents mètres, c'est pas très loin, mais je ne veux pas une seule putain de balle perdue ! »

La pluie martelait le terrain, lui projetant au visage des particules de boue. À trois cents mètres devant lui : la cible mouvante, représentant le torse d'un homme en tenue camouflée.

« Une balle pour une vie. La vie, c'est ce que vous voyez dans votre lunette télescopique. Vous appuyez sur la détente parce que c'est votre mission. Videz-vous le crâne. Concentrez-vous. »

Tête-de-fer se tenait devant une rangée d'élèves tireurs d'élite dont la respiration lourde montait jusqu'à lui.

« Vous vivez pour obéir aux ordres. Quels ordres ? »

Dix voix à l'unisson : « Les vôtres, chef ! »

— Vous êtes soldats. Votre vie ne vous appartient pas. Vous n'avez pas de sentiments, vous n'avez que des ordres ! »

Tête-de-fer s'éloigna d'une centaine de mètres. La pluie frappait son treillis, ses rangers. Les deux mains dans le dos, il fit face aux cibles et cria : « Ouvrez le feu ! »

Il se trouvait entre les cibles et les tireurs. Il risquait de bloquer une ligne de visée, d'occulter une cible.

Le roulement des coups de feu s'éleva. Parfois l'instructeur s'arrêtait brusquement, l'air pensif, ou bien accélérait le pas. Les projectiles bourdonnaient au-dessus de l'étroit champ de tir coincé entre deux collines, pressés d'atteindre leur objectif.

Sur d'autres missions, il avait eu un chargeur plein, de dix coups, et une onzième cartouche engagée dans la chambre. Il n'avait besoin que d'une balle pour toucher la cible, les dix autres étaient destinées à se défendre.

Cette fois, il n'aurait pas besoin de se défendre. Il comptait utiliser cinq cartouches : la première pour éliminer un éventuel obstacle, la deuxième pour la cible, les trois autres en réserve.

Il choisit cinq cartouches parmi les quelques dizaines étalées sur le drap. Certaines luisaient parfois d'un éclat particulier – elles imploraient qu'on les tire.

Son M21 venait d'Irak. Il avait été abandonné par des Kurdes. En forçant un peu, on pouvait parler de prise de guerre. Paulo lui avait fabriqué le silencieux – Paulo disait que tirer sans silencieux, c'était comme baiser sans capote : quelque chose allait forcément merder. Tout le monde croyait qu'après avoir quitté la Légion, Paulo irait bosser chez un fabricant d'armes ou dans un garage. Mais Paulo aux doigts de fée avait trouvé la foi, enfilé une soutane et rejoint le séminaire. Il ne fabriquait plus d'armes pour personne.

Il tira sur la culasse pour vérifier le mécanisme : un son clair et franc. Assis au bord du lit, jambes écartées, il se contenta de deux points d'appui : la crosse à l'épaule et la main sur la poignée. De la main gauche, il glissa la lunette sur son rail. Puis il pointa le canon vers la fenêtre, fixa le réticule sur le front de la statue de Neptune, derrière la fontaine.

Il visualisa la balle en train de quitter le canon, tracer sa courbe gracieuse au-dessus des touristes qui brandissent leur perche à selfie et du bassin rempli de pièces, frapper Neptune entre les sourcils ; la cervelle jaillissant par l'arrière du crâne, se dispersant comme une calligraphie à l'encre éclaboussée sur les colonnes ioniques et la voûte baroque.

Les vérifications terminées, il rangea son fusil. Il le tenait en main pour la première fois depuis plus de six mois, mais ses sensations n'avaient pas changé.

À 10 h 05, il coiffa sa perruque et sa casquette des Yankees, fourra un oreiller sous sa chemise pour l'effet femme enceinte, enfila short et sandales pour devenir Tom, un Tom armé d'un fusil de précision. Il chargea la première cartouche, et les quatre suivantes remontèrent dans le magasin avec un « clac » satisfaisant.

Comme prévu, la météo était inhabituelle. La grêle tombait à Rome, crépitait sur le rebord de la fenêtre, et pourtant les touristes à chapeaux multicolores se massaient autour de la fontaine, cannes à selfie levées. Comme prévu. Mais il n'avait pas prévu les parapluies brandis par les bonnes femmes asiatiques. Comment pourrait-il voir au travers ? La moitié du bassin était cachée par des parapluies.

Pourquoi les Asiatiques se trimballaient-elles partout avec leurs parapluies ou leurs ombrelles, quel que soit le temps ?

Il lui fallait changer de position. Trop de parapluies. Il grimpa directement jusqu'au toit de l'hôtel, se cacha derrière une cheminée, pointa le M21. Le vent aussi était beaucoup plus fort que prévu, et la grêle gênait sa vision.

Il ne pouvait compter sur la chance. Il ôta sa ceinture, la glissa dans l'attache métallique de la bretelle sur l'avant du fusil et la boucla derrière son biceps gauche. Sa main gauche passa dans la boucle ainsi formée, tendue à craquer, et vint soutenir légèrement le fût de l'arme. Puis sa main droite guida la crosse dans le creux de son épaule. 1 + 1 + 1 : il avait ses trois points d'appuis, et sa main gauche aussi solidement arrimée au bois que si elle y avait été clouée.

Avant de prendre sa visée, il vérifia la photo – pour ne pas se tromper de table. Trois hommes étaient assis à la terrasse du café. À gauche, un Asiatique âgé aux cheveux blancs. Au centre, enveloppé dans un grand manteau à col de fourrure, un Européen. À droite, un autre Asiatique aux cheveux noirs bien peignés et luisants.

Et des oreilles remarquables. Un sniper pouvait ne pas se souvenir de l'apparence générale d'une cible, mais il n'oublierait jamais les éléments les plus marquants de son visage.

« Les oreilles ! disait Tête-de-fer. Il n'y a pas deux personnes dont les oreilles soient identiques.

— Les oreilles ? Ce ne sont pas les empreintes digitales qui sont toutes différentes ? »

Face à Tête-de-fer, on était uniquement censé crier « Oui, chef ! ». Mais il avait eu un doute et l'avait exprimé.

« Gros malin. Comment tu vérifies les empreintes de ta cible avant de tirer ? »

Il effaça la sûreté, retint son souffle, attendit que le parapluie rouge dégage, centra sans hésiter le réticule sur les cheveux étincelants de l'Asiatique. L'oreille était visible dans l'optique, une oreille au lobe brusquement interrompu, comme un point d'interrogation auquel il manquait le point.

« Et si la cible est une femme, ou un homme aux cheveux longs ?

— C'est que tu n'as pas de chance, crétin. »

Pas de chance en effet : ça lui avait valu cent mètres de sauts de grenouille sur le terrain de manœuvre.

Le point d'interrogation sans point envahit le viseur quand il régla le grossissement. Un éléphant dans l'optique. Il posa le réticule à la limite des cheveux, derrière l'oreille. Pressa la détente.

La fumée jaillie du canon était presque invisible sous la grêle, mais il put suivre la progression du projectile tournant sur lui-même, fendant l'air comme un champion de plongeon olympique, en une trajectoire très légèrement arquée qui s'acheva à l'arrière du crâne de la cible. Un peu de sang jaillit du trou causé par la balle, une goutte tomba sur le tablier blanc d'un serveur, une autre sur le pavé humide.

Il compta jusqu'à trois.

Un, l'Européen du milieu écarquilla les yeux.

Deux, l'Européen ouvrit grand la bouche.

Trois, l'Européen se renversa sur sa droite.

Il se fichait de savoir si l'Européen voulait se réfugier sous la table ou se jeter aux pieds de l'Asiatique aux cheveux blancs. Il démonta son fusil, le rangea dans son sac à dos, ajusta sa casquette et descendit rapidement l'escalier dans ses sandales.

Tom, l'Américain à la casquette des Yankees, franchit la grande porte vitrée de l'hôtel. Frissonna quand le vent joua avec les poils des mollets. Pourquoi ce con de Tom devait-il toujours être en short ? Il tourna dans la première ruelle sur sa droite. Personne ne remarqua son short ni ses sandales. Tout le monde avait le regard tourné vers la fontaine.

Sirènes de police. Distrait, Tom bouscula une Coréenne à sac Prada, hocha la tête en guise d'excuses à l'intention de l'homme qui relevait la Coréenne en lui parlant français. Il connaissait comme sa poche chaque ruelle de ce coin de Rome. Dix minutes et quelques changements de direction plus tard, il arrivait à l'escalier de la Trinité-des-Monts.

Des touristes du monde entier étaient assis sur les marches, contemplant d'un air ravi la fontaine baroque au centre de la place. Son nom lui revint en mémoire : *fontana della Barcaccia,* la « fontaine de la vilaine barque ». La barque avait en effet une sale gueule. Il prit l'air ravi de circonstance et trouva un endroit où s'asseoir. Il ôta sa casquette, gratta ses cheveux roux, fuma une Marlboro rouge, se releva toujours aussi ravi et pénétra dans la station de métro, les mains dans les poches de son short.

Même un jour de congé, le métro de Rome est plein à craquer. Il se glissa dans un coin, descendit à la station Termini, se rendit aux toilettes. Cinq minutes plus tard, Tom le Ricain rouquin avait disparu et un Asiatique, grand et plutôt beau gosse, fourrait un sac à l'intérieur d'une poubelle avant de commander un expresso. La dernière goutte bue, il s'avança jusqu'aux quais. Le premier départ était pour Naples, deux heures et demie de trajet. Il lança un dernier regard à la ronde, embarqua, composa un numéro de téléphone. Le son du Nokia était impeccable.

— Le riz est frit. Pas plus d'un œuf. Vaisselle en cours.

— Jetez le téléphone. Je vous contacterai.

Comme auparavant, il ne put poser la moindre question à la fille à l'autre bout du fil.

Il avait oublié quelque chose. Dans les toilettes du train, il arracha la décalcomanie de son mollet, colla le caractère « zen » sur la fenêtre. Si jamais la police italienne s'intéressait à Tom l'Américain roux, cet indice allait sûrement beaucoup les aider.

Au moment où Tom percutait la Coréenne au sac Prada, une fenêtre ouverte au deuxième étage d'un immeuble à proximité se refermait sur le bout du canon d'un fusil de tireur d'élite, modèle AE.

L'AE était un fusil très stable, et le bipied posé sur une coiffeuse immédiatement derrière la fenêtre l'amenait exactement à la bonne hauteur. À cinq cent cinquante mètres de portée, l'AE accusait une dispersion inférieure à cinq millimètres. Avec un silencieux monté, la détonation de l'arme était presque imperceptible.

Le tireur avait inspecté à travers sa lunette Schmidt & Bender toutes les fenêtres des maisons d'en face, et examiné tous les parapluies, avant de se fixer sur les trois hommes à la terrasse du café. Dans la chambre de l'arme, une cartouche de calibre 7,62 attendait. Les balles chemisées de l'AE pouvaient transformer la cible autour du point d'impact en bouillie sanglante. Ça faisait toujours son petit effet.

Il vit : d'abord l'Asiatique mince aux cheveux blancs, qui souriait du coin de la bouche. Un cure-dent en plus et il aurait eu l'air de l'oncle de Chow Yun-fat. Plus à droite, le visage large et pâle de l'Européen, engoncé dans son col de fourrure. Enfin, l'arrière d'un crâne si impeccablement coiffé que chaque cheveu noir ressortait en 3D dans la lunette.

Le canon se figea, le pouce effaça la sûreté, mais il n'eut aucun besoin d'appuyer sur la détente : déjà, dans le viseur, la tête noire s'écrasait sur la table.

Il vit : la flaque de sang s'élargir ; les tasses et les soucoupes remuer. La lunette fit une nouvelle fois le tour des parapluies sur la petite place, puis un téléphone sonna.

— Alors ?

— Le brochet est ferré*.

— Évacuez au plus vite.

— Reçu. Mes salutations à la famille.

Il interrompit la communication, se leva et referma la fenêtre.

---

* Évocation d'un proverbe qui, en chinois, suggère qu'Alex est tombé dans un piège : « La mante qui capture la cigale ne se soucie pas du loriot qui arrive par-derrière. »

5

Nouveau Taipei, Taïwan.
District de Jinshan.

Pourquoi les cadavres ressurgissaient-ils toujours alors qu'il dormait du sommeil du juste ?

Le vent du nord-est s'engouffrait dans les montagnes de Jinshan et contournait la Tête de lion en rugissant comme mille fantômes affamés. La légende locale voulait qu'au large, les îlots jumeaux des Chandeliers aient été séparés par la hache aiguisée d'un démon de la bise.

Une bourrasque particulièrement rageuse balaya le temple de la Paix sacrée, agitant d'un cliquetis sinistre les chaînes de ses gardiens, les dieux noir et blanc de l'Impermanence. Chargés de capturer les esprits égarés des morts victimes d'un mauvais *fengshui*, ils étaient les divinités les plus occupées en cette saison.

Affrontant les âmes des morts que le vent lui projetait en pleine figure, Wu tomba bientôt sur le cadavre gelé et dut lutter pour maîtriser sa nausée.

30 décembre, 23 h 27. Wu et quatre policiers du service de nuit s'étaient rendus dans deux voitures

sur la plage des Perles de sable, à la limite des districts de Shihmen et Jinshan, pour ce corps nu déchiqueté par les écueils.

Quatre projecteurs montés sur un petit pick-up illuminaient la scène. L'écume neigeuse des déferlantes renvoyait les éclats rouges et bleus des gyrophares de police. Wu releva son col contre la bise glaciale et s'alluma une cigarette.

Il n'avait pas besoin des commentaires des techniciens pour déchiffrer le cadavre : la blessure fatale était un trou noir en plein front. Une balle dans la tête : la méthode des Triades. D'où l'implication de la section de lutte contre le crime organisé.

Fouetté par le vent et la pluie, Wu fuma sa cigarette le dos à l'un des projecteurs. Un peu de tiédeur ne faisait pas de mal. Chaque année, à partir de fin novembre, les vents du nord-est descendaient en hurlant du plateau mongol et s'abattaient sans pitié sur les ports et les rivages du nord de Taïwan, chargés de l'humidité ramassée sur l'océan, qui vous glaçait jusqu'aux os.

Lan Pao, du département scientifique et technique, avait été arraché à une partie de mah-jong et était arrivé sur place une heure avant Wu. Il se rapprocha en se frottant les mains :

— Alors, Wu ? Un petit bain de minuit ? Il paraît que l'eau froide est très bonne pour la santé à ton âge.

Wu allait l'agonir. La flasque de kaoliang que lui tendait un policier en tenue lui cloua le bec.

Lan Pao but à son tour :

— Ni algues ni sable dans la bouche du défunt, et vu la blessure, je dirais qu'il a été mis à l'eau après sa mort. Depuis moins d'un jour si j'en crois le degré de ballonnement. Les habits ont été enlevés avant ou après la mort, probablement pour retarder l'identification. Un peu comme un maître queux qui prépare une anguille : il enlève les yeux, la peau, l'arête dorsale, la tête, la queue – il ne reste plus que la chair bien blanche et propre.

Le cadavre avait été découvert par un nommé Lin Yong-lang, propriétaire d'une école de surf, qui ramassait de quoi se construire une barrière. Wu contempla les tas de bois flotté, de bouteilles et de sacs en plastique et de morceaux de polystyrène qui jonchaient la plage et soupira. Les procédures exigeaient qu'il recherche des indices autour de l'endroit où gisait le corps, mais dans ces monceaux d'ordures, où commencer ?

Pas grand-chose à dire sur le cadavre lui-même : trois fausses dents, un début de calvitie, deux cicatrices postopératoires sur l'abdomen.

Wu était plutôt costaud. Il avait été champion de karaté et de lutte à l'école de police et ne comptait plus les adversaires qu'il avait balancés par-dessus ses épaules. Sélectionné pour l'équipe olympique, il s'était malheureusement donné un tour de reins et, depuis lors, se consacrait corps et âme à son job. Il avait toujours eu pleine confiance en ses capacités physiques. Mais là, debout sur la plage, il se sentait exténué, et ne put se retenir de prendre une autre gorgée du kaoliang que lui tendait Lan Pao. Les règlements interdisant la boisson pendant le service devaient parfois être ignorés.

Le froid venu du continent soufflait en tempête sur ces rivages septentrionaux. Ses testicules se

recroquevillaient sous les assauts du vent, recher-
chant la chaleur des intestins.

— Encore combien de jours avant la retraite ?

Wu consulta sa montre.

— Onze.

— T'en as du bol ! Tu vas pouvoir travailler ton
karma. Trente ans de prières et de méditation, et tu
nous reviens en immortel.

Les rigolos du service technique avaient tous une
grande gueule, et Lan Pao était le pire.

Onze jours. Onze jours pour résoudre deux crimes
et terminer une vie de flic en beauté. Wu se frotta les
mains, tapa des pieds pour chasser le froid.

Bon, pour commencer : qui était la victime ?

Il transmit les empreintes du cadavre au Bureau
et demanda au centre d'opérations de vérifier la liste
des personnes disparues sur tout Taïwan ces derniers
jours. L'absence de tatouages ou de traces de blessure par arme l'embêtait : ça ne collait pas avec un
membre des Triades. Peut-être était-ce simplement
un pauvre type qui leur devait quelques dizaines de
milliers de dollars et ne pouvait plus en allonger un
seul – un coup de pistolet réglait l'affaire et servait
d'exemple en prime.

Inutile de se creuser la cervelle trop longtemps.

À sept heures et demie du matin, il rentrait en
ville et posait ses fesses dans un restaurant de Neihu
quand son téléphone sonna : la permanence, qui
voulait lui communiquer des instructions du grand
chef. Il raccrocha sans répondre.

Il commanda un lait de soja salé, une galette fourrée
au bœuf et une part de tarte aux navets, après quoi il
s'octroya un second bol de porridge et un long beignet

torsadé. Les quatre agents qui prenaient leur petit déjeuner à une autre table n'émirent aucun commentaire sur son appétit gargantuesque de si bon matin.

Une Toyota vert armée se gara devant le restaurant alors que Wu avalait sa dernière gorgée de lait de soja. Trois militaires en sortirent, tête penchée sous la pluie : deux capitaines de l'armée de Terre, un capitaine de vaisseau.

Wu leur jeta un coup d'œil, puis retourna à son beignet.

Les officiers ne semblèrent pas se formaliser de son indifférence. Le marin s'assit en face de lui, sortit une main épaisse de son gant d'uniforme et lui tapa sur l'épaule.

— Superintendant Wu ! Quel plaisir de vous revoir ! Hsiung Ping-cheng, du ministère de la Défense.

Wu coinça un cure-dent entre ses molaires.

— Dites-moi tout.

— Tout quoi ?

— Commandant*, je veux le nom du mort, ses grade, fonction, date et heure de naissance, signe du zodiaque. C'est un militaire, vous êtes militaire, vous avez toutes ces infos. Ça évitera que je doive en référer à mon chef, qu'il en parle à votre chef, que votre chef vous convoque, que vous me cherchiez de nouveau et que la paperasse circule. C'est très mauvais pour nos forêts.

---

* Dans la Marine, les grades et appellations n'obéissent pas aux mêmes règles que dans les autres armées. Du grade de capitaine de corvette à celui de capitaine de vaisseau, l'appellation réglementaire est « commandant ».

— Très drôle, dit Hsiung en relevant les commissures des lèvres.

Une pause.

— Mais d'accord. Ce n'est pas le genre d'infos qu'on peut cacher. Au pire vous les auriez dans la journée. Votre bureau a lancé une recherche sur ses empreintes, a vu qu'il s'agissait de Chiu Ching-chih, un colonel du Bureau des commandes de l'armée de Terre. Une alerte a sonné au ministère de la Défense, et l'officier de permanence m'a réveillé il y a exactement... vingt-sept minutes et huit secondes.

— Et bien sûr, vous avez affronté le vent et la pluie rien que pour venir partager mon petit déjeuner.

— Avant même d'être bien réveillé. Ce capitaine au teint crayeux n'a même pas eu le temps de se brosser les dents.

— Pas étonnant qu'il ne mange rien, ce serait risqué.

— Et vous-même n'avez pas l'air de meilleure humeur, superintendant. Vous avez mal dormi ?

— Attendez... Vous avez dit Bureau des *commandes* ?....

Hsiung le fixa, impassible, tandis que les deux autres officiers revenaient, chargés de bols de lait de soja. Il en leva un jusqu'à ses lèvres, but goulûment.

— Les coupes dans le budget de la police sont-elles si graves qu'ils ont supprimé les abonnements du Bureau des enquêtes criminelles ?... "Bureau des commandes et acquisitions d'armement". Chiu Ching-chih venait d'être promu colonel, il dirigeait le Bureau des commandes de l'armée de Terre.

— Ah, ce bureau-là. Celui qui s'occupe de l'achat des chars M1A1 américains ?

Hsiung ne quittait pas son bol des yeux.

— Secret militaire.

— Bizarre. J'ai le pressentiment que tout ce qui touche à ce bureau va relever du secret militaire.

Hsiung Ping-cheng avait tout bu. Il se leva, enfila ses gants, mima un pistolet de ses deux doigts.

— Superintendant Wu, vous êtes quelqu'un d'intelligent. Je ne suis pas venu que pour le plaisir du lait de soja. Veuillez faire en sorte que votre bureau en finisse au plus vite avec le corps, et envoyez-le à l'hôpital interarmées, c'est à nous de gérer les affaires militaires.

C'était du lourd. Si Wu ne se trompait pas, c'était l'affaire la plus énorme qu'il ait eu à traiter en trente-cinq ans de carrière. Et il n'avait plus que onze jours.

— Si seulement il me restait un mois... Ah ! Le canard laqué...

Hsiung lui colla son visage sous le nez.

— ... peut toujours s'envoler, compléta-t-il.

— Il n'est pas encore parti ! Il me reste onze jours !

Hsiung eut un sourire qui révélait toutes ses dents, et ses plombages en prime.

6

Taipei, Taïwan

Vu les vents dominants en cette saison, Chiu avait été jeté à l'eau au nord de là où il avait été retrouvé. On repéra rapidement un véhicule à plaques militaires stationné sur la plage de Tiaoshi, pas très loin de celle de Shazhu. À un endroit dépourvu de toute caméra de surveillance.

Wu fouina. C'était bien la voiture de Chiu, mais la pluie et le vent de la nuit avaient effacé les traces de pas ou de pneus.

Les ordres du chef étaient clairs : pliez-moi l'affaire au plus vite.

Un lien existait forcément entre Kuo Weichung et Chiu Ching-chih, mais lequel ? L'un était marin, l'autre biffin ; l'un major, l'autre colonel. Se connaissaient-ils ?

Il prit la ligne de Tamsui jusqu'à la station de Zhongshan, s'assit à la fenêtre au premier étage d'une crêperie appartenant à la chaîne favorite des jeunes branchés de Taipei. L'appartement de Kuo était situé au troisième étage d'un bloc résidentiel ancien des plus ordinaires, de l'autre côté d'un petit parc.

Wu allait se lever quand une fenêtre s'ouvrit au troisième. Une jeune femme s'accouda au rebord : dans sa trentaine, les traits aigus, les cheveux courts. Une cigarette dans la main droite, le regard vide, elle semblait parfaitement indifférente au brouhaha des touristes japonais ou hongkongais qui montait de la rue. Elle tirait sans arrêt sur sa cigarette, rejetant des bouffées de fumée à travers ses lèvres minces. Elle s'éclipsa un moment puis réapparut, munie d'un cendrier ; s'alluma une autre cigarette.

Des murs gris ; un cadre de fenêtre ; un temps maussade ; une femme de profil. Wu songeait aux spéculations des journaux du matin : Kuo aurait été tué par un mari cocu, en plein rendez-vous amoureux.

Affabulations. Il n'y avait pas un pli de travers, ni sur les draps ni sur la tenue de travail de Kuo. Jamais on n'avait vu d'amants aussi vertueux.

La jeune femme écrasa sa cigarette, les yeux dans les nuages.

Un texto tomba sur le téléphone de Wu. Il lâcha une crêpe à moitié entamée, fonça dans le métro, se faufila entre les portes qui se fermaient, changea deux fois de ligne.

Yang, l'anapath, était connu pour ses canulars. Un jour qu'il recevait la visite d'une équipe de télévision, il avait plongé le doigt dans les fluides suintant d'un cadavre avant de le lécher. Le meilleur moyen de déterminer le moment de la mort, prétendait-il. La jolie présentatrice de l'émission s'était détournée pour vomir dans son micro. Enchanté de lui-même, Yang avait expliqué à Wu qu'il avait bien trempé l'index dans le liquide, mais mis son majeur dans sa bouche.

Ce qui n'en rendait pas l'épisode moins révoltant.

Yang émergea de la salle d'autopsie, ôta sa blouse et dit :

— Les empreintes sur le pistolet sont bien celles de Kuo, mais ce n'est pas son arme.

— Pourquoi ?

— C'est un T75 tout neuf. Même après avoir tiré, il restait encore assez de graisse à l'intérieur et en dehors du canon pour y faire sauter tes légumes. Or les sous-offs de la Marine doivent s'entraîner régulièrement au tir à la cible ; Kuo était un ancien, il ne peut pas avoir eu une arme neuve.

— Peut-être qu'ils venaient de la lui échanger ?

— La Marine utilise toujours les vieux modèles T45, ils n'ont pas été remplacés.

— D'accord. Quoi d'autre ?

— Le tueur, quel qu'il soit, a du pognon à claquer. Il a utilisé un flingue tout neuf, ne s'en est servi qu'une fois – comme des baguettes jetables. Ou alors il souffre de TOC : il ne supporte pas les choses ayant déjà servi.

— Et puis ?

— Tu avais raison : Kuo était gaucher. Son bras gauche était plus fort que le droit, et il avait des traces d'huile sur le pouce et l'index gauches, provenant du sachet qui accompagnait ses plats à emporter. En outre...

Yang leva son index droit tout luisant devant le nez de Wu :

— Avant même l'arrivée du pathologiste sur place, le fait que Kuo était gaucher avait déjà été déterminé par notre prestigieux enquêteur, le superintendant Wu.

— Donc ce n'est pas un suicide ?

— Pour le dire comme le porte-parole du Bureau : nous ne pouvons affirmer qu'il s'agit d'un suicide.

— Le tueur a laissé des traces quelconques ?

— Rien de visible. Et si – hé, mon vieux Wu, je dis bien *si* –, si tueur il y a, c'est quelqu'un qui connaissait Kuo, peut-être même depuis longtemps. Quelqu'un qui aurait pu entrer dans la chambre sans provoquer d'autre réaction de la part de Kuo que de se redresser sur sa chaise. Et qui lui a tiré à bout portant dans la tempe, a apposé ses empreintes sur le pistolet, et est rentré chez lui à temps pour la sieste.

— Bravo. Mon trou de balle était arrivé aux mêmes conclusions.

— Ton trou de balle ne sait pas que l'assassin a été négligent. Les empreintes de Kuo sont sur la crosse, mais pas sur la détente.

— Ça commence à m'intéresser. Continue.

— Le tueur est du signe de la Vierge.

— Il y a trente secondes il souffrait de TOC, et maintenant tu me donnes son signe du zodiaque. Yang, tu t'es fait devin ?

— Attends, attends. Il devait savoir que Kuo était gaucher, et pourtant il lui a tiré dans la tempe droite. À ton avis, pourquoi ?

Wu inclina la tête de côté, réfléchit.

— Aucune idée.

— Alors *ciao*. Si tu fais preuve de mauvaise volonté…

— OK ! Il a été inspiré par les beaux draps tout blancs sur la gauche de Kuo, et il a voulu nous laisser une œuvre d'art abstraite par projection de sang… de l'impressionnisme ?

— L'impressionnisme et l'art abstrait sont deux choses différentes. Non, l'obsession de propreté est caractéristique des personnes nées sous le signe de la Vierge. Il a eu peur que, s'il lui tirait dans la tempe gauche, ça salope le mur. C'est très difficile à nettoyer.

— Putain, Yang, ta seule contribution à cette affaire, c'est de nous répéter que le tueur est un maniaque ?

— Je me borne à constater que le sang et le jus de cervelle n'ont sali que le lit. L'hôtel n'a eu que les draps et la taie d'oreiller à changer. Même pas besoin d'un coup de peinture.

— Ça va vachement nous aider.

— Tu as toujours été difficile. Bon, encore un truc : Kuo avait un tatouage de la taille d'une médaille sur l'épaule gauche, plus ou moins effacé – probablement très ancien. Devine ce qu'il représente ?

— Une ancre de marine ?

— Tu crois que j'aurais pris de ton temps précieux si c'était le cas ?

— Un poisson, alors ?

— Tu as fait trop de karaté dans ta jeunesse, Wu, ça t'a ramolli la cervelle. C'est le caractère 家, *chia*, la famille. Papa, maman, tout le bataclan.

Wu prit la photo. Le tatouage avait la forme d'une médaille, mais impossible d'y lire le caractère *chia*.

— … Famille ? ! ?

— Ah ! C'est pas le cœur que ton fils s'est fait tatouer après son premier chagrin d'amour, ni le slogan anticommuniste que ton vieux papa arborait quand il se battait pour la Patrie. Non, il s'agit là de quelque chose que seul un individu doté d'un minimum de culture pouvait reconnaître : c'est bien *chia,* mais en écriture ossécaille. Vieille de plus de trois mille ans.

— Ossécaille ? Comme les oracles sur les carapaces de tortue ou les os de mouton ? Tu es sûr ?

— Tu es libre de ne pas me croire. Quant à Chiu Ching-chih, là encore les déductions quasi divines du célèbre enquêteur Wu étaient justes : il est mort d'une seule balle en pleine tête. Pas d'eau dans les poumons, ce qui prouve qu'il est allé se baigner *post mortem.*

— Pas de traces de lutte ?

— Non.

— Ça ressemble à du travail de professionnel. Et depuis quand on a des tueurs professionnels à Taïwan ? grommela Wu en se relevant.

— Au fait, tu n'étais pas censé partir à la retraite ?

— Dans dix jours. C'est un peu court, mais au moins l'enquête va m'occuper.

— Hein ? Je suis là juste pour t'aider à tuer le temps ?

— À dire vrai, ça m'emmerderait de laisser un boulot à moitié fait.

Yang le rappela alors qu'il sortait.

— Hé ! J'oubliais. Quand la femme de Chiu est venue l'identifier, elle a dit qu'ils avaient reçu un appel menaçant.

— Menaçant… pour elle ?

— Pour lui. Et il lui a dit qu'il s'agissait d'un de ses "anciens".

— Enfin du concret. Et Chiu, il a un tatouage ?

— Non.

Il posait à peine le pied au bureau quand son téléphone sonna de nouveau.

— J'arrive ! Je suis en haut dans une minute.

— Magne-toi ! hurlait Crâne d'œuf.

— Qu'est-ce qui presse tant ?

— Faut que je parte *illico presto* pour l'aéroport. Je vais à Rome, tu me remplaces pendant mon absence.

— À Rome ? T'es en vacances ?

— Tu n'as pas vu les nouvelles ?

— Qu'est-ce qui s'est passé ?

— Un nommé Chou Hsieh-ho s'est fait buter il y a à peine deux heures. Et, surprise ! C'est un des conseillers en stratégie de la Présidence.

7

Manarola, Italie

Malgré quelques détours, Alex arriva au crépuscule à Manarola, un petit village de pêcheurs sur la mer de Ligurie. Au nord de La Spezia, les « Cinque Terre », cinq villages éminemment touristiques, se nichaient dans les anfractuosités du rivage. Manarola était le deuxième des cinq et n'était accessible que par le train, à travers un tunnel, ou par bateau.

Il sauta de la navette, son sac Adidas à l'épaule. Un chemin encaissé taillé dans le roc l'amena aux maisons juchées sur la falaise. Devant un restaurant, un dormeur sur une chaise longue ronflait puissamment, mains croisées sur un ventre proéminent. Alex flanqua un coup de pied dans la chaise :

— Debout, Giorgio ! La lune est levée.

Giorgio ouvrit des yeux striés de rouge, l'air confus. Alex montait déjà légèrement les marches d'un escalier de pierre.

La rue principale du village grimpait en zigzag vers l'église. Sur la droite, un escalier descendait par un tunnel jusqu'à la gare en contrebas. Sa boutique était à mi-hauteur d'un escalier qui débouchait sur la place de l'église : au rez-de-chaussée d'un immeuble de deux étages battu par le vent, rongé par le sel, sale comme un poumon de vieux fumeur tapissé de nicotine et de goudron. L'intérieur ne dépassait pas les vingt mètres carrés, et Alex avait lui-même construit le comptoir en bois qui séparait la cuisine de l'extérieur.

Il n'y avait pas d'enseigne. Sur la vitre, un œuf était en train de frire dans un wok. Un peintre local amateur de *calcio* avait rajouté quelques traits rapides, transformant l'œuf en ballon de football. Cela avait eu des conséquences inattendues mais heureuses : de nombreux curieux s'étaient arrêtés pour voir quel genre de restaurant faisait frire des ballons, et étaient devenus ses premiers clients.

Il n'y avait pas de tables. Il vendait du riz sauté à emporter – exclusivement du riz sauté, et seulement à emporter.

Papi lui avait tout appris. Après avoir quitté l'armée, il avait été chauffeur de bus pendant quelques années. Quand la circulation était mauvaise, il rentrait tard du boulot, lui fourrait d'abord un biscuit dans la bouche pour le faire patienter, puis posait avec méthode le wok sur le feu et sortait quatre œufs du frigo. Il n'y a rien de meilleur au monde que le riz sauté, ni de plus facile à faire ; ça ne demande qu'un peu de pratique.

Après deux jours de fermeture, la porte était couverte de petits papiers, la plupart s'inquiétant de son retour. Un certain nombre de vieux du village n'avaient plus envie de cuisiner trois repas par jour et appréciaient beaucoup son riz sauté.

— Alex ! Tu es revenu ?

Un gamin pendait par les pieds au balcon du

premier étage, la tête dans le vide. Alex ouvrit sa porte en lui adressant un signe du doigt.

— Viens, je te fais à dîner.

Paf ! Le môme était déjà retombé sur ses pieds.

— Tu peux me passer le riz dans le frigo ?

Alex jeta son sac sur la mezzanine, alluma la cuisinière. Il avait faim, lui aussi.

— Je veux des crevettes !

Giovanni vivait à l'étage avec ses grands-parents, qui, à soixante-dix ans bien sonnés, n'avaient plus l'énergie de s'occuper de l'enfant.

— On n'a pas le temps, mais j'ai du salami.

Trois minutes plus tard, Alex remuait le grand wok où bondissaient les œufs et les grains de riz, comme s'ils craignaient de se brûler les pieds.

Les commandes des deux derniers jours pendaient à un fil à linge au-dessus des fourneaux : onze en tout, dont six riz sautés simples et cinq au salami. Il prenait cinq ou huit euros : un prix honnête pour des plats honnêtes. Pas la fortune, mais suffisant pour en vivre.

Le riz sauté au salami était de son invention. Il était impossible de trouver les ingrédients pour le porc *char siu* dans un petit village du nord-ouest de l'Italie, et le goût du jambon italien ne convenait pas ; il avait essayé le salami et été surpris du succès de la recette. L'intérêt du salami, c'était le gras et le sel. Du bon gras de porc qui fondait en dégageant une bonne odeur, et assez de sel pour ne pas avoir à en rajouter dans le riz.

Étonnamment, il n'y avait pas de touristes ; Alex et le gamin s'assirent sur le pas de la porte et dégustèrent leur riz sauté, assiette à la main. Giovanni, repu et heureux, exprima son admiration par une question :

— Pourquoi tu mets des œufs dans ton riz ?

— À cause de Dante. Un jour, alors qu'il était sur le pas de sa porte, exactement comme nous, Dieu est passé devant chez lui et lui a demandé : "Hé, Dante ! Quel est ton plat préféré ?" Dante a répondu : "Les œufs." Un an plus tard, Dieu est revenu : "Hé, Dante ! Comment prépares-tu tes œufs ?" "Avec du sel", a répondu Dante.

— N'importe quoi. Dieu n'aurait jamais posé une question aussi stupide.

— Ne sois pas sceptique. La morale de l'histoire, c'est que les œufs, c'est bon.

— Mais tes œufs, ils sont sautés, pas salés.

— Je mets du sel quand je les fais sauter.

— C'est pas pareil ! Tes œufs, c'est pas les mêmes que ceux de Dante.

— C'est quand même des œufs !

Paulo avait eu l'idée d'ouvrir un restaurant dans ce village. Il disait que le nombre de touristes asiatiques en Italie donnait parfois l'impression d'être à Hong Kong, et que le riz sauté à la chinoise aurait forcément beaucoup de succès. Alex n'avait rien d'autre à faire, alors il fit ce qu'on lui disait : il fit sauter du riz. À sa grande surprise les clients locaux affluèrent également. Et à force de remuer le lourd wok en fonte, les dizaines de portions qu'il vendait chaque jour lui faisaient des épaules d'acier.

Giovanni fut rappelé par son grand-père. Alex se renversa sur son lit et s'endormit, toute idée de vaisselle abandonnée.

Il se réveilla en pleine nuit et descendit chercher à boire. Une tache lumineuse dansait sur la vitrine. Il se rapprocha du ballon de foot ; ne vit que la clarté diffuse des lampadaires.

Deux gorgées d'eau fraîches dissipèrent les brumes du sommeil. Une tache lumineuse ? Bizarre. Il trouva ses lunettes de vision nocturne et s'assit, immobile. La nuit était pleine de bruits divers : un robinet qui gouttait, un vieux qui toussait, un autre qui se réveillait d'un cauchemar et se servait un verre d'eau, un couche-tard pianotant sur son clavier, le grincement de chaises traînées sur le bois, le crépitement de la pluie sur les vitres.

La revoilà ! Une tache lumineuse – rouge. Typique des pointeurs laser américains AN/PEQ.

Il trouva un petit wok à tâtons, le posa à l'envers sur un manche à balai qu'il appuya à la verticale contre le comptoir. Le wok oscillait doucement, en équilibre instable. Il récupéra son sac, assembla son M21, s'accroupit dans un coin. Les yeux fixés sur l'ustensile qui ne bougeait plus.

Tout était calme. Serrant le fusil à deux mains, Alex luttait contre le sommeil. Une bouffée de vent le réveilla – il avait laissé une fenêtre ouverte ; le wok se remit à osciller. Il tendit la main pour le stabiliser. Un courant d'air glacé lui frôla la joue, frappa le wok qui dégringola avec fracas.

Il se jeta à terre, immobilisa le wok pour éviter de réveiller les voisins. Passa la bretelle du fusil autour de son cou, l'arme dans son dos. Leva les bras pour agripper le rebord de la mezzanine. Se hissa d'un seul mouvement. Schlak ! Une autre balle toucha le mur, fit voler le plâtre.

La boutique se trouvait à mi-longueur de la ruelle en escalier, large d'à peine deux mètres. L'immeuble d'en face, tout proche, était une vieille bicoque à deux étages, comme le sien. L'angle ne collait pas ; les projectiles venaient de plus loin, d'une position en surplomb – il n'y avait qu'un seul endroit possible.

Il remit ses lunettes de vision nocturne, se glissa par la petite fenêtre de la mezzanine, monta le long de l'immeuble par une échelle de fer. Il y avait à peine assez de place entre le mur de derrière et la maison suivante pour y glisser un chat agoraphobe. Il ne risquait pas d'être vu.

Giovanni et ses grands-parents vivaient au premier et dormaient depuis longtemps. Le proprio du second retournait en ville dès le mois de novembre – il ne supportait pas la bise maritime en hiver. Le toit de tuiles était assez incliné pour fournir un abri. Alex inspecta les hauteurs en face de lui à travers sa lunette de visée.

En montant du port, un escalier sur la droite menait à un bloc de vieux immeubles. Il les connaissait tous : il avait livré partout des commandes de riz sauté. Il n'y avait que du dernier étage de la maison située le plus à l'ouest de la rangée, à cent mètres de distance, qu'il était possible de voir, de biais, l'intérieur de son boui-boui.

Mais de là où Alex se trouvait, la ligne de visée était foireuse et il ne discernait aucune cible.

Ce n'était plus chez lui, comprit-il soudain. C'était un champ de bataille choisi par l'adversaire.

Il redescendit récupérer son sac de voyage, ouvrit doucement la porte de la boutique. Bam ! Une balle transperça le mur, toucha la couette et l'oreiller jetés dans un coin, qui tressautèrent comme un corps frappé par la foudre. Alex jaillit dans la ruelle en roulé-boulé, se releva et grimpa en courant vers l'église, son sac sur l'épaule. Deux balles firent sauter des éclats de pierre sur ses talons.

Reprendre l'initiative. Contre-attaquer.

Il galopa tête baissée, sauta une clôture, prit un sentier familier qui serpentait sur les crêtes des collines. C'était un chemin de trail adoré des touristes en été, qui reliait les cinq villages de pêcheurs du « Cinque Terre ». Mais en hiver il était souvent fermé à cause du vent et de la boue. Le premier village, Riomaggiore, était à environ un kilomètre. Il s'arrêta derrière un petit monticule juste avant d'y arriver. Aucun de ses poursuivants ne pourrait lui échapper.

Mais... et s'ils avaient eux aussi placé un second tireur à l'extrémité du sentier ? Il s'était jeté de lui-même dans un piège mortel.

Il se remémora l'histoire de Yang You-chi, que Tête-de-fer leur racontait.

« Yang You-chi était un archer du royaume de Ch'u, il y a plus de deux mille cinq cents ans. Les annales historiques racontent qu'il pouvait toucher cent feuilles de saule en tirant cent flèches à cent pas. Le roi de Ch'u avait envoyé des troupes pour écraser la rébellion de Tou Yüeh-chiao, lui-même un célèbre archer de l'époque, qui semait la terreur dans les rangs de Ch'u. Le roi promit richesses et honneurs à quiconque oserait l'affronter.

« Un long moment s'écoula. Finalement, ce fut un

simple soldat, Yang You-chi, qui se porta volontaire. Un simple soldat contre un général fameux ? La partie semblait jouée d'avance. Tou Yüeh-chiao releva le défi de Yang ; un duel à l'arc, trois flèches chacun, Tou tirant le premier. Les rangs serrés des deux armées s'attendaient à la mort immédiate de Yang.

« Mais Tou tira ses trois flèches et rata à chaque fois. Quand vint le tour de Yang, une flèche suffit. Vous entendez ? D'une seule flèche, il abattit le général rebelle.

« Pourquoi ce dernier avait-il échoué face à un simple soldat ? Il avait raté son premier tir à cause de son excès d'arrogance ; le deuxième, à cause de la colère ; et le dernier à cause de la panique. Quand vous paniquez, votre corps ne vous obéit plus, et vous devenez une cible facile, comme Tou Yüeh-chiao. »

Alex savait qu'il en était là : au stade de la panique.

Il se força au calme. Posa l'oreille au sol. Des bruits de pas : un seul homme. Il pouvait attendre ici tranquillement et s'occuper de son poursuivant, mais si celui-ci avait des complices il était fait comme un rat.

Il reprit sa course, courbé en deux, son fusil au bout du bras. Sa silhouette se découpait sur la crête inondée de lune. Une brûlure brutale à l'épaule droite – il était touché. Il se jeta en avant, rampa dans la boue, ne relevant la tête que pour balayer les alentours du canon de son arme. Personne ne l'attendait.

Fuir. Et voir ensuite.

Il brisa une vitre de voiture, démarra en reliant les

fils. Il fallait attirer l'ennemi ailleurs – le plus loin possible. Même les animaux savent qu'il vaut mieux éviter de chier dans son propre terrier.

La voiture bougea ; une balle traversa presque sans bruit la mince paroi de la portière et se logea dans sa jambe gauche.

Il ignora la blessure, braqua à fond, démarra dans le hurlement des pneus. Fonça sur la route sinueuse, pied au plancher, direction l'est, vers La Spezia. Profita d'un virage pour jeter un coup d'œil en arrière – des phares, encore lointains.

Au pied des collines, un embranchement, et le choix entre un grand port et un petit port. À gauche il continuait vers La Spezia. À droite, il allait vers Porto Venere et l'église de San Lorenzo. Vers le salut ?

Au croisement, il serra le frein à main, tourna le volant, prit à droite. Où était Paulo en ce moment ? Dans son église ?

La pluie s'engouffrait par la fenêtre brisée et le trempait.

Porto Venere était constitué d'une seule grande route longeant la marina, d'où grimpaient de nombreuses ruelles vers les quartiers résidentiels. Le port était silencieux, la lune se reflétait sur chaque vaguelette, dans chaque goutte de pluie. Alex laissa la voiture en travers de la chaussée, s'engagea en courant dans une ruelle en pente, s'efforçant de garder le pas léger – plusieurs maisons avaient encore des fenêtres allumées. L'église de San Lorenzo serait son champ de bataille : vue dégagée, position élevée, et la pluie et le vent dans le dos.

L'église se dressait sur la crête étroite d'un

promontoire. Deux murets de pierre encadraient un escalier, en pierre également, qui s'élargissait en montant. Alex s'arrêta pour sortir son smartphone. Une brève supplication s'échappa à son insu de ses lèvres de non-croyant.

Dieu l'avait entendu. La voix de basse de Paulo retentit dès la première sonnerie.

— Où es-tu ?

— Devant l'église.

— Ils sont combien ?

— Un seul… un sniper.

— Monte, je m'occupe de toi.

D'une autre poche, Alex sortit le Nokia, appuya sur *bis*. Là aussi, une seule sonnerie, et la même voix de femme répondit.

— Je ne vous avais pas dit de jeter ce téléphone ?

— Je veux parler à Tête-de-fer.

— Vous avez des problèmes ? Allez à la première planque.

— Bébé ? C'est toi ?

Silence.

— Bébé ? Qu'est-ce que tu fous là ?

— Tête-de-fer t'a donné l'adresse de la planque, tu t'en souviens ?

Elle raccrocha. Ce n'était pas le moment pour les souvenirs. Alex avait d'autres chats à fouetter.

Coup d'œil en plongée. Deux phares arrivaient sur le port. Alex leva le M21, dompta son souffle, visa la voiture volée, expira. Ne pas trop serrer… bloquer la respiration. La cible : le réservoir. Il appuya sur la détente, observa sans ciller, à travers la lunette, l'explosion et les flammes qui engloutissaient le véhicule.

À la lueur de l'incendie, il vit la Citroën poursuivante arriver, freiner brutalement, une silhouette qui roulait sur le trottoir. Il vit les hublots des yachts s'allumer, les fenêtres des maisons s'illuminer. Il avait perdu l'autre de vue. Peut-être était-il déjà à sa recherche. Il essuya la sueur et la pluie qui lui coulaient dans les yeux. Le geste déclencha une douleur aiguë à l'épaule droite. Sa manche était trempée de sang.

Il tenta de se relever. Put à peine lever la jambe gauche. Il tourna la tête vers l'église : une large silhouette sombre se dressait devant le clocher, se découpant sur le ciel bleu nuit.

— Appuie-toi sur mon épaule. On rentre et on discutera après.

Paulo, large et solide comme son église de pierre, le hissa à moitié sur l'escalier. Alex, les yeux fermés sous le vent et la pluie, fut traîné à l'intérieur du bâtiment. Des sirènes de police retentissaient au pied de la colline, les flammes se dressaient vers le ciel.

C'était une église toute simple, sans ornements, aux murs humides. Alex grelottait. Un saint Laurent de pierre noire le surplombait, assis, la tête nimbée d'un halo, deux doigts d'une main pointés vers le plafond et l'autre main devant la poitrine, serrant deux clés.

Au IIIe siècle, contraint de céder au préfet de Rome les richesses de l'église sous sa garde, saint Laurent les avait distribuées aux pauvres, aux aveugles, aux éclopés. Furieux, l'Empereur avait ordonné son martyre. Alors que les légionnaires le faisaient griller sur des charbons ardents, saint Laurent leur avait dit en plaisantant : « Voici, ce côté est maintenant bien rôti ; retourne-moi, pour que l'autre cuise aussi. »

Et il était devenu le saint patron des cuisiniers.

Alex faisait du riz sauté. Cela suffisait-il pour bénéficier de la protection du saint ? Il l'espérait bien.

Pour l'instant, il tremblait de fièvre, et avait du mal à résister au besoin d'arracher les aiguilles qui lui déchiraient l'épaule droite et la cuisse gauche.

— Je t'ai mis du désinfectant et fait un bandage de fortune, comme sur le terrain, mais les balles sont encore à l'intérieur. Tu as récupéré un peu ? Tu te rappelles où est mon bateau ?

Alex hocha la tête.

— Enfile cette robe. Tu descends sous la statue de Mère Nature qui regarde la mer. Ça ira ?

Hochement de tête.

— Le gars qui te poursuit est tout seul en bas de l'escalier. Je m'en charge.

D'un coup de pied, Paulo envoya le M21 valdinguer contre le mur, puis fit sonner à toute volée les cloches de l'église – DONG ! DONG !

Alex enfila la robe, ramassa son sac, beaucoup moins lourd désormais. Il sortit par la porte de côté, tête penchée, longea le mur de l'église jusqu'à la falaise. La pluie fouettait les murs, noyait le chemin, frappait son visage blême.

L'incendie était déjà éteint. Alex se rassura : le feu avait dû faire disparaître toute trace d'ADN, toute empreinte qu'il aurait pu laisser dans la voiture. Et la pluie torrentielle aurait effacé la traînée de sang qu'il avait laissée derrière lui. Avec un peu de chance, les traces de balles sur les murs de sa boutique n'attireraient pas l'attention de la police.

La lune perça les nuages. Il serait à découvert

jusqu'à la statue. Il se traîna jusqu'aux pieds de bronze, tâtonna – l'épaisse corde était bien là.

Il se retourna. L'immense Paulo était devant son église, immobile comme un roc, les mains dans ses manches. La tempête agitait les pans de sa robe. Les derniers échos des cloches étaient couverts par les sirènes de police en approche.

Le bras droit d'Alex était sans force, mais il put s'affaler le long de la corde coincée entre ses cuisses, contrôlant la descente de sa main gauche. Un voile noir lui brouilla la vue à plusieurs reprises. Il serrait les dents, se répétait l'adresse du premier refuge pour ne pas s'évanouir. Quand il avait quitté Taipei pour la France avant de s'engager à la Légion, Tête-de-fer lui avait dit dans la voiture qui le conduisait à l'aéroport :

— Si tu es en danger, tu te planques là-bas, et *tu attends*. Je ne te laisserai pas tomber, alors n'abandonne jamais. Tu dois juste attendre.

Plus de cinq années s'étaient écoulées, et il était en danger. Alex se souvenait de chaque mot prononcé par l'instructeur.

La barque flottait au pied de la falaise. Quand Alex était arrivé à Manarola, Paulo l'avait emmené pêcher en mer. Alex avait demandé pourquoi il était devenu « frère Francesco ». Paulo avait haussé les épaules et répondu :

— Frère Alex, quand le destin frappe à la porte, il est inutile de douter.

Le bateau, propulsé par un petit moteur horsbord à la poupe, pouvait embarquer le barreur et deux passagers. Alex ne douta pas un instant que le moteur démarre ou que le plein soit fait : frère Francesco s'occupait bien de ses frères.

Il contourna la péninsule, prit à l'est à travers le golfe de La Spezia, vers le château de Lerici sur son rocher. Mario, un ami de Paulo, l'attendait là-bas.

Son corps était secoué de fièvre, son front brûlait, le vent et la pluie lui pelaient la peau du visage alors que la barque accélérait. Mais au moins Alex avait-il enfin le temps de réfléchir.

Où donc avait-il merdé ?

8

Taipei, Taïwan

Wu consacra ses heures supplémentaires à trier ses informations. La mort de Chiu Ching-chih devait être liée à ses fonctions et aux mirifiques projets d'acquisitions mûris au sein du ministère de la Défense depuis des années : les chars M1A1, qui n'enthousiasmaient pas le reste du gouvernement ; les sous-marins, que ni les États-Unis ni aucun pays européen ne voulaient vendre, forçant Taïwan à les construire elle-même ; les chasseurs F35, que les Américains lui refusaient également : ils n'acceptaient que de moderniser les F16 en service. Chiu appartenait à l'armée de Terre, seuls les M1A1 le concernaient. Si ce dossier n'aboutissait pas, les derniers vieux chars encore opérationnels allaient bientôt s'arrêter faute de pièces de rechange, et le ministre de la Défense, connu pour apprécier modérément les hommes en vert, en profiterait pour tailler dans le budget de la cavalerie. Une fois les ressources aiguillées vers l'achat de sous-marins ou d'avions modernes, les chances que l'armée de Terre les récupère jamais étaient fort minces.

Pas d'argent, cela signifiait deux brigades blindées

de moins, deux postes de généraux qui sautaient. Une perte de prestige de l'armée de Terre, au bénéfice des marins et des aviateurs. Un choc dont elle aurait du mal à se relever.

Du coup, elle se creusait certainement les méninges pour trouver à quoi dépenser son argent tant qu'elle en avait. Chiu avait une très lourde responsabilité sur les épaules.

Que voulait acquérir l'armée de Terre ? Et Chiu Ching-chih, lui, qu'allait-il acheter ?

Quant à Kuo, il n'était peut-être qu'un officier marinier*, mais ses états de service pouvaient faire rougir nombre de hauts gradés. Il avait suivi un cours de chasse aux mines en Allemagne en 2005 – très peu de sous-officiers avaient le niveau d'anglais requis pour aller à l'étranger, et en plus, la Marine avait actionné quelques leviers pour l'envoyer étudier l'allemand à l'école du renseignement. Il s'était déjà réengagé deux fois, avait posé une troisième demande.

L'ordinateur affichait la liste de ses affectations : Kuo Wei-chung, spécialiste de lutte anti-sous-marine. A servi sur les frégates de classe Cheng Kung et Chi Yang, sur les chasseurs de mine de classe Yung Feng et Yung Ching ; embarqué sur le *Kee Lung*, tête de série de la classe Kee Lung, depuis sa promotion au grade de major.

Petit détour par Google : avant leur arrivée à Taïwan, les Kee Lung étaient les destroyers de classe Kidd de l'US Navy. Plus tout jeunes, mais les plus

---

* « Officier marinier » est le terme qui désigne les sous-officiers dans la Marine.

gros navires de guerre de la flotte taïwanaise avec leurs 9 800 tonnes de déplacement en charge.

Vu son expérience et ses qualifications, le major Kuo ne devait pas être loin, à trente-huit ans, d'être le vrai commandant du Kee Lung. Il avait demandé une prolongation de son contrat le mois d'avant, qui allait sûrement être acceptée. Sur le plan professionnel, tout lui souriait ; pourquoi se serait-il tué ?

D'autant que comme sous-off, il n'avait sûrement aucun rôle dans les acquisitions de matériel –

Le journal télé interrompit les réflexions de Wu. Une vidéo prise par un touriste à Rome montrait Chou Hsieh-ho, la tête heurtant une table à la terrasse d'un café, et l'étranger à col de fourrure à côté de lui, yeux écarquillés, bouche béante.

Que faisait à Rome un conseiller en stratégie de la Présidence ? Et quel désœuvré avait bien pu décider d'éliminer un quidam sans réel pouvoir ? La Présidence avait des dizaines de conseillers politiques et presque autant de conseillers militaires. La plupart ne percevaient même plus de salaire et n'exerçaient plus qu'à titre honorifique. Chou, quarante-trois ans, célibataire, enseignait à l'université et habitait dans une résidence de luxe sur la rue Ren'ai. Il fallait croire que la Faculté payait mieux que la police, se dit Wu.

Mais telle n'était pas la question. Que faisait Chou à Rome ? Et qui était l'Occidental à côté de lui ?

Wu arriva chez lui après dix heures. Sa femme était, comme d'habitude, plantée devant une série historique coréenne, un paquet de kleenex à la main :

— Raviolis. Frigo.

Il vit la lumière allumée dans la chambre de son fils. Il travaillait encore à cette heure-là ?

— Tu révises tes exams ? T'as pas faim ?

Sans quitter son écran des yeux, Fiston agita sa souris en l'air.

— Tu ne veux pas boire un petit verre avec ton vieux père ?

La souris lui fit encore une fois non de la tête.

Autant parler à un meuble.

Dix raviolis chinois et deux verres de kaoliang plus tard, sa femme s'assit en face de lui, essuyant des yeux de lapin russe.

— Mais pourquoi tu regardes ces conneries si ça te fait pleurer autant ?

— Tu ne peux pas comprendre.

Elle lui prit son verre des mains, sirota une gorgée :

— Il faut que je te parle.

Aïe.

— Ton père est revenu.

Papa ?

Le père de Wu était un ancien instituteur. Il avait pris sa retraite à cinquante-cinq ans et vécu vingt années heureuses de plus avec sa femme. Elle était morte depuis deux ans, et une après-midi le vieux papa s'était présenté chez Wu porteur d'un « petit dîner pour son petit-fils ». Il avait un talent certain pour la cuisine, tout le monde était heureux qu'il ait quelque chose à faire, et c'était un souci en moins pour sa belle-fille. Mais depuis, il venait tous les jours, plus personne n'osait sortir en soirée, et tout le monde devait se dépêcher d'être à l'heure pour le dîner. Un jour, le fils de Wu avait fini par dire qu'il appréciait les plats du grand-père, mais qu'il aurait bien voulu aller de temps en temps manger un hamburger avec ses copains.

Le lendemain, en rentrant chez lui à neuf heures du soir, Wu avait trouvé porte close en allant dire bonsoir à son fils. D'ailleurs la chambre conjugale était fermée aussi. Dans la cuisine, sur la table, une pile de plats encore chauds.

Bon. Son fils avait finalement opté pour le McDo. Mais où était sa femme ?

Elle était là, appuyée au chambranle de la cuisine.

— Comme je sortais ce soir, j'ai dit à ton père d'en profiter pour se reposer. Mais il avait déjà préparé le dîner et a insisté pour tout apporter quand même.

Heureusement, l'année suivante, le fils partit en échange universitaire et Wu eut enfin un prétexte pour dire à son père qu'il n'avait plus besoin de se coltiner chaque jour plus d'une heure de bus pour leur apporter à dîner.

Le vieillard n'avait pas dit grand-chose. Il n'était pas venu le lendemain. Au Nouvel An et pour les fêtes, Wu, sa femme et son fils allèrent dîner chez lui. Wu ne s'en faisait pas trop pour son père ; toutes les semaines, il marchait en montagne ou allait nager avec des amis, et avait une santé de fer.

Les derniers mois au Bureau avaient été très occupés. Wu calcula qu'il n'avait pas vu son père depuis la Fête de mi-automne.

— Il a dit qu'il prenait des cours de cuisine au centre de formation continue depuis six mois, expliqua Mme Wu. Il a décroché un certificat de chef de première classe. Il voulait essayer ses nouveaux talents – pour que son petit-fils mange un peu mieux de temps en temps, merci pour moi – alors il a apporté ses plats sans même prévenir. Il est arrivé plus d'une heure avant moi, il attendait devant la porte en sautant d'un pied sur l'autre. Ça la fout mal pour la belle-fille respectueuse.

Wu jeta un coup d'œil à la marmite qui mijotait sur le feu.

— C'est du ragoût. Tu en veux ?

Sans attendre sa réponse, elle déposa devant lui une assiette de viande.

— C'est un peu… salé.

— C'est aussi ce qu'a dit ton fils. Son grand-père n'était pas très content.

— Tu crois qu'il commence à perdre le sens du goût ?

— S'il n'y avait que ça. Il veut que je lui file une clé. Qu'est-ce que tu en penses ?

Son téléphone sonna : le grand patron ordonnait à tous les chefs de section ou d'équipe de revenir au bureau pour une réunion d'urgence. La Présidence avait ordonné que l'affaire Chou Hsieh-ho passe en priorité numéro un, et exigeait un premier rapport au Conseil de sécurité national aux aurores.

Encore une nuit blanche en perspective.

— Je l'appelle demain, dit Wu à sa femme.

Le dossier « grand-père » ainsi balayé et planqué sous le tapis, Wu consulta ses mails pour connaître les dernières nouvelles de l'assassinat de Chou. La police italienne se focalisait pour l'instant sur un premier suspect : le réceptionniste de l'Hôtel Relais Fontana Di Trevi s'était présenté à la police pour l'informer qu'un touriste coréen s'était évanoui dans la nature sans rendre sa clé. Mais les caméras de sécurité autour de Chou n'avaient filmé aucun Asiatique mâle au comportement suspect.

Wu regarda quelques vidéos : floues et confuses comme d'habitude. La grêle qui tombait à Rome ce jour-là n'arrangeait rien, pas plus que les parapluies qui recouvraient la place.

À cette heure-ci, Crâne d'œuf devait encore être dans l'avion. Réduit à avaler la bouillie enrobée dans du papier alu qu'on qualifiait de nourriture en classe économique – la seule autorisée par le budget déplacements du Bureau.

Wu lui envoya un bref message : « Jette un coup d'œil au type à la casquette de base-ball sur les vidéos. Tout le monde panique après le coup de feu, mais lui s'éloigne sans s'inquiéter de savoir qui s'est fait tirer dessus. »

Crâne d'œuf ne lirait pas ses conseils avant au moins dix heures. Wu remit son manteau et ferma doucement la porte derrière lui. Métro, boulot, pas de dodo.

Il était minuit onze, neuf jours avant sa retraite.

Trois mois plus tôt, il trouvait que le temps s'éternisait. Maintenant qu'il ne lui restait plus que neuf jours, tout allait beaucoup trop vite. Et il ne pouvait rien y faire.

9

Budapest, Hongrie

Alex s'était réveillé dans une caravane ; à l'arrière d'une voiture ; puis dans un train. Il se récitait une adresse en parcourant les ruelles au bord du Danube. Il se remémorait le large visage de Paulo, sa voix de basse : « Je m'occupe de toi. »

Mais ce qu'il avait vu en se réveillant la première fois, c'était le visage couvert de barbe de Mario, un ami de Paulo avec lequel ils étaient sortis un jour en mer pour une partie de pêche.

— Super, super Mario.

Mario lui tapotait la joue :

— Petit, petit Mario. Qui te passe le bonjour de Paulo. Tout va bien pour lui, mais toi t'es pas sorti d'l'auberge : le zig qui te poursuivait a pu s'enfuir.

Alex tenta de se redresser. Dans la caravane gris métallisé, il y avait un lavabo à côté du lit, et une petite table à côté du lavabo, couverte de nourriture. Dont des œufs brouillés.

— Paulo a dit que tu aimais les œufs. Allez, viens t'asseoir, il faut manger.

Alex refusa l'aide de Mario, leva la jambe gauche,

90

leva la jambe droite, s'accrocha au lavabo, marcha à petits pas jusqu'à la chaise devant la table, s'assit. Il n'avait pas faim du tout, mais dévora ses plats. Pour reprendre des forces.

Mario avait fait sauter les œufs dans du lait. Ça les rendait plus tendres, mais Alex les aurait préférés natures.

Mario ouvrit une main calleuse à la peau épaisse, montra deux balles déformées.

— Celle-ci, c'est celle qui t'est rentrée dans l'épaule. Pour l'autre, t'as eu du bol, elle a frappé le sol avant de te toucher, elle est restée juste sous la peau. Le toubib a pu l'enlever avec le doigt. Ça te fera un souvenir. T'es encore jeune, la blessure sera refermée dans quelques jours à peine.

Il déposa les balles sur la table.

— Tous les flics d'Italie du Nord grouillent autour de Porto Venere. On peut pas rester ici. Quand t'auras fini de bouffer, on décarre. Tiens, tes médocs.

Alex n'était pas tout à fait réveillé. Il avala les comprimés, s'allongea à l'arrière de la voiture et se rendormit très vite. Il revit Tête-de-fer.

« Vous vous rappelez Yang You-ji, le tireur d'élite ? Il surveillait son environnement en permanence, mais il ne le montrait jamais. »

La voiture dansait la gigue. Il se réveilla : il était dans un train. Mario lui essuyait le front :

— Tout va bien, tout va bien. Tu vas devoir continuer tout seul, je ne vais pas plus loin. Tu criais en rêvant, t'as parlé de Budapest, c'est tout ce que j'ai compris. Alors je t'ai mis dans un train pour Budapest.

Mais où avait-il donc merdé ? Alex brûlait de fièvre, et la silhouette de son poursuivant oscillait devant ses yeux.

Il replongea dans un long sommeil léthargique, fut réveillé par le contrôleur.

« À l'époque des Royaumes combattants, un grand archer du royaume de Wei, nommé Keng Lei, paria contre son roi qu'il pouvait abattre un oiseau rien qu'en bandant son arc. Une oie sauvage arrivait de l'est. Keng leva son arc, tira sur la corde, la relâcha – l'oiseau tomba au sol, comme s'il avait été frappé par une flèche. Le roi de Wei demanda pourquoi. »

Tête-de-fer arpentait à grands pas l'étendue boueuse devant les positions de tir des snipers.

« Keng Lei expliqua qu'il avait remarqué que l'oie volait très lentement, comme si elle était blessée, et qu'elle criait de détresse parce qu'elle ne retrouvait pas sa troupe. L'oiseau, au son de l'arc, avait paniqué et rouvert sa plaie en tentant de fuir. Voilà comment on peut abattre un oiseau sans tirer une seule flèche.

« Alors, c'est quoi la morale de cette histoire ? » demanda l'instructeur.

Alex descendit du train, son sac en bandoulière, prit le métro jusqu'au bord du Danube. Trouva l'adresse du refuge, et la clé sous une dalle de la seconde marche. Replaça la dalle, prit l'ascenseur jusqu'au troisième étage, appartement 315. Une serrure à code. Il composa sa date de naissance. Déclic : la porte s'ouvrit sur un studio de quinze mètres carrés : une pièce, une salle de bains. Un lit en face de la fenêtre. Keng Lei lui trottait dans la cervelle. Il prit ses pilules, s'allongea, se rendormit.

Cette fois, il rêva d'une silhouette féminine, indistincte. Elle lui pinça le bras :

— Moi aussi je t'aime bien, mais restons amis, d'accord ?

Ça le réveilla. Ses blessures le démangeaient.

Il prit dans le sac les affaires que Mario lui avait préparées, et, debout devant le lavabo, arracha ses pansements. Quel sagouin avait recousu ses plaies ? Les cicatrices boursouflées se tortillaient comme des scolopendres. Non : comme de grosses chenilles.

Ses bandages changés, il sortit du studio. Les ruelles étaient couvertes de neige. Il marcha très longtemps, trouva enfin une boutique tenue par un Vietnamien, fit le plein de ce dont il avait besoin. Puis il tourna dans le quartier pendant une bonne demi-heure. Il ne se sentait pas trop mal.

Il rentra, prit un sandwich, explora sa chambre. Rien derrière le poster de *La Ronde de nuit* de Rembrandt ; rien dans le boîtier électrique à côté de la porte ; rien dans le réservoir des toilettes. Il tapota son oreiller : c'était là. Il sortit un bout de papier de la taie.

Il apprit par cœur l'adresse qui y figurait avant de jeter le papier dans la cuvette et de tirer la chasse.

Un refuge n'était sûr que pour trois jours au maximum. Après, il fallait en changer.

Alex n'avait pas trouvé de fusil.

Il reprit des comprimés, se rendormit. La tête lui tournait encore. Il trempa ses draps de sueur. Puis il se leva, se fit des nouilles instantanées, avala ses médicaments, se recoucha ; se réveilla au bout de dix-huit heures. La fièvre avait baissé, il se sentait faible mais les vertiges avaient disparu. Il s'enveloppa dans plusieurs couches d'habits à la manière d'un clochard, explora les ruelles autour du refuge en cercles concentriques. Une habitude cultivée depuis longtemps : il fallait se familiariser avec son environnement.

Sa fenêtre donnait sur un casino, à moins de six mètres de l'autre côté de la rue. Le casino occupait quatre niveaux d'un immeuble formant le coin d'une rue, dont le dernier abritait un hôtel, aux huit fenêtres hermétiquement closes. Devant le casino s'étendaient un petit parc, puis un large boulevard, puis le fleuve. À deux rues de là vers le nord se trouvait un restaurant prétendument japonais, le Momotaro. Alex consulta le menu à l'entrée : sashimi, tempura, ramen – mais aussi des bouchées à la vapeur de Shanghai et du riz sauté de Yangzhou.

Il franchit le seuil, fut immédiatement baigné de l'atmosphère de sauna d'une cantine à la chinoise. Les vitres de la pièce transpiraient, vibraient à chaque coup de sirène venu du fleuve.

Le riz sauté de Yangzhou était assez différent de la spécialité d'Alex. La recette consistait à rajouter de l'eau à du riz cuit de la veille, recouvrir le wok, attendre l'absorption complète de l'eau, et enfin seulement casser les œufs et remuer rapidement. Le riz était plus tendre, le goût de l'œuf plus intense.

Alex dévora une assiette entière de riz sauté aux lamelles de porc puis sortit respirer quelques goulées d'air frais. Un jeune cuistot lui adressa deux brefs coups de menton en guise de salut – il devait venir du Zhejiang – et lui lança une cigarette. Alex fuma en contemplant le Danube, coincé au bout de la rue entre les façades des immeubles, et le pont suspendu. La neige continuait de tomber, le pont s'élevait, immuable, des silhouettes se hâtaient.

Rester là. Peut-être pourrait-il être embauché au Momotaro ?

Il remercia le marmiton d'un geste de la main, reçut un autre coup de menton en échange.

Il n'avait pas vu de véhicule ni d'individu suspect. Alex retourna au studio, avala une demi-douzaine de kiwis pour faire le plein de vitamine C. Les kiwis, les pommes-cannelles, les goyaves et les oranges sont les fruits les plus riches en vitamine C, mais il n'avait trouvé que des kiwis.

Il dormit d'un sommeil troublé. Il songeait à rallumer sa lampe de chevet pour lire un peu, mais s'aperçut qu'en face, au quatrième étage du casino, la fenêtre la plus à gauche était la seule sans lumière. Les autres étaient toutes éclairées, leurs rideaux tirés laissant filtrer quelques lueurs.

Budapest n'était pas une ville des plus animées, mais ce casino doublé d'un hôtel semblait bien tourner. La veille au soir, toutes les chambres étaient éclairées. Pourquoi l'une d'entre elles était-elle vide ce soir ? Et si elle était vide, pourquoi la fenêtre était-elle ouverte ?

Il se leva, éteignit toutes les lumières du studio, s'assit dans un coin en silence, épia la fenêtre ouverte d'en face. Puis il retira le dessus-de-lit noir, le suspendit à la tringle à rideau pour bloquer la vue, coupa le courant au commutateur principal, sortit de l'immeuble par la porte de derrière, trouva un coin obscur pour surveiller la fenêtre ouverte au quatrième étage. Ne vit rien.

Il appela Tsar, rejoignit la banlieue nord de la ville après un long trajet en tramway. À l'arrêt du tram, Tsar l'étreignit à l'en étouffer.

— J'ai besoin d'un flingue, dit Alex en français.

— J'ai tout. Même des pistolets à eau.

Tsar n'était pas russe, mais moldave. Il venait d'un pays encore plus petit que Taïwan, coincé entre la Roumanie et l'Ukraine, d'à peine trois millions et demi d'habitants. Naguère, le pays le plus pauvre d'Europe était l'Albanie, mais depuis la désintégration de l'Union soviétique la Moldavie s'était adjugé cette distinction enviable. « Les jeunes partent à l'étranger pour se faire de l'argent. Les vieux n'osent ni partir ni dépenser », avait un jour dit Tsar, succinctement, pour présenter son pays.

Il avait quitté le 2e régiment étranger d'infanterie un an avant Alex, était retourné en Moldavie. Quelques mois avaient suffi à l'en dégoûter. Il était allé en Roumanie, puis en Hongrie où il s'était marié.

Il avait été l'un des quatre légionnaires embringués dans cette sale affaire en Côte d'Ivoire, et celui qui avait le plus ramassé, comme son nez écrasé en témoignait. Les trois autres étaient Paulo, Cravate et Alex.

Tsar conduisit Alex vers le nord, à proximité de la frontière slovaque, où il avait une maison au coin d'un bois. Il lui tendit un fusil :

— Tu connais ça, c'est un Dragunov SVU russe. Rustique, pratique. Silencieux et cache-flamme intégrés. Je peux te filer une lunette PKS-07 et un chargeur de dix cartouches.

Alex s'était déjà servi d'un SVU. Une arme légère, simple à l'entretien, qui ne s'enrayait pas, ne cassait pas.

— T'inquiète pas pour la provenance, c'est un souvenir d'Afghanistan, dit Tsar en écartant les bras. À moins que tu préfères un CZ ?

Le CZ : un fusil de sniper tchèque, pas cher, d'excellente qualité. Mais le SVU était plus compact, plus robuste, il lui convenait mieux.

— Je me suis pas servi d'un fusil depuis la Légion, philosopha Tsar comme s'il se le reprochait. Maintenant je préfère l'odeur du tabac à celle de la poudre.

Il prit une feuille de papier, y traça trois cercles concentriques, l'accrocha à un arbre à trente mètres. Alex tira trois coups d'affilée, qui atterrirent dans le coin gauche supérieur de la cible improvisée. Il régla la visée, tira trois coups de plus – en plein dans le mille.

— Quelle est la portée maximale ?

— Les Russes disent mille deux cents mètres. Donc huit cents max, dit Tsar en agitant un doigt.

Plus qu'assez.

Alex se mit à la cuisine. Il découpa en morceaux tout ce qu'il trouva dans le frigo de Tsar – Papi aurait secoué la tête de consternation à la vue de certains ingrédients –, lança le tout dans l'eau bouillante. Pas de wok : il dut se servir d'une poêle. Il fit frire un peu de bacon, jeta les œufs et le riz dans la poêle, rajouta les légumes, saupoudra de sel et de poivre. Remua le tout du bras gauche.

La femme de Tsar mangeait, un grand sourire

dans les yeux. Alex se disait que sous ces latitudes glacées, être un peu enveloppée ne présentait que des avantages.

— Paulo m'a écrit qu'on avait essayé de te buter. T'es pas censé faire profil bas ? Tu sais qui c'est ?

Alex secoua la tête.

Après le dîner, ils s'assirent sous la véranda. Tsar se vautra dans son fauteuil de bois, allongea les jambes.

— J'imagine que si tu veux un flingue, c'est pas pour te planquer.

— Non. Je n'arrive pas à piger comment le type a su que j'étais à Budapest. Faut que je trouve une occasion pour le lui demander.

— S'il a pu te suivre d'Italie jusqu'ici, c'est que c'est un pro.

— Tu m'étonnes.

— Donne ton téléphone.

Tsar caressa l'iPhone d'Alex.

— Les hommes du XXIᵉ siècle se divisent en trois catégories : ceux qui ont un iPhone, ceux qui ont un autre téléphone, et ceux qui n'ont pas de téléphone du tout.

Il jeta l'appareil au sol, l'écrasa sous sa botte comme un cafard : croutch, schronk, ffuitch.

— Tu es poussière et tu retourneras à la poussière, récita Alex.

— Ouais. Sans iPhone, il ne te retrouvera pas. Ah, j'ai oublié de te dire, la visée nocturne sur ta lunette est franchement foireuse. Évite de soulever ta poussière en pleine nuit.

— Quelle est la largeur du Danube au niveau du pont suspendu ?

— Quatre cents mètres environ. Tu veux prendre un bain ?

Alex observait le fusil qu'il tenait à la main. Tsar observait Alex. Il lui envoya une grande tape dans le dos.

— Je retrouve mon Alex.

— Qu'est-ce qu'il y a de l'autre côté du pont ?

— La nuit commence à peine, répondit Tsar en se levant. Je vais nous chercher un remontant et un plan.

« À l'époque des Trois Royaumes, le célèbre général T'ai-shih Tz'u vola au secours de son ami Kong Rong, qui était assiégé. Il lui demanda s'il avait envoyé des messagers demander des renforts ; Kong répondit que personne n'osait franchir le dispositif ennemi. »

Même assis à une table chargée de victuailles pour la Fête de mi-automne, Tête-de-fer ne dérogeait pas à son habitude de faire un petit discours avant de commencer le repas.

« Le lendemain, T'ai-shih Tz'u fit une sortie à la tête de quelques hommes pour dresser une cible devant les douves. Croyant à une attaque imminente, l'ennemi battit le tambour, mais T'ai-shih Tz'u se contentait de galoper devant la cible en bandant son arc. Il tira plus d'une dizaine de flèches, qui toutes frappèrent la cible. Le lendemain et le surlendemain, il fit de même. Le quatrième jour, les assiégeants avaient baissé la garde. T'ai-shih Tz'u fonça seul vers les lignes ennemies, et comme tous avaient pu constater qu'il ne ratait jamais sa cible, personne ne s'interposa. Les rares téméraires furent abattus un à un.

« Vous saisissez ? Un tireur d'élite doit être si précis

que l'ennemi paniquera au moindre bruissement du vent. »

Tête-de-fer s'empara d'une cuisse de poulet dans le plat : « La main dessus* ! »

La neige bloquait de nombreuses rues. Alex dut changer plusieurs fois de tram pour atteindre la colline du château sur la rive droite du Danube ; il longea les murailles jusqu'à une résidence hôtelière à leur extrémité sud, profita de ce que le réceptionniste était occupé à accueillir un groupe de touristes pour se faufiler dans les toilettes, d'où il grimpa sur le toit. Il se recouvrit d'un drap blanc fourni par Tsar et attendit. Près de vingt-quatre heures s'étaient écoulées, et, à supposer que l'autre n'ait toujours pas découvert son absence, sa patience devait commencer à s'effilocher sérieusement.

Aux jumelles, il admira le grand bâtiment baroque qu'occupait l'hôtel Quatre Saisons un peu plus loin. Puis, en les déplaçant, il repéra au quatrième étage de l'immeuble du casino la fenêtre la plus à gauche. Elle était encore ouverte.

La veille au soir, avant de partir, il avait suspendu un tissu noir derrière la vitre du studio. Avec ce ciel gris et la neige blanche réfléchissant la lumière, sa fenêtre devait former un grand miroir.

Réfléchissez, disait Tête-de-fer. Mettez-vous à la place de votre adversaire.

S'il était le sniper d'en face, installé à l'étage au-dessus du casino pour avoir une vue presque à l'horizontale sur l'intérieur du studio, et qu'il ne voie

---

* En jargon militaire : « Vous pouvez commencer à manger ! »

rien à travers les vitres, deux solutions seulement se présentaient à lui. Soit grimper sur le toit, comme à Rome, se glisser par une lucarne et s'abriter derrière la crête du toit, pour avoir un meilleur angle et la vue dégagée à travers le vasistas au-dessus de la fenêtre principale.

Soit traverser la rue et défoncer la porte.

Mais ce type était un tireur d'élite, pas un simple flingueur. Les tireurs d'élite réfléchissent en termes de distance, de dissimulation, de conditions climatiques, de vent et de champ de vision.

Alex avait reconnu le quartier, inscrit chaque bâtiment dans sa mémoire. La façade du casino donnait sur le fleuve, l'arrière sur une rue étroite. Le toit était très incliné, pour empêcher l'accumulation de neige. Quatre lucarnes sur chaque versant, probablement toutes fermées vu le temps. Pour éviter d'éventuelles complications, il ne fallait pas grimper par les lucarnes donnant sur des chambres, mais par celles ouvrant sur la cage d'escalier centrale. Celle-ci occupait toute la largeur de l'immeuble ; il n'y avait pas de paroi entre la lucarne à l'avant et celle de l'arrière.

Il déplaça ses jumelles. Avec un petit effort, il pouvait en effet voir la lucarne de derrière à travers les vitres de celle qui lui faisait face.

À Manarola, le sniper avait choisi de tirer à travers les fenêtres à partir d'une position en hauteur, relativement éloignée. Cela signifiait qu'il craignait d'éveiller l'attention, et en particulier l'attention d'Alex. Il avait compris qu'en basse saison, le risque qu'un villageois bien intentionné signale à Alex la présence d'un touriste asiatique isolé n'était pas négligeable. Mais en privilégiant ainsi la discrétion, le tireur avait sacrifié l'efficacité. N'empêche qu'il avait poursuivi Alex sur le chemin à travers les collines, puis jusqu'à Porto Venere. Il avait décidément le sens de la mission.

Ayant échoué la première fois, il serait plus patient cette fois-ci. Il ne comptait pas laisser Alex contre-attaquer.

À moins que la chambre en face du refuge ait été vide depuis le début, et qu'Alex ait paniqué au bruit du vent comme les adversaires de T'ai-shih Tz'u.

Trois heures passèrent. Alex ne sentait presque plus ses jambes frigorifiées. Il se massa les cuisses en songeant à redescendre. Mais si un sniper se trouvait vraiment là-bas ? Lui aussi serait coincé sur un toit à se geler les miches, lui aussi serait en ce moment en train de songer à se masser les jambes ou à laisser tomber.

Alex attendit.

Un car s'arrêta devant l'hôtel et une dizaine de touristes en descendirent. Deux hommes restèrent à fumer devant l'entrée. Une joggeuse à queue-de-cheval, en tenue de sport moulante, trottinait autour du parc. Sur le pont suspendu, un embouteillage monstre se créait.

Sept fumeurs remplacèrent les deux précédents. Une femme brandissait son smartphone et prenait des photos du pont. Un homme vêtu d'un long manteau et coiffé d'un bonnet de laine parlait dans le sien devant l'entrée de l'hôtel. Les voitures sur le pont n'avançaient plus. La joggeuse à queue-de-cheval s'y engagea.

Une demi-heure plus tard : mouvement fugace

sur le toit du casino. Alex cligna des paupières, approcha l'œil de sa lunette de visée, déplaça légèrement le canon du SVU. Distance : six cent cinquante mètres, léger vent de travers, forte humidité ambiante, flocons de neige papillonnant.

Il amena la première cartouche dans la chambre, abaissa tout doucement le bout du canon.

De l'autre côté du fleuve, un restaurant avait disposé quelques tables sur la berge. Un serveur en noir installait des parasols, les gestes fluides. Le type au téléphone entra à grands pas dans l'hôtel. Il n'y avait plus que trois fumeurs : deux hommes, une femme.

Une casquette blanche dépassa le faîte du toit du casino, suivie de l'extrémité d'un silencieux.

Alex retint son souffle. Le tube de son arme reposait sur le parapet, la crosse dans le creux de son épaule. La casquette réapparut. Il vit deux yeux dans sa lunette. Appuya sur la détente.

Grâce au silencieux intégré, la détonation ne produisit pas plus de bruit qu'un ballon éclaté. Son épaule droite absorba le recul. Merde ! À l'instant où il pressait la détente, quelques flocons s'étaient glissés entre son œil et la lunette.

Raté. Là-bas, le projectile souleva un petit geyser de neige sous l'arête du toit.

Alex fit légèrement pivoter le canon du SVU. Il savait que l'autre allait se déplacer sur sa gauche. 90 % des snipers tiraient de la main droite, qu'ils soient droitiers ou gauchers. La main gauche ne tenant pas l'arme, le réflexe naturel après avoir été la cible d'un tir était de rouler vers la gauche.

Plus de casquette blanche. Alex sentit brusquement

un courant d'air lui frôler le visage, rentra instinctivement la tête dans les épaules.

Il semblait que le type en face faisait partie des 10 % qui roulaient sur la droite.

Un type en tablier blanc et portant quelques cartons recouverts de papier alu entra dans l'hôtel : un livreur du Momotaro. Le soleil perça entre deux nuages, brilla sur le papier alu. Un client en doudoune bleue s'assit sous un parasol au bord du fleuve. Le serveur s'empressa de lui apporter un café. La joggeuse avait disparu. Les voitures se remettaient à rouler au pas.

Il chargea sa deuxième cartouche. Il ne voyait pas la casquette blanche. Il attendit, releva un peu le torse. Le bout d'un canon apparut dans sa lunette.

Alex attendait.

En face, le canon pivota. Alex perçut un bref éclair : le reflet du soleil sur la lunette de l'autre.

Il attendit.

L'œil près de sa lunette, Alex vit – en une fraction de seconde – la lunette de l'adversaire, la casquette derrière la lunette, le visage sous la casquette, les flocons qui s'écrasaient sur la visière. Coup au cœur :

— Le Gros !

Le bout du canon du Gros se releva de quelques millimètres. Alex pressa la détente. Les deux projectiles traversèrent plus de six cents mètres de flocons, survolèrent le pont embouteillé, survolèrent camions et voitures, survolèrent la joggeuse, réapparue.

Alex entendit le sifflement de la balle qui frôlait son oreille gauche. Lui aussi avait raté sa cible, mais il avait touché le fusil de son adversaire. Le canon de l'arme heurta brutalement la crête du toit, soulevant un petit nuage de neige. Puis disparut.

L'autre avait-il lâché son fusil ? perdu son arme ?

Alex manœuvra la culasse une troisième fois, changea de ligne de visée. Il pointa son canon sur la lucarne de la cage d'escalier. Vit une silhouette sombre derrière la lucarne opposée, se découpant sur la clarté du jour. Tira un troisième coup sans hésiter.

La vitre de la lucarne vibra une seconde avant de quitter son cadre d'un bloc et de s'éparpiller dans la cage d'escalier. Alex vit clairement la vitre de l'autre fenêtre, derrière, connaître le même sort, mais tomber vers la ruelle. La silhouette sombre s'était évanouie.

La joggeuse laissait ses empreintes de pas sur la neige du pont. Elle portait des écouteurs et haletait en rythme. Un couple s'assit à une table du bord du fleuve. Le serveur apporta du vin chaud et leur recouvrit les jambes d'une épaisse couverture.

Devant l'hôtel des Quatre Saisons, une Porsche avait remplacé le car. Un homme en descendit, coiffé d'une queue-de-cheval comme la sportive, ainsi qu'une femme qui visiblement n'avait froid ni aux jambes, ni aux yeux.

Le livreur du Momotaro sortit de l'hôtel et s'alluma une cigarette.

Alex rangea son fusil, redescendit du toit par l'escalier de secours, enfila un bonnet noir, releva son col, hissa son sac à l'épaule, longea les murailles de la colline du château vers l'ouest, s'éloignant du Danube. Il traversa un boulevard, puis un parc dont il ignorait le nom, arriva devant la gare de Budapest-Déli et sauta dans un tram, ligne 2.

Vingt minutes plus tard, il était de nouveau sur la rive gauche et entrait dans une cabine téléphonique aux abords de la cathédrale Saint-Étienne.

— Alors ?

— T'as pas vu les nouvelles ? répondit Tsar en brayant de rire. Un touriste a filmé un type qui se suicidait en sautant du toit du casino, les journalistes ont dit qu'il avait sans doute perdu son billet de retour au jeu. Viens boire un verre, ma femme est folle de ton riz sauté.

Alex n'alla pas boire un verre. Il retourna prendre le tramway, ligne 3, rejoignit la gare de Budapest-Nyugati, sauta dans le premier train vers le prochain refuge. Il ne ferma pas l'œil du voyage, la main serrée autour du Nokia que Tsar lui avait laissé.

Pourquoi le Gros ?

10

Taipei, Taïwan

Suivant les directives du chef de bureau, Wu se rendit chez la veuve de Chiu Ching-chih. La rue était remplie de journalistes et de camions régie. Il vit la veuve, toute mince, s'adresser à vingt ou trente imperméables :

— Je souhaite remercier le ministère de la Défense pour la promotion de Ching-chih au grade de général à titre posthume, le Président pour les fleurs qu'il m'a offertes, et tous ceux qui m'ont témoigné de la compassion.

Elle s'inclina devant les caméras, imitée par un garçon et une fille d'une dizaine d'années.

— J'ai une seule chose à dire à l'état-major de l'armée de Terre et au ministère : vous devez me rendre justice. Pourquoi mon mari a-t-il été tué ? Où est l'assassin ? Je jure de ne pas vous laisser tranquilles tant qu'on ne m'aura pas rendu justice.

Ignorant les questions des journalistes, elle fit demi-tour et rentra dans la maison, suivie de ses enfants.

Wu attendit que la meute se disperse et alla sonner à la porte.

— Ching-chih ne parlait jamais de son travail à la maison. Je n'ai aucune idée des dossiers qu'il traitait. C'est au ministère que vous devez poser cette question, pas à moi.

« Je ne lui connaissais pas d'ennemis, mais il était très consciencieux dans son travail et ne s'y était pas fait beaucoup d'amis. S'il avait des ennemis, c'est au ministère qu'il faut le demander.

« Bien sûr que sa mort est louche ! La police ne va quand même pas salir sa mémoire comme le ministère ?

Une femme en colère.

— Le type à qui il a parlé juste avant sa mort, c'était son supérieur dans ses fonctions précédentes. Ils se sont disputés au téléphone. Il ne m'a pas dit de quoi il s'agissait, il ne me parlait jamais de son travail.

« Non, je ne sais pas comment s'appelait son supérieur. Demandez au ministère ! Vérifiez d'où venait le coup de téléphone. Vous n'avez pas retrouvé son téléphone ? Ça fait près d'une semaine qu'il est mort, ne me dites pas que vous "enquêtez activement". Vous ne vous en tirerez pas comme ça ! La police, l'armée, vous êtes bien tous les mêmes !

Wu retourna à Zhongshan, ignora la crêperie, appuya sur sa seconde sonnette de la journée.

Personne ne lui ouvrit la porte, mais une voix s'éleva dans son dos :

— Qui cherchez-vous ?

La femme qu'il avait vue fumer à sa fenêtre du troisième était assise dans le petit parc. Elle fumait encore.

— Je suis le superintendant Wu, du Bureau des enquêtes criminelles.

Ils commandèrent deux cafés dans un 7-Eleven et prirent place devant la boutique.

— C'est un peu gênant... L'autre mort, ce Chiu Ching-chih, il a été promu général. Vous savez ce que ça signifie, superintendant ?

— Non ?

— Ça veut dire que Mme Chiu va toucher à vie une pension de réversion de veuve de général, et même une indemnité compensatoire. Le ministère estime que sa mort est imputable au service. Mais si mon mari s'est suicidé, je n'aurai ni pension ni indemnité ! Je ne toucherai même pas son assurance-vie.

Wu hocha la tête.

— Alors ça fait des jours que je me prosterne devant des officiers de marine en espérant qu'ils ne classeront pas sa mort comme suicide, mais tout le monde s'en fout ! Même les meilleurs amis de Wei-chung se défilent ! Ils disent que ça dépend de la décision de la police ! Superintendant, mon avenir et celui de mes enfants sont entre vos mains !

Wu n'osait plus hocher la tête.

— Il ne s'est jamais disputé avec personne ! La Marine voulait qu'il suive un cours d'officiers. Mais il ne voulait pas, il était plus tranquille comme sous-off. Comment voulez-vous qu'un type comme ça se fasse des ennemis ?

Mme Kuo se tut. Wu se disait que c'était probablement à son tour de parler, mais elle lui coupa l'herbe sous le pied.

— Il n'y a rien de vrai dans ce qu'ont dit les

journaux, sur un soi-disant rendez-vous avec une maîtresse. Je le connaissais trop bien. Dès qu'il sortait du boulot, il emmenait son fils jouer au basket, ou bien il nous préparait des petits plats. Chez nous, la cuisine, c'était son domaine.

— Pour la police, il n'y a pas de maîtresse dans l'histoire.

— Alors quoi ?

— Madame, votre mari connaissait-il cet officier de l'armée de Terre, Chiu Ching-chih ?

— Pas que je sache.

— Est-ce que son travail touchait de près ou de loin aux questions d'achat de matériels militaires ?

— Un simple major ? Comment pourrait-il être mêlé en quoi que ce soit à des achats d'armements ?

Wu était presque à court de questions. Il ne restait plus qu'une chose à vérifier :

— Le tatouage qu'il avait sur l'épaule ? Vous savez, un vieux caractère chinois ?....

— « Famille ». C'était quand il avait dix-sept ou dix-huit ans, il s'est fait tatouer ça en même temps que des copains du lycée. Ils se sentaient comme une grande famille, pour le meilleur et pour le pire, unis jusqu'à la mort, ce genre de bêtise des ados, vous savez ce que c'est.

Il devait retourner au Bureau pour une vidéoconférence avec Crâne d'œuf. Mme Kuo n'avait pas envie de rentrer chez elle. Elle s'alluma une cigarette d'une main, de l'autre en tendit une à Wu.

— Superintendant, Wei-chung n'a pas pu se suicider.

Même sans suicide, la tabagie passive l'aurait sans doute tué, se disait Wu.

À deux heures de l'après-midi, Wu était devant son écran, face à Crâne d'œuf. La police de Rome semblait bien le traiter : il dévorait un grand bol de nouilles chinoises accompagné d'une bouteille de vin rouge.

— Le suspect que tu m'avais signalé, c'était un type déguisé en Occidental. On a de la chance : une employée des services de nettoyage de la gare a retrouvé sa perruque et ses fringues.

— Vous avez des images ?

— Oui, regarde.

La vidéo de la caméra de sécurité était de qualité correcte. Un Asiatique en manteau noir, chaussures de trekking, sac Adidas en bandoulière, gobelet de café à la main – s'efforçant de tourner le dos à l'objectif.

— Vers quelle destination ?

— Naples.

— Et à Naples ? D'autres images ?

— Il est descendu en route, a changé de quai et est reparti vers Rome. Mais on n'a rien d'autre sur les caméras de la gare de Rome, il a dû rester dans le train et continuer vers le nord. La police locale examine toutes les vidéos des autres gares, je les aide depuis que je suis arrivé. Tu devrais venir faire un tour et les voir bosser, ils sont presque aussi bons que nous.

— Tu n'auras qu'à ajouter une annexe à ton rapport : "Étude comparative des méthodes d'enquête des polices italienne et taïwanaise".

— Bonne idée. Ah, ça me rappelle – il faut mettre le chef au courant. Est-ce que tu pourrais préparer quelque chose – fais pas cette gueule, tu pianotes beaucoup plus vite que moi. Les *tortues* pianotent plus vite que moi. Je te rapporte un jambon italien et une bonne bouteille de rouge, d'accord ?... Et deux écharpes en soie pour ta femme ?... Un petit cadeau pour chaque membre de la famille ?....

Un indice probant était venu d'une vidéo en selfie à 360° tournée par une touriste taïwanaise, Mlle Zhao, qui l'avait vendue à une chaîne de télévision. On voyait le serveur du café hurler, le corps de Chou Hsieh-ho s'effondrer, sa main frôler une jeune Anglaise assise à la table d'à côté, ce qui avait provoqué un autre cri, puis d'autres hurlements en chaîne alors que les amis de l'Anglaise découvraient le corps de Chou. Et puis le chaos sur la place, en un rien de temps. La vidéo montrait la foule : ceux qui s'accroupissaient, ceux qui se jetaient à plat ventre, et un homme – un Américain ventripotent – qui s'éloignait vers une ruelle adjacente. Sans s'inquiéter des filles qui hurlaient, sans ralentir ni se presser, comme s'il allait à un rendez-vous mais avait tout son temps.

— Pourquoi pensiez-vous qu'il était américain ?

— Il n'y a que les touristes américains qui voyagent en short.

— Il n'y a que les Américains qui voyagent en short ?

— En plein hiver, je veux dire.

La police romaine s'était donc d'abord intéressée à l'hôtel à l'entrée de la ruelle en question, le Relais Fontana Di Trevi, pour tenter d'identifier et de localiser tous les clients. Il n'y avait eu que trois personnes voyageant seules : M. A. se trouvait au bar du premier étage, Mlle B. s'était présentée à la police le soir même, avait un bon alibi et ne se souvenait pas du client asiatique dont les policiers lui avaient parlé. M. C., lui, s'était évaporé. Sa chambre était vide, on n'y retrouva pas une seule empreinte : il avait nettoyé les murs, le sol, la tête de lit, noyant presque la chambre sous l'eau.

Un pro.

On communiqua à l'ambassade de Corée les données du passeport qu'il avait montré à la réception : c'était un faux. Pas d'empreinte, et une signature illisible sur le registre.

D'autres policiers recueillaient les données des caméras à la gare de Termini, quand on les avertit qu'un employé du nettoyage avait découvert une perruque rousse et des habits dans une poubelle. Un contrôleur interrogé se souvint d'avoir vu une décalcomanie d'un caractère chinois dans une toilette d'un train. Crâne d'œuf le lut : *chan*, zen.

On alerta tous les hôtels de Rome. L'hôtel Tokyo, une pension miteuse derrière la gare, signala un client parti sans payer et sans sa valise, glissée sous le lit. Le réceptionniste n'avait pas photocopié le passeport, mais se souvenait que la chambre avait été réservée la veille par téléphone, par une femme parlant anglais. La police s'efforçait de tracer cet appel.

L'hôtel Tokyo n'avait qu'une caméra de sécurité à l'entrée. Elle n'avait filmé le suspect que de dos.

Le vol d'une bicyclette avait été signalé le même jour à proximité de l'hôtel.

Plus intéressant : une valise vide planquée derrière un kiosque à la gare routière de Florence. Le marchand de journaux l'avait repérée à la fermeture, et avait immédiatement alerté la police, pensant à une bombe.

On vérifia donc les enregistrements des caméras de la gare routière de Florence. Résultat : quatre images du suspect, toutes graineuses et floues, toutes de profil ou de dos.

— Voilà, c'était le rapport du chef de la section de lutte contre le crime organisé. Qu'est-ce que tu en penses, Wu ?

— C'est un Taïwanais.

— Ah oui ? pourquoi ?

— Le caractère chinois dans le train. La valise restée à l'hôtel Tokyo : l'ourson est un personnage de dessin animé taïwanais. Et puis la victime est taïwanaise aussi.

— Trop facile. Essayons plus dur, dit Crâne d'œuf en engloutissant une nouvelle platée. Où est-ce qu'on trouve des tireurs d'élite à Taïwan ?

— Chez les militaires.

— Hé bé, c'est dommage que tu partes à la retraite. Elle tourne encore bien cette vieille cervelle.

— Crâne d'œuf, termine vite tes nouilles, tu ne peux pas bouffer et respirer en même temps. Tu vas nous faire une anomie cérébrale et je ne viendrai pas t'aider à te débrancher. En attendant, je vais voir avec la Défense, envoie des photos un peu plus nettes du suspect.

Quelques minutes plus tard, Wu reçut trois photos : le suspect de dos (Rome), le suspect de profil

(Florence) – parfaitement inutilisable à fins d'identification – et un selfie de Crâne d'œuf terminant ses nouilles.

Nouvel e-mail, nouvelles photos : un cadavre à plat ventre dans la neige, le même cadavre retourné sur le dos, un gros plan de son visage, un fusil de précision, en deux morceaux. Et un commentaire de Crâne d'œuf : « Mâle, asiatique, tombé d'un immeuble à Budapest. Un sniper de plus. Peut-être le nôtre ? »

Mais alors, qui avait tué le tueur ?

11

Telč, République tchèque

Alex changea plusieurs fois de train et franchit la frontière tchèque. De Brno, un tortillard l'emmena à Telč où il arriva en pleine nuit. C'était une bourgade minuscule dont la gare donnait directement sur une petite rue à double sens, avec un air de route provinciale taïwanaise. Les voitures éclaboussaient les piétons de neige souillée. Le ciel était noir, les trottoirs couverts d'un épais manteau blanc, Alex avançait avec précaution et faillit rater la porte qui marquait l'entrée de la vieille ville.

Une porte de ville ? À peine une ouverture en arche percée dans une vieille baraque.

Au-delà, c'était plus impressionnant. Il déboucha sur une vaste place médiévale de forme ovale, entourée de maisons Renaissance.

Selon Tête-de-fer, avant la Seconde Guerre mondiale, le Kuomintang, fort d'excellentes relations avec les autorités nazies, s'était procuré bon nombre d'armes allemandes et avait même négocié avec Hitler l'envoi de conseillers militaires et de suffisamment de matériel pour équiper quarante divisions d'infanterie chinoises. Les diplomates avaient acheté plusieurs résidences en Europe pour y loger les diverses délégations. Mais Hitler s'était allié au Japon et la Chine avait déclaré la guerre à l'Allemagne.

Après la guerre, le Kuomintang défait par les communistes s'était réfugié à Taïwan. Les services de renseignement avaient hérité de ces biens immobiliers et en avaient acquis plusieurs autres dans les années 1970, au moment du décollage économique. Tout cela relevait du secret d'État et ne figurait dans aucun registre officiel.

Puis ce fut la fin de la loi martiale, la démocratisation, la succession rapide des gouvernements, la valse à la tête des services. Les résidences disparurent même des registres officieux, leur existence n'était plus connue que de rares initiés, et elles avaient fini par servir de refuge aux agents en mission.

Et comme le plus grand risque avec un refuge était d'être repéré, aucun agent ne pouvait y séjourner plus de trois jours d'affilée. Alex avait compris que l'attaque de Manarola signifiait que sa couverture était d'ores et déjà grillée. Il devait rester en mouvement, mais combien de temps ? Quand pourrait-il rentrer chez lui ?

La ville comptait à peine six mille habitants, dont la plupart vivaient en dehors du centre historique ; pendant la haute saison touristique, plusieurs dizaines de milliers de personnes la visitaient chaque jour, en hiver probablement moins d'un millier.

Le refuge, plus chaleureux que le studio de Budapest, était à l'étage d'une maison sur deux niveaux, au fond d'une petite ruelle aux fenêtres sombres. On y trouvait un poêle de cuisine, un coussinet sur la lunette des toilettes – contre le froid ? –, un rideau de douche et même un vase rempli de fleurs fanées sur la table de la salle à manger, laquelle faisait aussi fonction d'entrée et de séjour et menait à deux chambres. Selon une habitude bien ancrée, Alex étudia les possibilités de fuite. Les fenêtres sur l'arrière de la maison donnaient sur une rivière ou un petit étang. Pas de bateau.

Personne au rez-de-chaussée. Peut-être le propriétaire résidait-il à Brno pour l'hiver ?

Sur une étagère, derrière la porte, des cartes de la région moisissaient. La vieille ville de Telč se trouvait sur une presqu'île, communiquant avec l'extérieur, vers le sud-est, par la rue passant sous l'arche qu'il avait empruntée. Deux plans d'eau à l'est et à l'ouest, d'anciennes douves au nord. Un petit pont de bois vers la rive opposée – trop loin du refuge. Pour s'enfuir il fallait savoir nager.

Il était entouré d'eau sur trois côtés, et dans ce bled, à la morte-saison, son visage asiatique ne manquerait pas d'attirer les regards. Bravo pour les principes de discrétion serinés pendant des mois par Tête-de-fer. Ce prétendu refuge était un traquenard.

Il se mit à la recherche de l'adresse du refuge suivant.

Elle n'était pas sous le sommier, ni dans la taie d'oreiller. Elle n'était nulle part. Il remplit la bouilloire – les sachets de Darjeeling dans une boîte en métal, sur la table à manger, semblaient encore consommables. Il se prépara un sandwich géant, empilant le fromage, le jambon et le pain trouvés dans le frigo.

Il s'assit, but et mangea, se calma. Sur l'étagère se

trouvait aussi un guide touristique de la Pologne, en anglais, qu'il feuilleta en dînant. Beaucoup de pages manquaient, mais une adresse en polonais était gribouillée dans la marge d'une carte de Varsovie.

Alex s'activa un moment dans la chambre donnant sur l'étang, éteignit les lumières et descendit les escaliers à tâtons. À gauche de la porte qui ouvrait sur la rue se trouvait celle de l'appartement du rez-de-chaussée. Il agita la poignée, sortit son couteau suisse, en introduisit la lame dans le trou de serrure, fit sauter le ressort, poussa le battant.

Personne. Froid de canard : le chauffage n'avait pas été allumé cet hiver. Forte odeur de moisi : l'appartement était inoccupé depuis au moins un an. Une seule grande chambre sur l'arrière. Alex tira le matelas et les couvertures dans la salle de séjour.

Il contempla son Nokia en forme de boîte à crayons. Était-il temps de communiquer de ses nouvelles à Taipei ? De demander des instructions sur la conduite à tenir ? Il voulait vraiment comprendre comment le Gros s'était retrouvé face à lui à Budapest.

« Pour occuper ses loisirs, un soldat doit lire. Il ne doit pas sortir en boîte ou courir la gueuse dès qu'il a quartier libre, car il risque de s'y habituer, et l'acier de son fusil lui paraîtrait trop dur et trop froid après le corps tendre et tiède de sa petite amie. »
Rires contenus.
« Jadis vivait un nommé Chi Ch'ang, disciple du maître archer Fei Wei. Fei Wei lui enseignait qu'avant d'apprendre à tirer à l'arc, il fallait savoir se concentrer. Chi Ch'ang était obstiné. Il attrapa un pou,

*l'attacha à une poutre avec un poil de queue de yak,
et resta planté devant pendant des jours, jusqu'à ce
que la bestiole lui apparaisse grosse comme une roue
de chariot. Alors il tira une seule flèche, transperçant
le pou de part en part. »*

Tête-de-fer ferma un œil pour examiner l'intérieur
du canon d'un fusil.

« *Si vous ne vous êtes engagés que pour la solde,
et que vous vous contentez d'attendre la retraite en
battant la semelle, grand bien vous fasse. Mais si
vous êtes devenus soldats par vocation, vous devez
vous concentrer. Vous concentrer jusqu'à ce que le
pou vous apparaisse gros comme une roue de camion.
Pigé ?*

« *Et… à qui est ce fusil piqué de rouille ?… Je ne
veux rien entendre. Une semaine de consigne sur base,
sans visiteurs. »*

Sa vision s'étant adaptée à l'obscurité, il refit le
tour de l'appartement. La cuisine était plus rustique
qu'à l'étage, la table de la salle à manger plus petite,
séparée du reste du séjour par une cloison de bois.
Une énorme télé obsolète trônait sur une estrade à
côté d'un magnétophone à cassettes. Le frigo était
vide, à part deux bouteilles de vin rouge dans le bac
à légumes. Alex en ouvrit une. Pas de surprise : le
vin avait presque tourné au vinaigre.

Dommage. Alex s'assit, tenta de dénouer ses muscles tendus par le stress des derniers jours. Bizarre
que le vin du rez-de-chaussée soit gâté alors que le
fromage et le jambon à l'étage étaient encore frais.

Il remonta au premier, disposa des coussins sous
la couverture, déplaça un portant à vêtements de la

porte à la fenêtre. Remonta le SVU, l'installa près de la fenêtre.

Il redescendit, alluma un ordinateur portable qu'il avait vu à la tête du lit. Pas de wi-fi : il dut le connecter à la ligne téléphonique. Mais le téléphone fonctionnait-il encore ? Oui. Il posa le vieil Acer épais sur la table – un modèle sorti cinq ou six ans auparavant –, tenta de le plier à sa volonté. Heureusement, il n'y avait pas de code d'accès, mais Alex ne comprenait pas le tchèque et il dut batailler une bonne dizaine de minutes avant d'accéder à un site d'informations en anglais. Et aux photos.

L'Asiatique retrouvé mort à Budapest était bien le Gros. Le Gros allongé dans la neige, son visage fracassé par la chute, son fusil brisé. Ses yeux exorbités, larges comme des soucoupes.

Pourquoi le Gros ?

Alex consulta un site taïwanais. Depuis quelques jours, on ne parlait plus que de l'assassinat près de la fontaine à Rome. La victime : Chou Hsieh-ho, un conseiller en stratégie de la Présidence.

Impossible ! Pourquoi lui aurait-on ordonné de tuer un conseiller de la Présidence ?

S'était-il trompé de cible ?

Il retrouva la photo qu'on lui avait donnée, la déplia.

Il ne s'était pas trompé de cible. C'était lui, Alex, qu'on avait trompé.

DEUXIÈME PARTIE

Le caractère 家, *chia*, qui signifie aujourd'hui « famille » ou « maison », est défini très simplement dans le *Shuowen Jiezi*, un dictionnaire de caractères chinois datant du deuxième siècle de notre ère : « habiter ». Le *Erya*, un autre dictionnaire plus ancien, lui donne le sens de « ce qui est entre les murs du foyer ». 家 est donc ici un substantif, là un verbe.

Réunissez assez de 家 et vous obtiendrez un pays ou une nation. C'est pourquoi ce caractère se retrouve dans les deux principaux termes qui ont ce sens, 邦家 *pang-chia* et 国家 *kuo-chia*. Sans familles, pas de nations. Le caractère évoque la chaleur, l'intimité du foyer. Un poème ancien dit ainsi : « Moi seul encore n'ai point fondé de vraie famille ; au soir de cette vie, le désespoir me vrille. » Tel est l'état d'esprit d'un vieux célibataire.

La famille est aussi le modèle de toute morale et de toute vertu. Sans morale, point de famille. Sans vertu, l'homme ne se distingue plus de la bête. Ainsi, même l'être humain le plus solitaire porte en lui un peu de *famille*.

1

Taipei, Taïwan

La police de Rome tenait Crâne d'œuf aussi bien informé qu'elle le nourrissait. Wu reçut de nouvelles photos et données sur le sniper tombé du toit, plus mort que mort.

Le pathologiste hongrois avait confirmé que le défunt s'était cassé le cou en tombant du toit. Pas trace de blessure par balle. Au pied de l'immeuble, un fusil de précision AE brisé, et sur le toit, des balles écrasées et des cartouches vides. Celles-ci correspondaient à l'arme du mort ; celles-là étaient des projectiles de calibre 7,62 mm tirés d'un Dragunov SVU de fabrication russe.

— Ça devient intéressant, mon vieux Wu. Des snipers des deux côtés. C'est quoi, un film de Hong Kong ?

L'emplacement de tir de l'autre sniper : le toit d'une résidence hôtelière de l'autre côté du fleuve. Pas de cartouches ; seulement la forme d'un corps dans la mince couche de neige, s'estompant peu à peu.

Ce tireur, sur la rive ouest, était monté au sommet d'un hôtel muni de son SVU. L'autre, sur la rive orientale, était sorti par une fenêtre de la cage d'escalier au quatrième étage, par une température propre à le transformer en cadavre à elle seule, et avait hissé son AE sur un toit de tuiles incliné à trente degrés et couvert de neige. Tout ça pour échanger des coups de feu à travers les airs, à plus de six cents mètres.

— Cette année, il semble que la mode ne soit plus à la guérilla urbaine mais au combat aérien, continuait Crâne d'œuf.

— Et si on s'engueule sur Skype, ça compte pour de la guerre cybernétique ?

— Ne dis pas de conneries et réfléchis : tu trouves que c'est normal de régler ses comptes de cette manière ? Ils n'auraient pas pu faire ça comme des hommes, cran d'arrêt à la main, histoire de faire gicler la tripaille ? Tu crois qu'ils s'inquiétaient des frais de buanderie ? C'est n'importe quoi… Bon, de toute façon, ça sera du gâteau.

— Certes. Tu es à Rome en train de bouffer tes nouilles italiennes et de distribuer tes ordres, et moi je m'use les semelles à mener l'enquête à Taïwan. C'est facile, comme ça.

— Tu savais que certains hommes risquaient plus que d'autres d'être aigris par l'andropause ?

— Les snipers sont tous les deux des anciens de l'armée taïwanaise.

— Joli, Wu, c'est ça.

Wu n'avait pas de nouilles italiennes, mais s'était pris un riz sauté aux crevettes à emporter au Din Tai Fung. Ce n'était pas parce qu'il avait quelques jours difficiles devant lui qu'il fallait se laisser aller. Le riz sauté du Din Tai Fung avait deux qualités :

des grains délicieux et aériens qui ne collaient pas, des œufs qui avaient un vrai goût d'œuf.

— Eh, mon vieux, ça me fait mal au cœur de te voir partir. Tu ne veux pas prolonger un peu ? Ton âge te le permet. Je me porterai garant : "Wu est un enquêteur sans égal et son départ à la retraite une perte incommensurable pour la nation."

Foutaises. Crâne d'œuf était spécialiste de l'envapage.

Taïwan comptait des centaines de milliers de militaires, en service ou pas, mais dont quelques centaines seulement avaient suivi une formation de tireur d'élite. La photo devrait permettre d'identifier assez aisément le mort de Budapest.

Dans une salle de réception du ministère de la Défense, Hsiung Ping-cheng rejoignit Wu, l'air étonnamment détendu, comme si on lui avait greffé un nouveau visage.

— L'ordonnance ne vous a pas servi le thé ? Notre cuistot vient d'un hôtel cinq étoiles. Hé hé, c'est l'un des petits avantages d'avoir des conscrits à notre disposition. Au ministère on a droit à la crème de la crème. Un macaron français ? Une galette aux échalotes, les meilleures de l'île ? Un pied de cochon allemand ?

Encore un maître dans l'art de brasser du vent.

— Non merci.

— L'armée et la police sont une seule grande famille. Surtout ne vous gênez pas.

— Je vous sais gré de votre obligeance.

Depuis quand Wu se sentait-il obligé de faire assaut d'hypocrisie ?

Hsiung Ping-cheng lui tendit quelques feuilles de papier encore chaudes, tout droit sorties de l'imprimante.

— Nous avons passé nos dossiers au peigne fin, à partir des photos que vous nous avez envoyées. Nous avons trouvé le type de Budapest. Il s'agit de Chen Li-chih, surnommé « le Gros », du corps des Marines. Il a suivi la formation de tireur d'élite et a quitté l'armée avec le grade de sergent.

— Et après ?

— Il a refusé les offres de reconversion du département des vétérans, et on n'a plus entendu parler de lui. J'ai des collègues qui creusent l'affaire, mais je n'y crois pas trop. Vous avez son numéro d'identification national et sa dernière adresse connue dans le dossier. Vous devriez retrouver sa trace facilement, vos bases de données sont meilleures que les nôtres.

Wu feuilleta le dossier. Il se disait que Hsiung semblait vouloir se laver les mains un peu trop facilement de l'affaire.

— Pourrais-je en savoir un peu plus sur vos tireurs d'élite ?

— Bien entendu, superintendant. Le ministère de la Défense apportera tout son soutien aux investigations de votre bureau.

Wu se disait que Hsiung avait sa promotion au grade d'amiral assurée. Tout comme Crâne d'œuf, qui serait bientôt propulsé chef de bureau à Tainan ou Kaohsiung, il avait un don marqué pour la langue de bois.

Wu, lui, n'avait pas de temps à perdre, mais ses supérieurs sur le dos. Il se rendit à l'adresse indiquée sur le dossier concernant Chen. Aucune trace du

Gros. Il avait loué l'endroit trois ans auparavant, mais était parti avant l'expiration du bail.

Les registres de résidents n'apportèrent guère plus d'informations : le Gros s'était évanoui. Né « de père et de mère inconnus », il avait été adopté à l'âge de treize ans par un dénommé Chen Luo. Chen Luo, sous-officier à la retraite, était mort sept ans auparavant de problèmes respiratoires, à soixante-seize ans. Dernière adresse connue : un foyer pour vétérans à Hualien.

Le Gros avait en fait disparu le jour même de sa radiation des contrôles. Pas de certificat de résidence, pas de dossier fiscal. Les Affaires étrangères gardaient la trace d'une demande de passeport, datant d'avant son départ de l'armée. Le passeport était toujours valable.

Taïwan était une île. Comment pouvait-on ainsi disparaître sans laisser de trace ?

Wu appela Hsiung :

— On ne trouve pas Chen. Il me faut plus d'infos sur vos snipers. On peut en discuter ?

La présentation exhaustive que Wu subit du ministère de la Défense lui fut à peu près aussi digeste – et aussi utile – qu'un godemiché en bois de santal.

Au sein du ministère, trois unités formaient des tireurs d'élite : le bataillon de reconnaissance amphibie du corps des Marines, la compagnie d'opérations spéciales de la police militaire (les « Engoulevents »), le centre d'entraînement des forces spéciales de l'armée de Terre à Guguan. La sélection comprenait trois étapes : repérage initial à l'école d'infanterie, sélection des plus aptes à l'unité de formation de leur armée respective, formation des meilleurs à Guguan. Les principales armes utilisées étaient le Barrett M107A1 américain et le T93 de fabrication locale.

Le ministère ne connaissait pas le nombre total d'individus ayant suivi ces cours. Et ignorait ce qu'étaient devenus ceux qui avaient quitté l'armée.

Wu se retrouva dans la salle de réunion du ministère. Hsiung Ping-cheng abattit sa large patte sur son épaule :

— Superintendant Wu ! Déjà de retour. Vous hantez nos murs comme une âme en peine. Voulez-vous que je vous fasse installer un bureau ? Vous serez plus confortable.

— Commandant, il y a tellement de morts que je risque de ne plus jamais vous quitter.

— Au moins, vous serez bien nourri d'ici à votre retraite.

— Je souhaite rencontrer les responsables de ces unités de formation.

Hsiung esquiva :

— Rentrez chez vous, faites-vous couler un bon bain chaud. Je vais lancer quelques coups de fil ASAP*.

— Et c'est vite, ça, "ASAP" ?

— Supersonique. C'est en pensant à moi qu'ils ont baptisé le missile Hsiung Feng.

Ce n'était pas fini. Les photos envoyées par Crâne d'œuf montraient un tatouage sur l'épaule gauche

---

* *As soon as possible* : « dès que possible ». Acronyme très en vogue chez les militaires de nombreuses nations.

du défunt. En fin d'après-midi, Wu se rendit chez le professeur Wang, spécialiste de l'écriture ossécaille, au sourire plus franc que celui des militaires mais tout aussi empressé à nourrir la police : il l'accueillit en lui servant un café fraîchement moulu, suivi d'un thé wulong de Nantuo accompagné de gâteaux de riz à la pâte de haricots rouges, tout droit sortis du cuiseur vapeur de Mme Wang.

— Superintendant Wu, je les ai faits moi-même. Garanti sans levure chimique.

Wu salivait.

— Ma chérie, il est plus de cinq heures, que dirais-tu de nous apporter deux verres de rouge pour nous remonter le moral ?

Wu prit note : une certaine humilité de la part du mâle de l'espèce semblait assez efficace pour se voir nourri et abreuvé. Cela pourrait resservir.

Le professeur Wang, soixante-douze ans, avait pris sa retraite depuis plusieurs années. Il expliqua fièrement ne jamais faire de sport, ne jamais tomber malade, et en être entièrement redevable à la lecture. Les livres n'étaient pas riches que de savoir et beauté, mais aussi des secrets d'une vie réussie.

Il alluma son ordinateur et montra le caractère qui s'affichait à l'écran :

— Connaissez-vous l'origine du caractère 家, superintendant ?

— Faites comme si j'étais un abruti illettré, professeur, dit Wu en toute franchise.

Le professeur éclata de rire.

— Ah ! Vous ne manquez pas d'humour dans la police !

Son index traçait un à un les traits de l'idéogramme.

— Voyez. Le sommet du caractère, 宀, représente un toit surmonté d'une cheminée. Les plus récentes découvertes archéologiques dans la province du Shaanxi ont prouvé les cheminées existaient déjà il y a sept mille ans. Le toit est soutenu par deux colonnes, et sous le toit on voit 豕, prononcé *shi*, qui est l'ancien caractère pour "cochon".

— Ah, cochon se disait *shi* auparavant. Professeur, vous m'avez appris un nouveau mot.

Le visage de Wu n'était que sourire et patience : l'élève modèle.

— Mais pourquoi le mot "famille" est-il ainsi formé des caractères pour "toit" et "cochon" ? Vous avez deux explications concurrentes. La première, c'est que nos ancêtres dormaient à l'étage et gardaient leurs cochons au rez-de-chaussée de leurs demeures, pour les abriter des loups ou des serpents. Avoir des cochons, dans une société agricole, signifiait que l'on avait des surplus de grain, donc que l'on avait atteint un certain niveau de sécurité alimentaire, représenté par la maison.

Wu se représentait des têtes de cochon rôties, du porc bouilli, des queues en ragoût. Des abats. Des pieds de porc à l'étuvée. Les gâteaux de riz lui avaient ouvert l'appétit.

— L'autre possibilité, exposait Wang : les cochons vivent les uns sur les autres, et les truies sont perpétuellement en train d'allaiter les porcelets. Chaque fois que ma petite-fille voit une maman cochon et ses bébés à la télé, elle pleure si on lui donne du porc à manger. Ha ha ! Nos ancêtres auraient donc décidé de symboliser l'amour familial par le caractère "cochon". Sans amour, pas de famille.

Wu rebondit :

— Très intéressant. Et du coup je me demande pourquoi nous buvons du lait de vache ou de chèvre, mais pas du lait de truie.

Le professeur s'esclaffa, frappa la table du plat de la main.

— Tenez, reprenez-en. Ma femme utilise du saindoux pour ses gâteaux de riz, sinon c'est trop fade. Ah, à mon âge je n'ai plus tellement l'occasion de bavarder, et encore moins avec des policiers.

— Vous êtes trop aimable, professeur ! Continuez, je vous prie.

— Avant le Premier Empereur, les systèmes d'écriture chinois étaient très variés et complexes. Vous aviez l'écriture sur os et carapaces, l'écriture sur métal ; chaque caractère pouvait présenter de multiples graphies. Si vous avez le temps, au musée du Palais vous verrez des caractères gravés sur les chaudrons tripodes en bronze de la dynastie Chou, très différents de ceux tracés sur les poteries des Shang. Le Premier Empereur des Qin a certes brûlé les livres et enterré les lettrés vivants, mais son unification de l'écriture a changé le cours de l'Histoire.

— Donc, grâce au Premier Empereur, nous écrivions tous de façon identique, mais depuis que Mao a simplifié la graphie sur le continent, on est revenus à la confusion d'avant.

— C'est tout à fait cela. Regardons maintenant ces quelques cochons.

Sur l'écran s'affichaient quatre caractères différents :

尔 才 方 貓

— Ah, j'ai un peu bu, je ne vais pas entrer dans les détails. Le premier de ces pictogrammes montre clairement un cochon bien gras et ses quatre pattes. Le deuxième est à peu près le même cochon, dressé sur ses pattes arrière. Le cochon n'était pas devenu bipède, mais cela était plus facile à représenter sur les longues et fines lamelles de bambou verticales des livres anciens. Le troisième est encore un cochon debout, on insiste sur son gros ventre. Jusque-là, les anciens n'utilisaient que le caractère 豕, pas celui d'aujourd'hui.

— Je vois.

— Le quatrième maintenant : sur la gauche, vous lisez encore 豕, qui est la clé de cet idéogramme. Tandis qu'à droite, vous distinguez une marmite posée sur un four, et de la fumée. C'est l'origine de 煮, *zhu*, qui signifie "cuire", et a été simplifié en 者. 豕 et 者 réunis donnent 豬, *zhu*, le caractère moderne pour "cochon". C'est-à-dire que le cochon d'aujourd'hui ne vaut que s'il est cuit dans la marmite. Pauvre bête, les lettrés chinois ne le tenaient pas en très haute estime !

Wu éclata de rire. Quatre autres caractères apparurent à l'écran.

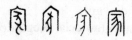

— Revenons à la famille. Un toit, deux colonnes, un cochon. On voit très bien le cochon gras dans les deux premières graphies. Le troisième cochon est moins gras, mais on voit malgré tout son corps de profil. Le quatrième caractère se rapproche déjà du 家 qui nous est familier.

— Quatre pattes et une queue ? dit Wu en se penchant vers l'écran.

— Vous avez raison ! Je n'avais jamais vu ce trait comme une queue.

Le caractère tatoué sur l'épaule de Kuo Wei-chung était le troisième, celui sans la queue, se disait Wu. De même sur l'épaule du Gros. Quelle était la probabilité qu'ils se soient fait indépendamment tatouer le même caractère, dans la même graphie ?

Pas très élevée.

— Voilà donc l'origine du caractère de la famille : une maison doit abriter le même amour familial que celui de la truie pour ses porcelets, sinon il n'y a pas de vraie famille. Et le caractère n'aurait qu'un toit et deux colonnes.

— Superintendant Wu, vous avez tout compris.

Wu devait rentrer au bureau et refusa à regret l'invitation à dîner de Mme Wang. Avant de partir, il vit une photo dans un cadre sur la table basse du salon : un jeune couple et un enfant, dans une rue pleine d'enseignes en anglais. Le fils ou la fille du professeur Wang, aux États-Unis. Il manquait désormais le petit porcelet dans cette maison pour en faire une vraie famille.

Il avait à peine posé ses fesses sur son fauteuil que le missile tiré par Hsiung lui parvenait, sous la forme d'un e-mail fort peu supersonique : « Le formateur des tireurs d'élite de Guguan est le lieutenant-colonel

Tu Li-yen. Je vous ai envoyé son dossier par courrier du ministère. Vous me devez un verre. »

En effet une enveloppe en papier kraft traînait sur le bureau de Crâne d'œuf, tamponnée « Confidentiel personnel » et étiquetée : « Lieutenant-colonel Tu Li-yen, instructeur, centre d'entraînement des forces spéciales de l'armée de Terre de Guguan ».

Hsiung avait rajouté une note à la main : « Tu Li-yen a des dossiers sur tous les snipers formés à Guguan. Je vous avais dit qu'on faisait les choses vite chez les militaires. »

Demain, il irait voir Tu. Maintenant, c'était l'heure du rapport à Crâne d'œuf. À l'écran, celui-ci était encore en train de bâfrer.

— Les pâtes italiennes ont la même origine que les nôtres, mais elles sont plus fermes, plus *al dente.* Je me vois bien vivre ici.

C'était pour le Bureau des enquêtes culinaires qu'il travaillait ?

Wu parla du Gros, de Tu Li-yen, puis des tatouages :

— Le Gros et Kuo Wei-chung avaient des tatouages identiques sur l'épaule, mais pas Chiu Ching-chih. Si ça avait été un simple *chia*, j'aurais été prêt à croire à une coïncidence. Mais pas quand le caractère et la graphie ancienne correspondent.

— Ils ont à peu près le même âge. Peut-être ont-ils grandi ensemble dans un village pour vétérans* et étaient-ils frères jurés ?

---

* Quand le gouvernement nationaliste se réfugia à Taïwan avec une partie de son armée en 1949, il fit construire de nombreux villages spécialement destinés à loger les militaires et leurs familles.

— Kuo avait trente-huit ans, le Gros trente-six. Mais Kuo a grandi à Taipei, et le Gros à Chiayi, à l'autre bout de l'île. Et Kuo était un marin embarqué, le Gros était chez les Marines. Je ne vois pas comment ils se seraient rencontrés.

Crâne d'œuf dévorait ses nouilles en produisant de grands bruits de siphon. Les flics italiens devaient penser que c'était un truc chinois pour la concentration.

— Ce n'est pas le Gros qui a tué Chou Hsieh-ho. Les Hongrois et les Italiens se sont refilé leurs données sur les projectiles utilisés. Ça ne colle pas.

— Et même si c'était lui qui avait tué Chou ? Qui l'a tué, lui ? C'est probablement le même homme qui a tué Chou et le Gros.

— Ne saute pas trop vite aux conclusions. On est dans le flou le plus complet, mais Captain America et Iron Man se tiendront toujours du côté de la Justice.

Il n'était pas illogique que Crâne d'œuf soit chef de section. Il ne connaissait pour ainsi dire pas le stress, et sa simple fréquentation avait un effet apaisant.

— Et Chou Hsieh-ho, qu'est-ce qu'il foutait à Rome, au juste ? La Présidence vous a donné des indications ?

— D'abord ils ont dit que Chou était en vacances, mais il n'a pas fallu deux heures pour qu'un journaliste prouve que c'était bidon. Alors ils ont raconté qu'il était parti discuter stratégie avec nos alliés européens.

Crâne d'œuf planta sa fourchette dans ses nouilles, la tourna consciencieusement, la brandit devant la caméra.

— Joli. Ils nous en glissent une belle, bien frétil-
lante et luisante. Mais Taïwan n'a qu'un seul "allié"
en Europe, et je doute que Chou soit allé parler de
stratégie militaire au pape*.

— Le chef a envoyé une requête officielle à la
Présidence, la réponse a été…

— Secret d'État. Crâne d'œuf, c'est dans ces
moments que je comprends que tu mérites ta place
et que je dois partir.

— Ne fais pas ta sucrée, tu vas toucher ta pension
plein pot.

Wu se leva, alla au tableau blanc couvert de notes
gribouillées sur les enquêtes en cours. Il effaça le
« 8 » en bas à gauche, le remplaça par un « 7 ». Sept
jours avant la retraite.

Il quitta le bureau, fit un détour par le bruit et
la poussière de la rue Zhongxiao Est. Naguère il
croyait que de prendre sa retraite signifierait qu'il
pourrait enfin faire ce qui lui plaisait. Après l'entretien avec Crâne d'œuf, il se demandait si le boulot
n'allait pas lui manquer. Tant d'années passées à
bosser vingt-quatre heures sur vingt-quatre, à sentir un bon sang bien rouge de flic couler dans ses
veines, ses organes battre au rythme de ses enquêtes.
Pouvait-il se permettre de laisser tomber ?

Il avait d'autres possibilités, bien sûr. L'un de
ses anciens collègues lui avait fait signe pour son
entreprise de sécurité. Deux compagnies de détectives privés l'avaient invité à dîner – l'une d'elles lui
avait fait miroiter une vice-présidence et le salaire

* Le Vatican est le seul État européen qui reconnaît diplomati-
quement Taïwan.

correspondant. Il était plutôt tenté par l'idée de devenir détective privé.

En attendant, il avait deux dossiers sur les bras : Kuo et Chiu. Plus les deux dossiers de Crâne d'œuf : Chou et le Gros. Pourrait-il les boucler en sept jours ?

Il traversa la rue Dunhua Sud, la rue Fuxing Sud. S'il continuait tout droit, il arriverait à la rue Zhongshan Nord. Il pensa à la veuve Kuo. Fit demi-tour, prit le métro, retourna au bureau. Il avait oublié le rapport sur la mort de Kuo. Il fallait confirmer que ce n'était pas un suicide, sinon Mme Kuo et ses enfants auraient droit à des emmerdements bureaucratiques infinis.

Justement, elle lui envoyait un texto : « Superintendant, où en êtes-vous de l'enquête, s'il vous plaît ? »

Il répondit immédiatement : « Je signe tout juste mon rapport concluant à un meurtre. »

Ce « tout juste » était un peu tiré par les cheveux. Il devait d'abord parcourir les rapports du pathologiste et des techniciens, trouver une direction à donner à l'enquête.

« Merci beaucoup. »

Il attaqua son rapport, l'image d'une jeune femme fumant à sa fenêtre du troisième étage, le regard dans le vide, lui trottant dans la tête.

2

Telč, République tchèque

Pourquoi le Gros ?

Cette année-là, le ministère de la Défense avait lancé un « plan de renforcement de la combativité » ; tous les gradés, jusqu'au rang de commandant, durent assimiler une nouvelle compétence martiale en plus de leur spécialité initiale. Le choix était vaste : boxe, tir de précision, taekwondo, triathlon, plongée sous-marine, parachutisme ou survie. À l'époque, Alex était un jeune lieutenant un peu tête folle, frais émoulu d'école, chef de section et commandant adjoint de compagnie. Malgré ses états de service encore vierges, il avait été désigné par Tête-de-fer lui-même, qui avait affirmé aux échelons supérieurs qu'il était un tireur d'élite au talent naturel.

Selon la rumeur, Tête-de-fer avait choisi personnellement deux recrues.

À leur arrivée au centre, il les avait convoquées dans son bureau pour un petit discours de mise en condition. Alex se souvenait comme si c'était hier de l'index que Tête-de-fer leur brandissait sous le nez.

« Je vous ai choisis pour une seule raison : votre

140

talent. *Et aussi parce que nous sommes parents* »,
dit-il en se contredisant d'emblée.

Alex avait jeté un coup d'œil en biais à Bébé, au
garde-à-vous à côté de lui.

« *Ton père adoptif était mon grand frère*, disait
l'instructeur à Alex. *J'avais peur de l'eau : il m'a
appris à nager, et je suis devenu champion de brasse
militaire.* »

Et à Bébé : « *Et le tien, c'était mon petit frère.
Il est mort prématurément, laissant derrière lui une
fille unique. Pendant l'entraînement, je suis ton instructeur, et je ne te connais pas. Mais en dehors, je
te protégerai comme je l'ai promis à ton père. C'est
compris ?* »

Bébé sortait de l'école de spécialisation des sous-
officiers de l'armée de Terre et avait été affectée dans
un régiment de guerre électronique. Elle ne s'attendait certes pas à replonger de sitôt dans une nouvelle
formation.

Cette promotion du cours de tireur d'élite regrou-
pait cinquante stagiaires, dont le Gros, caporal des
Marines. Après trois mois de formation, la plupart
retourneraient dans leurs unités d'origine. Dix seulement, sélectionnés par Tête-de-fer et destinés aux
forces spéciales et aux unités antiterroristes, reste-
raient trois mois de plus.

Alex et le Gros faisaient partie des dix. Bébé repartit dans son régiment et, l'année d'après, intégra sur
examen le cours d'officiers de recrutement interne.

Alex dormait sur la couchette au-dessus de celle du
Gros, dont les ronflements faisaient vibrer le lit super-
posé. D'insupportables au départ, ils lui devinrent
rapidement une berceuse indispensable.

*Premier jour de l'instruction : démontage du M21.
Alex : en vrac après une nuit sans sommeil ; à sa
gauche, le Gros : reposé, calme, méthodique.*

*« Faites comme moi : posez chaque pièce devant
vous, de gauche à droite. Ça deviendra une habitude,
vous pourrez plus vous gourer au remontage. »*

*Les stagiaires étaient assis sur des petits tabourets
à l'ombre des arbres du terrain d'entraînement. Bébé
était à la droite d'Alex, tout aussi nerveuse. Elle imi-
tait chacun de ses gestes. Le Gros parlait à Alex, mais
c'était à elle qu'il s'adressait : « Le secret de l'entretien du fusil, c'est la bonne quantité de graisse. La
bonne quantité, c'est que ça doit avoir l'air gras, mais
sans être gras au toucher. C'est pas simple, hein ?
Mais ça viendra. »*

*Le Gros était le meilleur des grands frères. Il aimait
chanter « Les Forêts de Norvège » de Wu Bai. Le
dimanche soir, il ne revenait jamais à la base sans
une « collation vespérale ». À l'extinction des feux,
il emmenait Alex et Bébé du côté du stand de tir, où
ils dégustaient ses galettes préférées, fourrées à la
viande de bœuf. Et il avalait d'une bouchée tout ce
que Bébé laissait.*

*Alex chérissait la mémoire de ces trois mois. Lever,
cross du matin, instruction au tir à la cible, déjeuner, natation ou taekwondo l'après-midi, encore du
tir à la cible. Il suffisait de suivre le programme. Les
moments de détente étaient remplis de blagues et
de bavardages. Les soucis n'avaient pas le temps de
prendre racine.*

*Le Gros était bien sûr le meilleur tireur. Tête-
de-fer disait que son gros cul lui conférait la stabilité*

et qu'il était trop bête pour penser à fermer les yeux en tirant.

« Rappelez-vous : défense de cligner des yeux au moment d'appuyer sur la détente ! Si vous les fermez, comment verrez-vous où va la balle ? »

Tête-de-fer arpentait les postes de tir, tenant une baguette de bambou avec laquelle il pointait la mauvaise position de tel ou tel stagiaire.

« Position standard : deux mains sur le fusil, fermes mais pas crispées. Respiration calme et régulière – ne retenez votre souffle que juste avant de tirer. Et ne fermez pas les yeux ! Si je vois l'un d'entre vous ne serait-ce que battre des paupières, je les lui relève avec des pinces à linge ! »

La baguette tapotait le casque du Gros.

« Parmi vous tous, il n'y en a que trois qui y parviennent naturellement : deux qui ont des couilles au cul, et le Gros qui a les yeux qui lui sortent tellement de la tête qu'il ne peut pas fermer les paupières. »

Tête-de-fer pouvait se moquer de lui, le Gros restait concentré. Le guidon, le fût, ses deux épaules, sa joue collée à la crosse ne faisaient plus qu'un. Alex lui avait demandé comment il faisait pour garder les deux yeux ouverts et tirer si droit. Le Gros avait répondu candidement : « Les deux yeux ouverts ? Tu parles : j'ouvre le droit et je ferme le gauche. Tu vois, comme ça. »

Mais il avait beau rester modeste, son œil droit et son œil gauche n'étaient jamais complètement fermés, ni entièrement ouverts. Le Gros était un sniper né.

Bébé était la personne qu'il écoutait le plus, après Tête-de-fer. Alex l'écoutait aussi. Le Gros répétait : « Bébé a raison. » Alex approuvait d'un vigoureux hochement de tête. Ils aimaient bien Bébé, tous les deux. Le Gros publiquement, Alex discrètement.

« Bien sûr que je l'aime bien ! Tout le monde l'aime bien ! »

Assis sur les plaques de béton recouvrant les égouts derrière le bâtiment des toilettes, le Gros envoyait des ronds de fumée en l'air.

« Mais c'est tout. Nous, on n'a pas de maison, pas d'économies, et elle, elle veut devenir officier. Et regarde la bagnole qui vient l'attendre à la sortie du camp : ni une Mercedes ni une béhème, mais une Ferrari ! Ça durera jusqu'à ce qu'elle se trouve un mari, et après ça sera "Félicitations !" et basta. Merci, cher ange, d'avoir bien voulu nous rendre visite.

« Toi aussi tu l'aimes bien, pas vrai ? Ça fait trois mois. Si en trois mois t'as pas réussi à lui dire, vaut mieux t'écraser pour le restant de tes jours. Fais comme moi, profite de ce qui reste des quatre-vingt-dix jours qu'on aura vécus ensemble. Mon p'tit gars, suffit pas d'y penser de toutes tes forces pour que ton compte en banque s'étoffe. »

C'était dit de façon sobre et claire. Le Gros y avait visiblement beaucoup songé depuis trois mois.

Pendant la première semaine d'entraînement, Bébé et les trois autres filles du stage n'arrivaient pas à suivre le rythme du cross du matin. Le Gros avait forcé tout le monde à ralentir pour les attendre, puis leur avait prodigué ses conseils en hurlant, levant et abaissant son M21 : « Comptez dans votre tête, une-deux, une-deux. Ne levez pas les yeux ! Suffit de mater les fesses du type devant vous. Faites comme moi : je reste concentré sur le cul de notre p'tit lieut'nant.

Hop-deï, hop-deï ! Bon, c'est vrai que son cul, c'est pas le pied. Il a pas d'fesses ! On peut pas compter sur les mecs qu'ont pas de fesses. Pas comme moi et ma belle croupe bien ferme ! »

Le Gros s'était placé devant les quatre filles. La rumeur se répandit dans le camp : de tous les stagiaires, c'était bien lui qui avait les fesses les plus sexy, qui balançaient comme des pistons quand il courait, gauche-droite, hop-deï.

Mais il se fichait des autres stagiaires féminines, il n'avait d'yeux que pour Bébé. Dès la huitième semaine du stage, deux des filles avaient mis le grappin sur deux autres élèves ; une troisième, fiancée depuis l'université, allait se marier à l'été une fois la formation achevée. Mais personne ne draguait Bébé : les garçons ne se sentaient pas à la hauteur. Bébé était la déesse tutélaire du cours de snipers.

Sauf Alex, qui prit finalement son courage à deux mains juste avant la fin du cours. Bébé lui en saisit une et son courage s'évanouit. Il n'oublierait jamais ses paroles : « Je dois d'abord me préparer pour l'école d'officiers. Quand ce sera terminé, qui sait ce qui peut arriver ? En attendant, restons amis, d'accord ? »

Il avait risqué le tout pour le tout, et échoué. S'il s'était tu, il aurait pu espérer éternellement. L'amour du Gros pour Bébé était plus profond que le sien. Si profond qu'il n'en voyait pas le fond.

Au banquet de fin de stage, Bébé était tombée dans les bras du Gros, en pleurs – ou trempée de sueur ? Le Gros était rouge pivoine. L'effet de l'amour – ou de l'alcool ?

Alex se rappela les yeux sous la casquette blanche, ce matin-là à Budapest. Les gros yeux tout ronds du Gros. Il n'avait pas eu le choix – s'il n'avait pas tiré, ç'aurait été lui, le cadavre tombé du toit.

Quand il avait quitté Taïwan pour s'engager dans la Légion étrangère, le Gros était encore chez les Marines. Il avait été promu sergent, devait passer sergent-chef en signant un nouveau contrat. Avait-il démissionné depuis ?

Quelque chose ne collait pas. Le Gros l'avait suivi, de Manarola à Budapest. Il savait forcément que sa cible était Alex. Et pourtant il n'avait pas hésité une seule seconde à tirer. Comment était-ce possible ?

Et pourquoi était-ce Bébé qui lui transmettait ses ordres ?

Du bruit, dehors. Alex éteignit l'ordinateur, se glissa dans la chambre, se déplaça prudemment jusqu'à la fenêtre. Ses yeux étaient déjà habitués à l'obscurité : il put distinguer une embarcation glissant tout doucement à la surface de l'étang. Alex l'ignora : il tendait l'oreille aux autres bruits venant de l'extérieur.

Est-ce que le numéro d'urgence de la police était aussi 112 dans ce pays ? Ou 911 ? Non ; c'était 112 dans toute l'Union européenne. Il composa le numéro sur le téléphone fixe, posa le combiné de côté.

Dans la cuisine, il ouvrit le gaz, le laissa siffler. Retourna dans la chambre, se déshabilla, fourra ses habits dans son sac étanche, ouvrit la fenêtre, bondit sur le rebord. Referma la fenêtre, sauta dans l'eau

146

silencieusement. Putain que c'était froid. Tiendrait-il plus d'une minute ?

Il devait bouger vite, ne pas laisser à l'ennemi le temps de comprendre. Il nagea jusqu'à la barque : vide. Un leurre pour savoir si l'appartement était occupé. L'amarre à la poupe avait été tranchée net.

Il replongea, rejoignit la rive. Pieds nus, courbé en deux, il longea la rue, tâtant le capot des autos stationnées. Le moteur de la troisième était encore chaud : elle venait d'arriver.

Pas de temps à perdre. Il brisa la vitre, entra dans l'habitacle. Les clés étaient sur le neiman. Il démarra, heurta délibérément cinq autres véhicules, faisant hurler les alarmes. Les fenêtres alentour s'éclairèrent. Alex parcourut une centaine de mètres, coupa le moteur. Il avait toujours le refuge en vue. Deux voitures de police arrivèrent, l'une après l'autre. La nuit était remplie du hurlement des sirènes. Au deuxième étage, une fenêtre était ouverte, côté étang. L'ennemi avait-il aussi eu le cran de se jeter dans l'étang presque gelé ?

Non : des coups de feu retentirent. Puis la police riposta.

Un problème de réglé. Il redémarra, alluma le chauffage. Se sécha avant de se rhabiller, en se frottant jusqu'à avoir la peau écarlate. Les pieds nus sur les pédales, il s'éloigna lentement.

Encore des coups de feu. Puis une explosion : dans le rétroviseur, la lueur rouge d'une boule de feu.

Il ne faut pas jouer avec le gaz.

Qui le poursuivait ainsi ? Il avait mis son iPhone en miettes, respecté toutes les précautions d'usage en rejoignant Telč. Et combien étaient-ils ? Deux étaient hors d'état de nuire, mais un troisième était peut-être déjà sur ses talons.

Alex n'avait pas le temps de réfléchir à l'identité de l'assassin qui venait de mourir dans le refuge. Et il ne le voulait pas : si ça se trouvait, c'était encore un de ses amis.

Le jour du premier cross, au bout de mille cinq cents mètres à peine il n'arrivait même plus à soulever le fusil. Le Gros trottinait à ses côtés, le conseillait entre deux halètements : « Concentre ta force dans un bras, puis dans l'autre. Comme quand tu fais reposer ton poids d'un pied sur l'autre quand tu restes trop longtemps au garde-à-vous. »

Alex obéit, sans avoir l'impression que ça change grand-chose à la douleur dans ses bras. Mais il termina ses cinq mille mètres – pas plus de onze stagiaires sur cinquante étaient arrivés au bout.

À midi, alors que les autres infortunés ahanaient sur le terrain d'exercice pour courir la distance inachevée le matin, Alex et le Gros étaient au réfectoire, devant de beaux pains blancs gonflés et du lait de soja brûlant.

« La bonne façon de bouffer ça, c'est d'accompagner le premier pain à la vapeur avec le reste des plats. Tu seras repu à 80 %. Et t'as plus qu'à savourer le deuxième, recouvert de sucre. »

Le Gros s'esclaffa, la bouche encore pleine de pain :

« Bien sûr que j'aime le sucre ! Tout le monde aime le sucre ! »

Alex leva le pied de l'accélérateur. Sans s'en rendre compte, il avait franchi la limite de vitesse.

Ce n'était pas le moment de se faire arrêter par la police de la route.

Il se promettait de sucrer au moins la moitié de ses pains à la vapeur désormais.

Il revoyait les yeux ronds du Gros, comme s'il était là devant lui. Il visait entre les deux yeux, à la base des sourcils, appuyait sur la détente. Encore et encore.

3

Taipei, Taïwan

Inutile de se rendre au centre d'entraînement des forces spéciales à Guguan : le lieutenant-colonel Tu Li-yen vint de lui-même à Taipei, au Bureau des enquêtes criminelles, affichant la bonne volonté des militaires.

Tu était responsable du cours des tireurs d'élite depuis deux ans. Auparavant, les forces spéciales n'avaient pas de formation de ce type. Le stage auquel le Gros avait participé avait été organisé sur une base désaffectée des Marines à Pingdong par un certain colonel Huang Hua-sheng, sur autorisation expresse du ministère. En deux ans, trois promotions de stagiaires en étaient sorties – tous de très bons éléments. Puis cette unité à l'existence floue avait disparu, et Huang avait fini par prendre sa retraite. Les archives avaient été transférées à Guguan. Les stagiaires avaient réintégré leurs unités d'origine, certains étaient désormais officiers, d'autres avaient quitté l'armée, et quelques-uns, succédant au colonel Huang, étaient à leur tour devenus instructeurs pour tireurs d'élite.

Sur Chen Li-chih, alias « le Gros », Tu s'exprima

prudemment. L'un des meilleurs tireurs du corps des Marines. Champion interarmées de tir de précision, à trois reprises. Ses supérieurs lui avaient promis une prolongation de contrat et un avancement rapide, mais il était parti malgré tout, surprenant son monde. Un bon soldat, perdu pour la Patrie.

— On n'y peut pas grand-chose, soupira Tu. La pension militaire et un salaire civil, ça fait un double revenu, et il aurait eu ses week-ends et ses jours fériés. Comment voulez-vous garder les gens dans ces conditions ?

Et les stagiaires formés en même temps que Chen ? Tu n'était pas très sûr. Il ordonnerait à l'un de ses subordonnés de rassembler les données et les communiquerait à la police si le ministère l'y autorisait.

Wu, désireux d'en savoir plus sur les tireurs d'élite, posa de nombreuses questions.

— À quelle distance peuvent-ils toucher leur cible ?

Tu Li-yen, en uniforme, sa casquette sur les genoux et deux rangées de décorations sur sa poitrine attestant de ses glorieux états de service, se tenait droit comme à la parade.

— Cela dépend de l'arme, des munitions, du talent du tireur et de sa détermination, et des conditions météorologiques.

Il semblait vouloir coopérer. Wu lui présenta les informations provenant de Budapest, qu'il lut attentivement. Wu décida de se montrer aussi hospitalier que le ministère de la Défense l'avait été, et envoya un planton leur chercher du café et des gâteaux chez Lili. Lili accordait beaucoup d'importance à la qualité de son café. Comme en témoignait son célibat tardif, elle était malheureusement tout aussi difficile quant aux hommes.

— Superintendant, conclut Tu, pour se tirer dessus à cette distance par-dessus le Danube, ce sont deux experts.

— Avez-vous noté quoi que ce soit que seul quelqu'un du métier serait capable de voir ?

L'officier sirotait son café.

— Pas mal. C'est de l'éthiopien ?

Depuis quand les Taïwanais étaient-ils experts en café ? Et comment Wu était-il censé pouvoir répondre à ce genre de question ?

— Alors, pour en revenir au sujet… Chen Li-chih avait quitté nos rangs depuis déjà quelques années. Même en un an, sans pratique régulière, un tireur d'élite perdra beaucoup de ses compétences. Ce n'est pas comme le taekwondo ou l'anglais. Quelques jours sans toucher un fusil et vos sensations s'émoussent. Si j'en crois ce que je vois là, les tireurs étaient seuls, ils ne disposaient pas d'observateurs ? C'étaient sûrement des pros qui s'entraînaient souvent, sinon ils n'auraient pas pu se toucher à cette distance. Quant au meurtrier du conseiller Chou, c'est un très bon. Les nouvelles disaient qu'il grêlait à Rome à ce moment, et que personne n'a entendu le coup de feu. Si j'avais été à la tête de cette opération, je l'aurais interrompue dès que la grêle s'est mise à tomber. Il est très difficile de s'adapter rapidement à un tel changement de temps, le risque d'échec est trop élevé. Il vaut mieux se replier et attendre une autre occasion. Et pourtant ce tireur a atteint sa cible, et en ne tirant qu'une seule cartouche.

— Désolé pour mes questions de néophyte – vous voulez dire que…

— Si c'est Chen Li-chih qui a tué Chou Hsieh-ho, ça signifie qu'il a bénéficié d'un entraînement régulier même après avoir quitté les Marines.

— C'est possible à Taïwan ?

— Pas dans le civil. Vous trouverez des clubs de tir un peu partout, mais c'est du tir sportif : armes à air comprimé, ball-trap. Toujours à courte distance. Rien qui permette d'entraîner un sniper.

— Et ailleurs que chez nous ?

— Aux Philippines, c'est possible. C'est à trois quarts d'heure de vol de Kaohsiung et tant que vous payez, vous pouvez tirer autant de cartouches que vous voulez.

Ça ne le menait pas très loin.

— Et le colonel Huang ? Où est-ce qu'il s'est installé après sa retraite ?

— Il faut demander au ministère. Je l'ai rencontré plusieurs fois… Il me semble que l'armée de Terre lui avait préparé un beau plan de carrière, mais qu'il n'a pas voulu d'un poste d'état-major, indispensable pour accéder au commandement d'une grande unité. Vous comprenez, superintendant, les règles pour l'avancement sont que les commandants de corps d'armée doivent avoir fait leurs preuves en état-major, puis comme commandant en second, pour accumuler l'expérience nécessaire. Mais on dit aussi qu'il a refusé parce qu'il avait été recruté par le 3e Bureau.

— Le 3e Bureau ?

— Le renseignement militaire interarmées. À l'état-major général, le 1er Bureau c'est la direction du personnel, le 2ᵉ Bureau les opérations, le 4ᵉ Bureau la logistique.

— Il serait devenu espion ?

— Non, non ! Tu Li-yen écarta l'idée d'un geste de la main. Ce n'est pas du tout ce que vous imaginez. Le renseignement militaire, c'est du travail d'analyse, c'est l'étude des tactiques de l'APL. Les gugusses qui jouent les 007, c'est le DIS, le Département de l'information stratégique, au niveau du ministère.

— Pourquoi un officier de terrain comme Huang choisirait-il cette voie ?

— Par exemple, pour la possibilité d'une affectation à l'étranger, comme attaché de défense dans une de nos ambassades.

— C'est intéressant, ça ?

— Vous touchez l'indemnité de résidence. Mais si vous passez du 3ᵉ Bureau à un poste à l'étranger, à votre retour vous serez probablement bloqué au grade de général de brigade.

— Huang a été attaché de défense ?

— Pas que je sache. Tous les officiers supérieurs du 3ᵉ Bureau n'y ont pas droit.

Wu eut une inspiration subite :

— Si je peux me permettre, mon colonel, êtes-vous tatoué ?

Tu Li-yen en resta bouche bée un bref instant.

— Euh… non, pas du tout. J'ai une marque de naissance sur le crâne…

— Le tatouage est-il courant chez les militaires ?

— Probablement. Les jeunes trouvent que c'est "cool".

— Quels sont les motifs les plus courants ?

Tu fronça les sourcils.

— Je dirais… le symbole de l'unité. Chez nous, c'est une dague ailée et un parachute, et parfois, quand nos hommes ont bu un coup de trop, ou avant de quitter l'armée, ils se le font tatouer en souvenir.

— Y a-t-il beaucoup de salons de tatouage près des bases militaires ?

Un sourire perça enfin sous le masque d'acier du militaire.

— Superintendant, vous ne devez pas avoir fait votre service ?

L'école de police ne comptait pas ?

— À l'incorporation, chaque conscrit remplit un formulaire d'informations personnelles. C'est un véritable florilège d'exagérations. Les gars qui font la plonge se prétendent grand chef dans l'espoir d'atterrir dans une unité peinarde où ils échapperont à l'entraînement. Un type qui veut un tatouage trouvera plein de maîtres tatoueurs autoproclamés dans son unité. Aucun besoin de sortir de la base.

Encore une piste potentielle brutalement interrompue.

Wu raccompagna Tu. Il se retrouvait dans une situation désagréablement familière : il savait à peu près qui chercher, mais n'avait aucune idée d'où le chercher.

Des nouvelles de Crâne d'œuf : la police tchèque avait retrouvé le deuxième sniper dans une petite ville appelée Telč. La police, intervenue sur un appel anonyme, avait essuyé des coups de feu. Détails à suivre.

Un appel de Yang, le pathologiste. Quelle mouche

l'avait piqué pour qu'il en vienne à une telle extrémité ?

— Hé, mon vieux Wu, toujours parmi nous ? Il
faudra que je t'invite à déjeuner un de ces jours.

— Pas de problème. Tu n'auras qu'à me dire où
et quand.

— D'accord. En attendant j'ai une bonne nouvelle pour toi : on vient de recevoir un nouveau
cadavre envoyé par les collègues de Songshan.
Tatoué à l'épaule.

— "Famille" ?

— Tu travailles trop, Wu. Tu devrais faire un
tour en boîte pour peloter de la chair fraîche, ça
serait bon pour ta tension. Non, il a un dragon dans
le dos, et les serres qui débordent sur le torse.

— Et alors ? Tous les membres des Triades ont
un tatouage de tigre ou de dragon.

— Tout à fait. Tous les membres des Triades
sont tatoués, et n'appartiens-tu pas à la section
chargée de la lutte contre les Triades ? S'ils peuvent
se faire tatouer des tigres ou des dragons, pourquoi
ne pourraient-ils pas se faire tatouer des caractères
anciens ?

Les propos de Yang tirèrent Wu de sa perplexité.
Il se saisit de son imperméable, sortit en coup de
vent, s'engouffra dans la deuxième ruelle après l'entrée du Bureau, où se trouvait le café de Lili. Le
papa de Lili avait été membre d'une Triade dès l'âge
de treize ans. Dans les années 1980, emporté dans
la première grande vague de répression du crime
organisé, il avait passé trois ans à l'ombre, ce qui
ne l'avait pas empêché de devenir un des parrains
de l'île. Désormais retraité, il prenait le frais toute

la journée devant la boutique de sa fille, comme un dieu des portes. Si quelqu'un s'y connaissait en tatouages de gangs, c'était lui.

Pouvait-on parler de retraite pour un parrain des Triades ?

Lili ne s'était jamais mariée. Le café, le chat de gouttière profitant du soleil devant le café, le vieux brigand qui ronflait à côté du chat – c'était là toute la vie de Lili.

— Tiens, qui voilà ! Ça faisait longtemps. Ne me dis pas que tu as arrêté de fumer, de picoler ou de te shooter à la caféine, ma boutique ne s'en relèverait pas.

— J'ai été un peu occupé ces temps-ci. Sers-moi un café. De l'éthiopien, tiens.

— Tu boiras ce que je te donnerai, c'est pas le Starbucks ici.

Quelle que soit la saison, l'accoutrement de Lili restait immuable : taille serrée pour mieux mettre en valeur poitrine et postérieur, collants noirs et minijupe, talons hauts à se tordre les chevilles. Le sex-appeal des années 1980 en plein XXIe siècle. Ça ne manquait pas d'un certain charme historique.

Elle lui apporta son café sur un plateau, s'assit en face de lui. Elle ne le lâcherait pas avant l'arrivée d'un autre client.

— On m'a dit que tu posais bientôt la casquette ?

— Dans sept jours, dit Wu en consultant sa montre. Enfin, dans six jours et six heures, légalement.

— Vraiment ? Les hommes ne devraient jamais s'arrêter de bosser, c'est trop emmerdant pour bobonne.

— Hein ?

— Imagine un vieux qui reste chez lui du matin au soir. Il ne peut pas dormir, à cause de sa prostate. Il ne peut pas se balader, à cause de ses articulations. Il se plante devant la télé parce que le cinéma, c'est fatigant et ça coûte de l'argent. Il se lève le matin, réclame son petit déjeuner, lit le journal, regarde la télé. Il faut lui préparer à déjeuner, puis il fait la sieste et hop ! c'est l'heure du dîner. Après le dîner, il demande ce qu'il va bouffer le lendemain. Tu trouverais ça comment ?

— Assez emmerdant, admit Wu avec un sourire douloureux.

— Tu n'as qu'à en parler à ton boss. Tu peux prolonger jusqu'à soixante-cinq ans, non ?

— Ça ne fait que différer le moment.

— Oui, mais à soixante-cinq berges tu auras les transports et les soins médicaux gratuits. Tu seras à l'hôpital toute la journée à harceler les jolies infirmières pour qu'elles prennent ta tension et te refilent des somnifères. Ta femme sera tranquille.

Wu fut sauvé par la sonnette de la porte d'entrée : un autre client. Il prit sa tasse de café et s'assit dehors, à côté du papa de Lili qui se balançait dans son rocking-chair, savourant les quelques rayons d'un soleil blafard, yeux clos et jambes enveloppées dans une couverture en laine rapportée d'Amérique par sa fille. Tranquille comme un chat. Ou un serpent.

— Prenez-vous un clope, superintendant. Que puis-je faire pour vous ?

— Je suis juste là pour bavarder.

— Ah, vous ne tromperez pas le bon peuple. Les flics, quand ils ont le temps, ils vont boire un coup et jouer aux cartes. Pas tenir compagnie aux petits vieux. Et puis vous savez, depuis quinze ans que j'ai le diabète, c'est : plus de rackets, plus de magouilles, plus d'embrouilles. Sage comme une putain d'image.

Wu étouffa un ricanement.

— Vous retenez pas pour moi, superintendant, à force vous allez choper un ulcère. Allez, crachez la valda.

— D'accord. Un tatouage du caractère "famille". Ça correspondrait à une faction quelconque ?

Le vieillard garda le silence et les yeux fermés. Un gros grain de beauté noir sur son menton tressauta.

— "Famille", en pictogramme, comme sur les carapaces divinatoires, rajouta Wu.

— Ouais, en pictogramme. C'est toujours la famille. Ça ne me dit rien, mais je peux me renseigner.

— Merci beaucoup. Et en échange ? Un bon whisky ?

— Un cadeau de la flicaille ? Je me suis rangé des voitures depuis des lustres. Vous voulez transformer un citoyen modèle en balance ? Si ça se sait, ma réputation s'écroule.

— Alors, une recommandation pour entrer à l'Association des amis de la police ?

— Que dalle. Mais si vous avez le temps, venez boire un café, c'est bon pour les affaires de Lili.

— Pas de problème.

— Demain à la même heure, je vous réponds, que ça ait donné quelque chose ou pas. Histoire d'éviter que vous continuiez à me les briser. C'est à peu près la seule chose que vous autres flics, vous savez faire correctement.

Wu laissa le vieillard à sa méditation, rentra dans la boutique payer son addition. Lili le serra sur sa poitrine :

— N'oublie pas : ne reste pas trop chez toi à emmerder ta femme. Viens de temps en temps taper la causette. Sinon la retraite va faire de toi un petit vieux en un rien de temps.

En l'absence de Crâne d'œuf, Wu ne chômait pas.

Sur l'autoroute, des coups de feu avaient été tirés. Wu rejoignit la scène à bord d'une voiture de police. Rien que de très habituel : lors d'une course, le perdant vexé avait tiré deux fois en direction d'un autre conducteur, par sa fenêtre ouverte. Il n'avait pas touché sa cible, mais l'autre, terrifié, avait heurté les barrières de protection centrales. Le tireur avait quitté les lieux à fond de train, avant d'être intercepté à la hauteur de l'échangeur de Linkou. Dans le véhicule : trois personnes ; au minimum trois pistolets.

Plus d'une dizaine de voitures de la police de Taipei, du Nouveau Taipei et de la brigade autoroutière se trouvaient déjà sur place, bloquant une BMW noire volée trois mois plus tôt. Un talisman d'un temple quelconque pendait au rétroviseur, sous une caméra de bord. Au-dessus de la boîte à gants traînaient deux sachets de pilules qui n'avaient sûrement pas été prescrites par l'hôpital des vétérans.

Wu s'avança jusqu'au demi-cercle des voitures de police.

— Ohé, du bateau ! Vous avez trois minutes pour déposer vos flingues et vous rendre. C'est pigé, bande de bâtards ?

Les autres policiers contemplaient Wu, bouche bée.

— Cinquante-neuf, cinquante-huit…

— Enculé ! Ça fait même pas trente secondes !
cria quelqu'un dans la grosse berline noire.

— Trente-cinq, Trente-quatre…

Wu prit son fusil d'assaut réglementaire, modèle
T65, à l'un des policiers à côté de lui. Vérifia le
magasin. Effaça la sûreté.

— Huit, sept, six, cinq…

Sans attendre la fin du décompte, Wu lâcha une
rafale dans le bas de la caisse. Une bonne vingtaine
de balles percèrent les pneus, rebondirent sur l'as-
phalte.

— On se rend ! On se rend !

Cinq pistolets tombèrent par les fenêtres, trois
types surgirent, les policiers s'avancèrent et leur
passèrent les menottes. Wu jeta un coup d'œil à
l'intérieur de la BMW : les sièges étaient couverts
de sachets plastique. Plus d'une dizaine, pleins de
pilules rouges et blanches. Depuis quand y avait-il
autant de drogues à Taïwan ? Et autant de flingues
en circulation ?

Les flics de la brigade de l'autoroute, ceux de
Taipei ou du Nouveau Taipei, pistolet à la main,
fusil d'assaut dans les bras ou téléphone à l'oreille,
regardaient tous Wu et son T65 d'emprunt d'un œil
rond.

Tant qu'à être flic, autant agir en flic. Telle était
la philosophie de Wu l'ancien.

Il lança le fusil à un agent en uniforme et s'adressa
au chef de l'équipe d'intervention rapide en dési-
gnant les sachets transparents :

— Les types sous amphètes sont juste un peu

déphasés. Une bonne petite frayeur et ils sont remis d'aplomb.

À cinq heures de l'après-midi, il était de retour au Bureau : fin de la journée de travail légale. Mais Tu Li-yen avait tenu parole et la liste des tireurs d'élite formés par Huang l'attendait dans sa boîte aux lettres. Et comme les journaux, les chaînes de télé et les sites d'information avaient tous montré une photo du Gros en uniforme, le standard explosait sous les appels de bonnes âmes disant l'avoir connu.

Cinq inspecteurs se partagèrent la liste des noms. Tous ceux qu'on ne trouverait pas rapidement ou qui étaient partis pour l'étranger seraient classés comme suspects et feraient l'objet de recherches plus approfondies. Wu, quant à lui, s'attela à répondre aux appels. Travail fastidieux qui menait rarement à grand-chose. Une seule information semblait valoir le coup : un ancien camarade du Gros chez les Marines disait que Mimi, sa petite amie, tenait un karaoké dans une ruelle de Yonghe.

Yonghe : un petit quartier du Nouveau Taipei, et l'une des zones les plus densément peuplées au monde. Trente-neuf mille habitants au kilomètre carré officiellement, plus de quarante mille en comptant les migrants qui louaient des chambres au noir.

Le chauffeur du service mit plus de trois quarts d'heure à franchir le pont de Yongfu. Embouteillages à l'entrée, bouchons à la sortie. Wu ne vit rien de tout cela : il dormait d'un sommeil sans rêves à l'arrière de la voiture.

Au-dessus de la porte du karaoké, une enseigne :

« Le Kara-OK de Mimi, bar restaurant ». Idéal pour les voisins et les retraités qui venaient tuer le temps en poussant la chansonnette. Quatre-vingts dollars de Taïwan la bière, cent dollars les nouilles sautées*. Rien d'extravagant.

Mimi l'attendait sous l'enseigne :

— Superintendant Wu ? On peut parler ici ? Faut pas faire peur aux clients.

Mimi : la trentaine. Nettement plus jeune que la tenancière de karaoké moyenne. Cheveux courts, ébouriffés, teints en vert, une raie allant du front jusqu'à la nuque. Faux tailleur Chanel orange sur haut de soie blanche à fines bretelles, mollets nus malgré le froid mordant, et un décolleté dont l'arrogance ne détourna pas Wu de son devoir. Il nota son air inquiet.

— Avez-vous appris, pour Chen Li-chih ?

— Le Gros ? Qu'est-ce qui lui est arrivé ?

Elle ne savait pas ? Sa propre petite amie ?

Wu lui épargna les détails : le Gros avait été tué à Budapest. Elle se couvrit le visage des deux mains :

— C'est impossible ! Impossible ! Le Gros était un homme bon, il n'avait pas d'ennemis.

Il faisait toujours aussi froid dehors. Mimi fit entrer Wu, le guida jusqu'à la petite cuisine. Une douzaine de vieux messieurs et de vieilles dames s'amusaient autour d'un micro. Mimi tenait toute seule la boutique : elle accueillait les clients, chantait elle-même quelques chansons pour réchauffer l'atmosphère ; faisait sauter les nouilles et frire le riz,

---

* Soit environ 2,40 € et 3 € respectivement. Un dollar taïwanais vaut à peu près trois centimes d'euros.

nettoyait la vaisselle et servait à boire. Le loyer trop élevé empêchait d'embaucher un cuisinier.

— C'est le Gros qui a eu l'idée d'ouvrir le karaoké et qui paye le loyer.

— En espérant que vous vous tiendriez à l'écart des drogues ?

Mimi s'assombrit, souffla la fumée de sa cigarette vers la grille de la hotte.

— Je suis désolé.

Parfois, Wu détestait ce que la police criminelle avait fait de lui. Cette habitude de retourner le couteau dans la plaie.

— Ce n'est pas facile de s'en tirer.

— Je travaillais en boîte de nuit quand j'étais jeune, je buvais trop. Deux salopards m'ont embarquée, ils voulaient m'emmener au motel. Je me suis réveillée en descendant de bagnole, j'ai compris que quelque chose ne collait pas. Mais ils me lâchaient pas. Le Gros passait par là, c'est lui qui m'a sauvée.

— C'était il y a longtemps ?

— Cinq, six ans...

— Il avait des parents, des amis ?

— Il était orphelin. Et il ne parlait jamais de lui.

— Vous étiez ensemble depuis tout ce temps ?

Mimi ne répondit pas. La hotte ronflait bruyamment. Wu voyait sa nuque ployée, ses épaules trembler.

Il arriva chez lui à 23 h 17. Sa femme, assise à la table ronde de la salle à manger, lui fit un signe de la main.

— Pas de raviolis ce soir. Je t'apporte un bol de

nouilles aux pousses de bambou, et le ragoût que
nous a préparé ton père.

— Il est revenu ?

Wu avait complètement occulté ce problème. Il
se changea, se servit un verre, alla s'asseoir. Les
nouilles l'attendaient, sa femme aussi : pas de série
coréenne ce soir, apparemment. Elle l'observait, les
mains sous le menton.

— Je crois qu'il faut qu'on parle.

— Parler de quoi ? De papa ? J'irai le voir
demain.

— Très bien. Mais ce n'est pas tout.

— Ah ?

— Il faut qu'on parle de tes plans pour la retraite.

Assez de questions pour tenir toute une vie, et il
n'avait même pas terminé son bol de nouilles, songeait Wu.

Sa femme rassurée, Wu frappa à la porte de son fils.

— Ton vieux père t'offre un verre, une nouvelle
fois !

— Va picoler avec maman, répondit la souris.

— Tu n'as pas peur de t'esquinter la vue à force
d'être collé à ton écran toute la journée ?

— Vaut mieux ça que de devenir un vieux con.

L'insolence, maintenant. Pourquoi s'échiner à
élever des enfants ?

— Et grand-père qui nous apporte à dîner tous
les jours, ça ne te gêne pas trop ?

— Ça va.

Wu n'était pas entré dans cette chambre depuis
des années. Écrans, câbles, blocs multiprises et ral-
longes jonchaient le sol.

— Si tu as faim, viens me tenir compagnie.

— Tu ne dors pas ? dit le garçon à l'écran.

— J'ai du boulot. Ne te couche pas trop tard.

La souris hocha la tête et agita la queue.

4

Europe, route E59

Il avait été trahi. Deux solutions : se battre et vaincre, ou continuer à fuir.

Mais il en avait marre de fuir. Le tueur avait-il vu le fusil laissé près de la fenêtre ? En tout cas, il n'avait pas prévu le coup de l'appel à la police. Avait-il été arrêté, ou tué sur place par les flics tchèques ? Quoi qu'il en soit, Alex devait avant tout songer à se protéger. Une certitude : Bébé l'avait vendu. Ou bien, elle aussi avait été vendue, et l'avait trahi à son tour dans des circonstances à éclaircir ; c'était la version optimiste des choses.

Rien de ce qui était arrivé ne faisait sens. Même Tête-de-fer ne savait pas qu'il faisait commerce de riz sauté à Manarola. Il n'avait d'ailleurs eu aucun contact avec son ancien instructeur depuis qu'il avait quitté Taïwan pour la France. Et encore moins avec Bébé. Il n'avait pu être pisté que par son téléphone – mais Bébé ne lui avait-elle pas répété de jeter le Nokia ? S'il avait obéi, peut-être le tueur n'aurait-il pas retrouvé sa trace à Telč.

Sauf si Bébé lui avait donné l'adresse du refuge. Mais pourquoi aurait-elle fait cela ?

Quand il était parti de Taïwan, Bébé avait déjà intégré l'école d'officiers. Elle avait invité Alex dans un restaurant occidental de luxe – une première pour lui, comme le furent l'énorme T-bone et la bouteille de vin rouge français, à quatre chiffres. Elle avait aussi invité le Gros, mais il avait décliné, disant qu'il était de service. Pour Alex, c'était un prétexte : le Gros ne voulait pas se faire mal en revoyant Bébé.

Le dîner avait duré une éternité. Bébé savait, comme Tête-de-fer, qu'il avait décidé de rejoindre la Légion étrangère. Elle n'en avait pas parlé pendant le repas, mais au moment de le quitter, elle avait lancé :

— Fais gaffe à toi. Tu te souviens qu'on s'était dit qu'on pourrait repartir de zéro quand je serais sortie d'école ?

Sur le coup, cela l'avait bouleversé. Deux ans plus tard, à force de ressasser, il était moins sûr de lui. Ce n'était probablement qu'une façon pour Bébé de lui recommander de ne pas jouer les héros sur le champ de bataille – la sollicitude normale d'un camarade de chambrée.

Puis cinq ans s'étaient écoulés sans qu'il lui adresse de nouveau la parole, et maintenant il avait lui-même tué le Gros.

Quand Tête-de-fer l'avait désigné, Alex avait demandé :

— Ce n'est pas plutôt le Gros le meilleur pour ça ?

— Le Gros ferait très bien l'affaire. Si je t'ai choisi, c'est en souvenir de ton grand-père.

Tête-de-fer n'avait pas précisé que, même mercenaire, Alex relèverait toujours d'une unité taïwanaise. Pourtant, tous les trois mois, sa solde

168

tombait sans coup férir sur le compte qu'il avait ouvert à l'étranger. Ses ordres venaient directement de Tête-de-fer, probablement pour dégager l'unité en question ou le gouvernement de toute responsabilité au cas où sa couverture serait grillée. Mais Alex savait très bien que même s'il existait plusieurs services de renseignement à Taïwan, seul le Département de l'information stratégique avait des agents déployés en première ligne.

Et puisque Tête-de-fer n'avait pas choisi le Gros, pourquoi était-ce le Gros qui devait le descendre ? De quelle agence recevait-il ses ordres ?

Le Gros…

La police tchèque, bien qu'un peu occupée par les échanges de coups de feu, allait forcément monter des barrages routiers. Il accéléra : s'éloigner de cent kilomètres devrait suffire à y échapper.

Il filait vers le nord. Erreur : la police commencerait par bloquer les routes partant vers le nord. Pour éviter toute attaque terroriste sur la capitale.

Freinage, virage sur l'aile, accélération : il fonça vers le sud, prit la E59 en direction de Vienne. En tant qu'Asiatique, il devait d'abord se fondre dans les flots de touristes. Puis trouver le moyen de retourner en Italie.

Le jour de l'assassinat de Chou Hsieh-ho, deux autres personnages étaient assis à la même table. Un Asiatique plus âgé, aux cheveux blancs, et un Européen de grande taille, en manteau à col de fourrure. S'il les retrouvait, il devrait pouvoir comprendre pourquoi on lui courait après.

Si ces deux-là s'étaient attablés avec le conseiller

en stratégie, ce n'était pas simplement pour bavarder. C'était évidemment pour parler boulot. Le vieux, celui dont les sourcils s'arquaient comme ceux de Chow Yun-fat quand il souriait, était sûrement taïwanais, donc plus facile à dénicher. Il ne chercherait l'Occidental qu'après.

Une tempête de neige s'éleva alors qu'il traversait une petite ville dont il ignorait le nom. L'occasion était trop belle : Alex arrêta sa voiture le long d'un trottoir, la fouilla de fond en comble. Quelques reçus sur la banquette arrière, une bouteille d'eau, des sandwichs dans du papier gras : rien n'évoquait l'identité de l'assassin.

Il fourra les reçus dans sa poche, descendit de la voiture, balaya la neige accumulée sur le pare-brise d'une vieille Lada ; elle n'avait pas bougé depuis au moins trois jours. Si la chance lui souriait, le blizzard retiendrait chez lui jusqu'au lendemain son propriétaire, qui ne devait pas non plus être de la première jeunesse. Ni vu ni connu. Il changea de voiture.

À l'aube, il avait franchi la frontière autrichienne. Il consacra un peu de temps à trouver une boutique tenue par un Vietnamien. L'endroit le plus sûr au monde : ces gens-là ne se perdaient pas en questions indiscrètes, n'aimaient pas parler à la police, et vendaient de tout.

Le ravitaillement terminé, Alex se pencha sur les reçus. Le tueur avait loué sa voiture à l'aéroport de Vienne, n'avait pas quitté l'autoroute, sauf pour dormir dans un endroit appelé Znojmo. Il semblait qu'il avait une mission simple : se rendre à Telč, tuer Alex.

Alex composa un numéro sur le Nokia en mâchonnant son sandwich vietnamien. *Bip bip bip* : numéro non attribué. Assez de risques : il enleva la coque du téléphone, sortit la carte SIM, la jeta dans la benne d'un camion qui roulait dans un nuage de fumée blanche. Puis il entra dans une cabine téléphonique, appela cinq personnes d'affilée, tomba finalement sur une voix endormie :

— Ouais ?

— Cravate ? C'est Alex.

Long silence, suivi d'un certain regain de vitalité :

— Tu parles d'une putain de surprise. C'est le moment de payer mes dettes ou quoi ?

— Plus ou moins.

Il retourna à la Lada. Changement de plan : plus de Vienne. Il contourna la capitale, s'arrêta dans une autre petite ville pour changer à nouveau de véhicule, reprit la route. Les essuie-glaces balayaient péniblement la neige qui s'abattait sur le pare-brise. Il avait oublié de vérifier le niveau d'essence, et ne pouvait pas s'arrêter dans une station-service et défiler devant les caméras de sécurité.

Il devait voler encore une autre voiture. Une lassitude immense descendit sur ses paupières.

5

Taipei, Taïwan

Au journal télévisé : les États-Unis avaient accepté de vendre à Taïwan le système de défense antiaérienne Avenger, mais pas de chars M1A1 ni de sous-marins. Chiu Ching-chih étant mort, qui négocierait avec les Yankees pour l'armée de Terre ?

Convoqué par son chef de bureau, Wu déclara que la solution aux meurtres de Chiu comme de Kuo dépendait de la Défense ; leur mort était liée à un secret militaire quelconque. S'il n'était pas dévoilé, la police devrait déployer des ressources bien plus importantes pour espérer résoudre ces affaires. Le chef resta de marbre ; Wu comprit que, sans ordres directs de la Présidence ni du ministère, les militaires garderaient bouche cousue.

L'enquête était dans une impasse. Wu revint aux bonnes vieilles méthodes policières. Il n'avait pas les moyens de forcer Hsiung à coopérer en ce qui concernait Chiu et Kuo, mais il pouvait toujours travailler sur le Gros. Reconstituer sa vie pièce à pièce, voir ce qui clochait, tirer le fil pour trouver les indices.

À minuit pile, sa femme réintégra la chambre

conjugale et Wu se retrouva maître de la salle à manger. La table était couverte de documents, le visage de Crâne d'œuf jaillit de l'écran de son portable.

Qu'est-ce qu'il était encore en train de manger ?

— Tu y crois ? Même à Rome, on peut trouver du *bubble tea** bien de chez nous. Le patron m'a offert un verre gratos parce que j'étais du pays, et m'a présenté à la patronne d'une boutique de burgers taïwanais, qui – regarde !

Un pain fourré bondit à l'écran, cachant le visage rubicond de Crâne d'œuf.

— L'authentique "bouchée de tigre aux tripes de porc" ! Leur cuistot aussi est taïwanais.

— Et la patronne t'a présenté à son collègue qui fait des omelettes aux huîtres ?

— Quel extraordinaire esprit de déduction ! On reconnaît le vrai flic. Mais non, c'était un restau de riz au ragoût de porc. Des gens de Tainan.

— Et voilà pourquoi tu bâfres comme un cochon.

— Hé, c'est la solidarité entre compatriotes. Mais je ne suis pas le seul. La patronne de la boutique à burgers m'a fait livrer ici, et maintenant toute la police criminelle de Rome est fan de pain aux tripes de porc. Je n'en étais pas tellement friand, mais maintenant je suis accro. Tu te rends compte qu'il a fallu que je vienne en Europe pour comprendre que la coriandre est l'accompagnement idéal pour les cacahuètes pilées ? Et quand tu saupoudres ça

---

* Boisson typiquement taïwanaise, dont la mode remonte aux années 1980. La variante la plus ancienne consiste en du thé noir au lait additionné de perles de tapioca.

sur la viande longuement mijotée dans la sauce épaisse... que tu la fourres dans un petit pain blanc tout chaud... ton cœur fond en même temps que la viande dans ta bouche. Les gens sont trop difficiles pour la bouffe et ratent les bonnes choses de la vie. Ehhhh... et toi ? Tu as eu ton petit souper ? Ta femme t'a préparé quelque chose ?

Wu montra sa bouteille à la caméra.

— Elle te laisse boire à la maison ? Pas mal, c'est la voie du bonheur. Mais sans rien à se foutre sous la dent c'est...

— Arrête de débloquer et essuie-toi le menton, tu vas saloper mon écran.

— Ah, mon vieux, tu sais mettre les gens à l'aise.

— Bon. J'ai trouvé quelques infos. J'attaque par Chen Li-chih, alias le Gros...

— Tu travailles à l'ancienne ?

— Ouais. Un vrai boulot de chaussettes à clous.

— Vas-y, tu dois plus en avoir à dire que moi, de là où tu es.

— D'accord – mais par pitié, éloigne-toi de la caméra, tu me files envie de gerber.

14 août 1981, vingt-trois heures : la sonnette de la porte d'entrée résonne, réveillant le personnel de la clinique pédiatrique du docteur Chen à Chiayi.

Des voisins ont prévenu la police, et deux agents en uniforme sont accourus : devant la porte fermée, des vagissements d'un bébé d'à peine trois mois jaillissent de ce que les témoins ont décrit comme un « carton de chauffe-eau ».

Le docteur Chen, soixante-sept ans, habite au premier étage de l'établissement. Son épouse,

*soixante-deux ans, y est infirmière. Elle dévale l'es-
calier, ouvre la porte. Sursaute en voyant l'enfant
dans sa boîte en carton, appelle son mari le docteur.
Les examens montrent qu'il s'agit d'un garçon en
parfaite santé. Le carton ne contient rien d'autre
que la couverture dont est enveloppé l'enfant et un
biberon de lait froid.*

*Dans le Taïwan des années 1980 ou 1990, les jeunes
filles n'avaient pas appris à se protéger. Beaucoup,
tombées enceintes, croyaient qu'elles grossissaient
parce qu'elles mangeaient trop. Au moins cinq fois
par jour, la police recevait des alertes de bébés aban-
donnés dans des toilettes publiques. Des mères de
treize ou quatorze ans incapables de s'occuper de leur
enfant. Une tragédie.*

*La mère du Gros était probablement une gamine
pas encore mariée, qui avait fait de son mieux pendant
quelque temps, comme en témoignaient la couverture,
le biberon, et son choix d'une clinique pédiatrique
pour abandonner l'enfant quand elle avait été dépas-
sée par les événements.*

*Les autorités ordonnent donc que le garçon soit
confié aux services sociaux une fois que les Chen
auront fini leurs examens. Mais le docteur Chen
estime que le bébé est trop petit, qu'on ne prendra
pas suffisamment soin de lui à l'orphelinat, et propose
de s'en occuper quelques jours de plus. Après tout,
il arrive souvent que des parents abandonnent leur
enfant sur un coup de tête, pour le regretter au bout
de trois jours et partir à sa recherche. Et ils vont bien
sûr d'abord là où ils l'ont laissé.*

*La police transmet le dossier aux services sociaux,
qui parlent aux Chen, et tout le monde convient que*

*le bébé ne peut être mieux, en attendant, que là où il
se trouve déjà.*

*Les Chen ont déjà eu un garçon et une fille, mais
la fille, une fois mariée, est partie pour les États-Unis
et le fils, médecin également, vit à Taipei. Le nid vide
accueille donc le petit Gros, bien sage, et au bout
d'une semaine –*

— Comment tu sais qu'il est resté sage une
semaine entière ? interrompit Crâne d'œuf.

— Tu veux raconter l'histoire à ma place ?

— Attends, laisse-moi vérifier un truc. La date,
c'est bien le 14 août 1981 ?

— C'est dans le rapport de police.

— Mon vieux, devine quel jour c'était ?

— Ton départ en vacances d'été ?

— Le quinzième jour du septième mois lunaire,
la fête des fantômes.

— Super.

*Au bout d'une semaine, personne n'est venu récla-
mer l'enfant, et la loi exige qu'il soit enfin confié aux
bons soins du gouvernement. Qui eût cru que l'instinct
maternel de Mme Chen, depuis longtemps endormi,
allait se réveiller entre-temps ? Elle demande à garder
le bébé, au moins jusqu'à ce qu'on soit sûr que les
parents ne puissent être retrouvés.*

*Les services sociaux, contents de se débarrasser
du problème, acceptent et proposent même une aide
financière pour les couches et le lait infantile. Les
Chen refusent et assument tous les frais.*

*Six mois plus tard, le bébé est officiellement adopté
par les Chen bien qu'ils aient dépassé l'âge limite : le*

docteur est pédiatre et il a d'excellentes relations. Ils se rendent à l'état civil pour la paperasse, et l'enfant est nommé Chen Li-chih.

L'enfance de Chen Li-chih se déroule le plus normalement du monde. À l'école primaire, ses résultats n'ont rien de remarquable, mais ne désespèrent pas ses maîtres non plus. La seule chose extraordinaire est son appétit ; à onze ans il mesure déjà 1,71 m. Probablement grâce aux compléments alimentaires que la bonne Mme Chen achète sans regarder à la dépense.

M. Chen prend sa retraite à soixante-dix ans, son fils refuse de quitter Taipei pour reprendre l'affaire familiale, et depuis lors la clinique pédiatrique du docteur Chen ne survit plus que dans les mémoires des citoyens de Chiayi.

La présence de Li-chih égaye le foyer, et si le fils ou la fille revenaient de Taipei ou d'Amérique, tout serait pour le mieux dans le meilleur des mondes. Li-chih ayant le même âge que les petits-enfants des Chen, ils joueraient ensemble et, pour peu que Dieu le veuille, ses aptitudes scolaires se révéleraient au collège ou au lycée et un troisième docteur viendrait faire la fierté de la famille Chen.

Mais les voies du Seigneur sont impénétrables. La vieille Mme Chen perd un peu la boule – rien de très grave, sauf qu'elle oublie régulièrement de fermer le gaz. Alzheimer, concluent les médecins : rien à faire. Le fils leur trouve une aide à domicile venue des Philippines. Deux ans plus tard, c'est pourtant M. Chen qui trépasse le premier, d'une maladie du cœur. Leurs aînés décident de revendre la maison, la fille embarque sa vieille maman aux États-Unis, le fils à Taipei refuse d'accueillir Chen Li-chih, la fille

177

explique sans détour aux services sociaux qu'elle ne peut s'occuper en même temps de sa mère et de son petit frère.

Soudain c'est le ciel qui tombe sur la tête du garçon de onze ans. Non seulement il perd son père et sa mère, mais ses « frère » et « sœur » le rejettent. Et le plus terrible est qu'il apprend à cette occasion qu'il a été abandonné, tout bébé, dans une boîte en carton.

— L'orphelin abandonné dans une boîte en carton. Tu n'as pas une histoire plus marrante ? Comme celle de la petite fille aux allumettes ?

— Ce sont les faits qui ressortent de mes investigations.

— Mais il faut les embellir, les rendre plus lumineux ! Ce n'est pas parce que les types qui approchent de la retraite se tapent leur andropause qu'ils doivent gâcher la vie des autres !

— Tu es psychiatre ?

Les voisins se souviennent de Chen Li-chih comme d'un fils plein de piété filiale. Chaque jour, en rentrant de l'école, lui et le docteur Chen se promenaient au parc en poussant le fauteuil roulant de Mme Chen. Il était clair qu'il y avait beaucoup d'amour entre eux.

Li-chih étant déjà un orphelin, la police et les services sociaux suivent de très près le second processus d'adoption. Comme il n'a pas de liens de sang avec les autres enfants Chen, ceux-ci n'ont pas d'obligations envers lui, et il est envoyé à l'orphelinat. Il y vit deux ans, au cours desquels plusieurs familles songent à l'adopter, mais reculent au denier moment : il est trop grand, a l'air trop féroce, il ressemble à un délinquant juvénile.

Les dossiers de l'orphelinat sont très complets. Le garçon se mure dans son silence, refuse de parler de ses parents. Mais chaque année, quand la vieille Mme Chen envoie à l'orphelinat une carte de vœux pour Noël, il la conserve précieusement comme un gamin. Une certaine Mlle Lin note toutefois que la carte est probablement envoyée par la fille de Mme Chen, et ne contient rien d'autre qu'une signature. La jeune Mme Chen ne se rend-elle pas compte que son « bon cœur » fait de Noël la période la plus triste de l'année pour le garçon, qui se réfugie sous ses couvertures en pleurant ?

— Si tu continues comme ça, je ne vais pas pouvoir finir mon pain fourré.

— Crâne d'œuf, que penses-tu de ça, comme plan pour ma retraite ? Si j'allais faire du bénévolat dans les orphelinats et asiles de vieux ?

— Laisse ça aux professionnels. Toi tu es fait pour être flic.

— Oui, mais flic ça manque un peu d'un sentiment d'accomplissement de soi.

— Un sentiment d'accomplissement de soi !... Ouais, mon vieux, je vois bien ce que tu veux dire.

Au bout de deux ans, Chen Li-chih est enfin recueilli par un autre Chen : M. Chen Luo. Là, les dossiers ne sont pas très précis. Mais il semble que Chen Luo, bidasse pensionné, ne remplisse pas les conditions ni d'âge, ni de revenus, pour une adoption. Pour savoir pourquoi les services sociaux ont accepté, il faudrait retrouver le directeur de l'orphelinat de l'époque. Chen Luo a déjà cinquante-trois ans, sa femme, une Vietnamienne, trente et un seulement. L'explication la plus plausible est que le couple a des problèmes de fertilité.

Toujours est-il qu'une fois le garçon admis dans son nouveau foyer, Chen Luo le traite mieux encore qu'il ne l'aurait fait d'un enfant biologique. En première année de lycée, Chen Li-chih intègre l'équipe de basket-ball, se fait quelques amis, mais est envoyé en maison de correction à seize ans, en raison de sa fréquentation d'une bande de jeunes malfrats. Chen Luo réussit à l'en tirer, en faisant jouer on ne sait quelles relations.

D'après ses camarades, dès la fin du collège Li-chih est déjà surnommé « le Gros » ; il passe son temps à jouer au basket ou à pousser de la fonte, comme s'il se préparait à devenir prof de sport. Il a la réputation d'être un des « grands frères » du lycée – une embrouille entre deux élèves, et on vient le voir pour qu'il arrange les choses. Ses problèmes avec la loi sont d'ailleurs dus à l'un de ses amis, « Bouiboui ». Bouiboui a été attiré dans un tripot clandestin et a perdu plusieurs dizaines de milliers de dollars. Les truands exigent qu'il vole la collection de belles montres de son père pour rembourser sa dette. Le Gros, révolté par l'injustice, se rend au tripot pour négocier. Évidemment, cela tourne à la bagarre, il se fait rosser et perd une dent de devant. C'est la honte. Il cherche des gens pour l'aider à effacer l'affront, trouve un gang formé de lycéens. Ils s'équipent en barres à mine sur un chantier et vont démonter le tripot. Ils y vont gaiement : un mort, huit blessés graves, dix-sept arrestations, dont sept de mineurs. Le tribunal pour enfants les envoie pour six mois en détention.

Le plus bizarre, c'est que Chen Li-chih est l'instigateur incontesté de l'affaire, mais qu'il sort de la maison de correction après deux mois seulement, et que sa peine est commuée en cinq heures de travail d'intérêt général par semaine.

Chen Luo est bien sûr furieux, il craint que son fils ne tourne mal. Il le retire du lycée et l'envoie en école militaire.

Là-bas, le comportement de Li-chih est exemplaire, il oublie ses anciennes fréquentations. Peut-être trouve-t-il chez les militaires la fraternité qui lui manquait en tant que fils unique. Il obtient son brevet sans problème et choisit le corps des Marines. L'entraînement est infernal, mais il s'y plonge corps et âme.

Chez les Marines, le Gros rejoint les unités de reconnaissance amphibie et fait bonne impression. Il se porte volontaire pour tous les stages de perfectionnement : parachutisme, combat en milieu alpin ou arctique, cours de tireurs d'élite. Ses supérieurs ont encore des lueurs dans le regard quand ils en parlent. Ils sont d'autant plus surpris quand le Gros les quitte, tant ils étaient persuadés qu'il était fait pour le métier et deviendrait un sous-officier d'élite.

Ses camarades de l'époque racontent qu'en surface, le Gros est toujours sympa et souriant, mais qu'il parle très peu et ne se lie pas d'amitié. Un jour, un type veut lui faire une blague en lui piquant sa bannette, et manque se faire aplatir. Il protège férocement son espace vital, pose des limites très claires que personne n'ose franchir.

Après son départ de l'armée, les registres de la police des frontières montrent qu'il a voyagé plusieurs fois à l'étranger. Chen Luo et sa femme vietnamienne ayant divorcé, elle est retournée dans son pays et le Gros va la voir. Des photos le montrent aux côtés de sa mère adoptive. On peut supposer qu'entre elle et Chen Luo, il a le sentiment d'avoir trouvé une vraie famille.

— Sans doute. J'ai vu les photos que tu m'as envoyées, elle a l'air gentille.

— Oui, elle est même revenue voir Chen Luo quand il a dû entrer en maison de retraite. Les camarades du Gros disent qu'elle lui a rendu visite à la base, les bras chargés de cadeaux. Il était tout joyeux et l'a baladée partout. Apparemment, elle était plutôt grassouillette et tout le monde le taquinait, disant qu'elle avait tout l'air de sa vraie mère biologique.

— Si Chen Luo n'était pas mort si tôt, le Gros aurait pu connaître une autre fin.

— Tu as vu la photo où il la porte sur ses épaules ?

— Où est-ce que tu as dégoté celle-là ? Tu ne peux pas nous quitter, mon vieux, tu es fait pour ce métier.

En revanche, Wu n'avait pas trouvé grand-chose sur la vie sentimentale du Gros. Il touchait une solde correcte chez les Marines mais n'était pas du genre à économiser en vue de s'acheter un appartement et se marier. Il préférait tout dépenser. Le voyage de sa mère adoptive à Taïwan, les soins supplémentaires pour Chen Luo, c'était lui qui payait. De temps en temps il allait tirer un petit coup au boxon ou louait une chambre et y faisait monter une fille ramassée en boîte, mais rien de durable avant d'avoir rencontré Mimi. Avec elle, ça avait été quasiment du concubinage, sauf qu'il quittait souvent Taipei, et quand elle se renseignait il répondait à chaque fois : « Tu sais, les hommes ont des trucs à faire, ça relève de l'amitié ou de la justice, je peux pas trop t'en parler. » Contrairement à la plupart des femmes, Mimi se contentait de cela.

— Hé oh, on est en plein boulot, n'y mêle pas ta vie privée.

— Pardon ?

— "Contrairement à la plupart des femmes". C'est visiblement de la tienne que tu parles.

— C'est difficile d'exprimer la profondeur de l'amour que Mimi éprouvait pour le Gros. Elle a laissé tomber son boulot d'hôtesse et commencé à bosser dans une boutique de vêtements tenue par une amie. Mais le Gros voulait qu'elle ait son propre commerce. Heureuse coïncidence, la tante de Mimi, qui tenait un petit karaoké de quartier, est tombée malade et a accepté de lui refiler la licence pour deux cent mille dollars. Le Gros n'a rien dit, s'est absenté deux jours et, à son retour, lui a tendu la somme en cash. Et en plus il payait le loyer tous les mois.

« Mimi dit qu'elle n'avait jamais rencontré un homme comme lui. Avant, les hommes lui offraient de l'argent ou des cadeaux pour l'allonger dans leur lit. Le Gros, c'était différent : la première fois qu'ils ont couché ensemble, c'est elle qui a dû le séduire. Elle en a conclu que le Gros ne voulait pas du sexe mais des sentiments. Mais qu'il avait du mal à laisser les gens pénétrer les murailles qu'il avait dressées autour de lui.

« Le plus étonnant, c'est que le Gros ne parlait jamais de son boulot, ne disait jamais où il allait. Un jour elle lui a demandé en plaisantant s'il n'avait pas déjà une épouse quelque part. Il lui a sorti sa carte d'identité pour prouver le contraire – et c'est aussi à cette occasion qu'elle a su qu'il était adopté. Quand il avait du temps libre, il venait aider au karaoké. Il chantait très bien, des chansons viriles et nostalgiques de crooners japonais ou de Wu Bai. Les anciens du quartier l'adoraient.

« Et de temps à autre, il expliquait qu'il avait un truc à faire et qu'il en avait pour une semaine. Mimi avait compris et ne posait plus de questions. Elle pensait qu'au pire, le Gros faisait du trafic d'armes – parce qu'un jour elle avait vu son fusil. Elle se disait que s'il était arrêté, elle ouvrirait une autre boutique près de la prison, pour pouvoir lui apporter à manger.

« Je lui ai demandé si elle aimait s'occuper de son karaoké, vu que la plupart de ses clients étaient des petits vieux tentant de tuer le temps.

« Elle m'a répondu : "Au début, j'ai eu du mal, vu que je ne savais que faire cuire des nouilles, mais après quelques mois, quand j'ai su cuisiner, ça allait mieux. Certains vieux viennent ici pour éviter d'être envoyés à l'hospice par leurs enfants, ça leur revient moins cher : cent dollars pour deux plats par jour. C'est le Gros qui voulait que ce soit comme ça, il disait que ce n'était pas cinquante balles de plus qui me rendraient riche et qu'il valait mieux baisser les prix pour que les anciens puissent venir quand même. C'était ce genre de gars, il se foutait complètement de l'argent. Bon, moi, du coup, je n'avais jamais de week-end ni de vacances."

« Après avoir quitté Mimi, j'ai pris le métro à Dingxi. Elle m'a appelé sur mon portable, s'est excusée d'avoir été trop bouleversée, et s'est mise à causer. Le temps qu'elle en finisse, j'étais arrivé au terminus à Luzhou. Le Gros ne parlait jamais de son passé, mais il en avait laissé quelques traces – dont trois photos.

— Lesquelles ?

— Attends, je les ai sur mon téléphone – voilà, tu devrais les recevoir.

— Elles viennent d'où ?

— La première, sans doute du stage de tireurs d'élite. C'est la photo de groupe – celle avec la fille.

— Une fille ? mignonne ?

— Tu ne les as pas encore ?

— Si, si. Aaaah – oui, pas mal. Une fille, deux garçons – tu penses à quoi ? Qu'elle s'envoyait les deux ?

— Presque. Ils étaient tous les deux amoureux d'elle. Le Gros a quand même expliqué à Mimi que lui n'avait jamais rien dit, mais que l'autre, le gars au sourire Hollywood, s'était lancé. Et s'était pris un râteau. Ça lui a brisé le cœur, il a quitté l'armée et Taïwan pour parcourir le monde, n'est jamais revenu.

— Le deuxième cliché, c'est le Gros et le couple Chen ?

— Exact. Et sur le troisième, Mimi ne sait pas de qui il s'agit, il ne le lui avait pas dit. Un vieux, pas

grand, trapu, lunettes noires et casquette de base-
ball. On ne voit pas très bien quelle tête il a. Les
autres photos sont du Gros, de Chen Luo ou de sa
mère adoptive. Je te les envoie demain.

— Très bon boulot.

— Alors à ton tour.

Une main déposa un café devant Crâne d'œuf, qui
baragouina un *grazie*.

— Mon histoire est moins passionnante que la
tienne, mais plus détaillée.

— Normal, c'est toi le boss.

— Aïe, je perçois dans ta voix l'amertume de la
vieillesse.

— Tu vas parler ? Sinon je vais au lit.

Le Gros avait emprunté des voies détournées pour
arriver à Rome. Deux jours avant l'assassinat de
Chou Hsieh-ho, il avait rejoint Singapour puis Bar-
celone sur des vols de Singapore Airlines, était monté
dans un train pour Paris et, à Paris, dans un autre
pour Rome. Tentant visiblement de brouiller sa piste.

L'année d'avant, il avait quitté Taïwan cinq fois.
Mais pour les Italiens, c'était la première fois qu'il
mettait les pieds dans le pays, voire en Europe.

On n'avait pas retrouvé trace de lui dans un quelconque hôtel. Un agent de la police des frontières se
souvenait bien de lui, déguisé en backpacker, dispa-
raissant sous un énorme sac à dos. Un air farouche.
Ne parlant pas anglais. Portant un bonnet de laine
noire et des chaussures de montagne, comme s'il
comptait s'attaquer au mont Blanc.

Grâce à cette description et aux photos prises à
la frontière, la police avait trouvé une autre image

pouvant lui correspondre à la gare de La Spezia, dans le nord-ouest de l'Italie. La police s'intéressait particulièrement à cette région, parce qu'une voiture avait explosé le soir même dans la petite ville de Porto Venere. Les flics locaux pensaient que l'explosion était due à une balle de fusil. Le propriétaire de la voiture, un peintre décorateur, habitait à Riomaggiore, une petite station balnéaire un peu plus haut sur la côte ; il disait qu'elle avait probablement été volée et n'avait aucune idée de la façon dont elle avait terminé à Porto Venere.

De nombreux témoins affirmaient que la balle n'avait pu être tirée que du parvis de l'église de San Lorenzo. Une autre voiture volée, celle-ci à La Spezia, avait été abandonnée sur la chaussée. Des empreintes correspondant à celles du Gros sur le volant.

On pouvait en déduire que le Gros suivait un plan très clair : se rendre à La Spezia après un petit périple destiné à détourner l'attention, voler une voiture pour se rendre à Riomaggiore. Mais sa cible avait également volé un véhicule et s'était enfuie jusqu'à Porto Venere. Ils avaient échangé des coups de feu : on avait retrouvé des projectiles dans la voiture brûlée. Mais pas de cadavre.

Les Italiens pensaient que le Gros disposait de complices sur place. Sinon, où aurait-il trouvé son fusil ? Et il n'y avait aucune image de lui sur aucune caméra d'hôtel – ni à Rome, ni à Pise, ni à La Spezia. Nulle part. Quelqu'un l'avait hébergé.

La mission du Gros avait échoué, sa cible s'était enfuie à Budapest, le Gros l'avait suivie, et un duel aérien silencieux s'était soldé par sa mort.

187

— Je ne sais pas comment Mimi va encaisser ces nouvelles, dit Wu.

— Ne te laisse pas bouffer par tes bons sentiments, tu veux. On est des flics, pas des assistantes sociales.

— Bon, on a à peu près reconstitué la vie du défunt Chen Li-chih. Superintendant général Crâne d'œuf, quelle substantifique moelle en avez-vous tirée ?

— C'est moi le boss. Tu commences, je...

— Tu critiques.

— Non, je complète. Mon vieux Wu, as-tu donc une si piètre image de ton chef ?

Son fils avait-il du mal à trouver le sommeil ? Ou bien la faim l'avait-elle tiré du lit ?

— Il y a encore de la soupe de ton grand-père au frigo. Tu veux que je te fasse un bol de nouilles ?

— Des nouilles ? pour qui ? demanda Crâne d'œuf.

Wu tourna l'écran :

— Dis bonjour à tonton Crâne d'œuf.

— Bonjour tonton Crâne d'œuf !

— Dis donc, tu as grandi ! Tu veux que je te rapporte quelque chose d'Italie ?

— Merci, ce n'est pas la peine.

Fiston se dirigea vers la cuisine pour réchauffer sa soupe.

— Rajoute des nouilles ! lui cria Wu. Bouffe un peu plus, tu es tout maigrichon.

Le jeune homme se retourna soudain, et lui dit d'un air très sérieux :

— Papa, c'est vraiment cool ce que vous faites.

— Hein ?

— Résoudre des crimes.

— Qu'est-ce que tu en sais ?

— J'ai tout entendu.

— Tu as tout – tu as piraté notre réseau ou quoi ?

— Papa, s'il te plaît. Tu utilises le réseau de la famille, c'est moi qui l'ai posé. Même pas besoin de pirater.

— Brave garçon. On a élevé un espion ? Tu surveilles tes parents ?

— Faut bien. Après tout vous avez failli divorcer il y a deux ans, quand tu as engueulé maman.

— Je ne l'ai pas engueulée, c'est elle qui m'a engueulé.

Une engueulade deux ans avant ? Ça ne disait rien à Wu. C'en était arrivé jusque-là ?

— Bon, on réglera ça plus tard. Qu'est-ce que tu penses de cette affaire ?

— J'ai bien aimé la façon dont vous avez reconstitué la vie du Gros. Ce n'est pas comme dans les journaux, où les salauds sont des salauds complets. En fait les salauds sont comme des oignons.

— Des oignons ?

Pas de réponse. Fiston était retourné dans sa chambre, portant son bol de soupe fumant.

Wu revint à Crâne d'œuf.

— Tu as entendu ce qu'il a dit ?

— Ouais. Piratage informatique, atteinte à la vie privée, recel de données à caractère confidentiel. Tu devrais lui trouver un bon avocat.

— C'est la première fois qu'il me parle de mon boulot.

— Les salauds sont comme des oignons ? Ouais,

et moi je suis un plat de lasagnes. Je suis content pour toi qu'il s'intéresse à ton travail. Ce n'est pas comme mon fils, je ne l'ai pas vu depuis un bail. La famille de sa copine l'a comme qui dirait adopté.

Wu leva sa bouteille de Kavalan – le meilleur whisky taïwanais –, en avala une grande gorgée.

— Où en étions-nous ?

— On avait atteint la moelle.

La mission du Gros. Il s'était envolé pour tuer quelqu'un en Italie, quelqu'un qu'il avait suivi jusqu'à Budapest au péril de sa vie. Vu son passé, ce n'était sûrement pas une vengeance personnelle : il agissait sur ordre. Après son départ de l'armée, le Gros ne semblait pas avoir repris de travail ; était-ce parce qu'il était désormais un tueur aux ordres des Triades ?

La section de lutte contre le crime organisé n'avait encore jamais eu affaire à un assassin professionnel de ce genre, aux méthodes de tireur d'élite. Les commanditaires sortaient probablement de l'ordinaire. Ou bien ce n'étaient pas des Taïwanais.

L'explosion à Porto Venere avait eu lieu le soir de l'assassinat de Chou Hsieh-ho. Impossible de ne pas faire le lien.

— Eh bien fais-le.

— Le premier sniper est envoyé par je ne sais qui à Rome pour assassiner le conseiller Chou. Le deuxième sniper est envoyé par je ne sais qui pour buter le premier sniper. Très clairement, pour éviter que celui-ci ne puisse parler. Donc…

— Donc c'est le même commanditaire de l'ombre pour les deux tueurs.

— Vous êtes génial, boss.

— Génial, mon cul. Il faut retrouver le premier tireur, c'est en suivant sa trace qu'on aboutira à celui qui donne les ordres.

— Et ce commanditaire est mouillé dans les morts de Chiu Ching-chih et de Kuo Wei-chung. Le Gros, Chiu et Kuo étaient militaires. Kuo et le Gros avaient le même tatouage, "famille" en écriture ossécaille.

— Putain, mon vieux, tu le sens, le goût de l'adrénaline sur le bout de la langue ?

— Je ne vais plus pouvoir dormir.

— Bon. Je réfléchis au moyen de retrouver le premier tireur. Toi, à Taipei, tu creuses les relations du Gros. Creuse jusqu'à l'os ! Mais va quand même te coucher.

— D'accord. Eh, Crâne d'œuf, mange un peu moins, ta femme est trop jeune pour que tu deviennes obèse.

— Et qu'est-ce que tu sais des goûts de ma femme ?

La lumière brillait encore dans la chambre de son fils. Wu eut une idée soudaine. Il transféra les trois photos que Mimi lui avait fournies sur le téléphone de Fiston, puis alla frapper à sa porte.

— Tu contrôles encore le travail de ton père ?

— Papa, j'ai une idée. Et si je renonçais à postuler pour ce poste de doctorant et que je tentais le concours de l'école de police ?

— On en reparlera. Ce n'est pas toujours aussi passionnant. Si tu savais ce qu'on fait quand on s'emmerde trop…

— Ah oui ? Vous faites quoi ?

On taille le bout de gras au café de Lili.

Wu ne répondit pas, désigna le téléphone de son fils.

— Tu peux m'aider sur un truc ? C'est du confidentiel police, évite d'en parler.

— OK.

— Je t'ai envoyé des photos. Si tu pouvais retrouver l'identité de trois personnes qui sont dessus…

— Rien qu'à partir des photos ? Ça va être coton.

— Qui est-ce qui paye tes frais de fac ?

— D'accord, d'accord. Ça risque juste de durer.

— J'ai attendu vingt-deux ans que tu te rendes utile, je peux bien patienter quelques heures de plus.

6

Taipei, Taïwan

À force de patienter, Wu s'endormit, et se réveilla sur le lit de son fils.

Et merde ! Onze heures déjà.

Fiston était encore devant son ordinateur.

La sonnette de la porte d'entrée retentit. Wu ouvrit : c'était son père, tirant un caddie plein, qui revenait jouer le cordon-bleu.

— Tu n'es pas au boulot ? Quand pars-tu à la retraite ?

— En comptant aujourd'hui ? Dans six jours.

— Et qu'est-ce que ça veut dire de quitter ton travail ? Ton fils est toujours à l'université. Vraiment !

Wu laissa entrer le vieil homme, lequel s'empressa d'aller saluer son petit-fils. Il n'avait pas apporté seulement de quoi faire le dîner, mais aussi du *bubble tea* et des gâteaux de riz. Le grand-père aimait son petit-fils, la maman aimait son fils. Ils avaient tous oublié l'homme de la famille qui, accessoirement, était aussi un mari et un fils.

Lui se souvint que sa femme lui avait confié une mission : demander à son père de ne plus venir faire leurs repas.

Il prépara son discours, entra dans la cuisine, vit le vieillard penché au-dessus de l'évier, en train de nettoyer un chou cabus coréen, feuille par feuille. Quand Wu ouvrit la bouche, sa langue le trahit :

— Papa, je peux faire une petite remarque ? Tu sales un peu trop tes plats.

— Comment ça, je les sale trop ? Tu as bien grandi en appréciant mes plats trop salés !

— Je dis juste qu'il faudrait un peu moins de sel. Fiston est là toute la journée, tu peux lui faire goûter tes plats. Tu sais comment sont les jeunes, les goûts ont changé.

Son père ne répondit pas.

Wu prit son manteau. Il avait moult choses à faire, et seulement douze heures pour toutes les caser.

Premièrement : Lili. Survivre aux tentatives d'étouffement de ses obus 85 DD. Commander non seulement un café, mais aussi son plat le plus cher : un sauté de bœuf sauce vin rouge. Cinq cent vingt dollars l'addition seulement, malgré tout. Cela suffirait-il à lui concilier son père ?

— Asseyez-vous. Buvez d'abord votre café.

Le temps avait changé. Un crachin tombait à intervalles irréguliers, et le vieux brigand s'abritait sous un grand parasol, le chat blotti dans son giron, qui lui tenait chaud moyennant quelques caresses. Échange de bons procédés entre vieux camarades. Les yeux bien ouverts cette fois-ci, le vieillard observait l'animal qui se détendait sous ses doigts. Wu sirota son café, reposa sa tasse. L'autre leva la main pour lui imposer le silence.

Quelques minutes plus tard, trois personnages tout aussi chenus mais solidement bâtis que lui se glissaient sous le parasol.

— Superintendant, je vous présente trois de mes amis. Vous les connaissez sans doute ?

Bien sûr qu'il les connaissait : ils avaient tous un casier judiciaire prestigieux, quoique un peu daté. Il se leva, leur serra la main, témoigna de son respect.

— Grand frère Surineur, ça fait un bail.

— Eh oui, le temps passe si vite.

— Tonton Baraka, vous avez bonne mine.

— Merci, je fais aller.

— Grand frère Fang, merci encore pour votre aide.

— Oublions ça, vingt ans, c'est si loin.

Lili apporta une théière de wulong de Dongting. Ah ? Elle servait aussi du thé dans son café ?

— Pour votre question. J'ai demandé à mes frères, déclara le père de Lili en soulignant ses paroles d'un grand geste de la main.

Baraka servit élégamment le thé. Le Surineur contemplait le ciel, les mains croisées sur la poitrine. Grand frère Fang s'agrippait à sa vapoteuse, la respiration sifflante.

— Merci, dit Wu.

— Et ils disent que vous feriez mieux de vous tenir à carreau.

Pas de commentaire des trois autres.

— Ça concerne… l'Alliance de la voie céleste ? se risqua Wu. L'Union du bambou ?

Silence de mort.

— C'est quoi ? La Triade anonyme ?

— Z'avez entendu parler de la Vaste porte et de la Bande verte ?

— Bien sûr. Elles ont fait la paix depuis longtemps, sont devenues des membres respectables de la société civile.

— La Bande verte remonte à l'époque de l'empereur Yungcheng, y a trois cents ans et des poussières. C'était une société secrète, même Sun Yat-sen et Tchang Kaï-chek y trempaient. La Vaste porte a aussi plus de trois siècles, c'étaient les mêmes que la Société du ciel et de la terre de Koxinga, qui luttait contre les Ch'ing au nom des Ming.

Au nom de Koxinga, les trois autres levèrent leur tasse à l'unisson.

— Le tatouage "famille", c'est une marque de la Bande verte ?

— D'une faction encore plus secrète de la Bande verte. Elle n'a pas vraiment de nom, mais tous ses membres se considèrent de la même famille. C'est pour ça que les quelques affranchis qui les connaissent les appellent comme ça.

— La "famille" ? dit Wu alors que Lili posait une bouilloire sur la table et la branchait.

— Y sont pas très nombreux. Y sont membres de père en fils et frères de sang. N'acceptent personne d'autre. Le plus âgé est le chef, les autres l'appellent "le Patriarche".

Les trois autres regardaient Lili qui leur apportait des cacahuètes et des graines de tournesol.

— Ça explique les tatouages.

— Ouais, c'est une famille. Y font ni dans les stups, ni dans le racket, ni dans le pain de fesses. Rien d'illégal. Superintendant, vous ne pouvez rien contre eux.

Grand frère Fang lançait des cacahuètes en l'air

d'un geste précis. Pas une ne ratait sa bouche. Le Surineur se remit à contempler le ciel. Tonton Baraka croisa les jambes.

— S'ils ne font rien d'illégal, de quoi vivent-ils ?

— Des gens qui se rassemblent, c'est pas forcément pour le pognon. C'est pour la loyauté, pour le sens de la famille.

Cette fois, les quatre brigands levèrent leur tasse ensemble.

Le sens de la famille ? Ça consistait à quoi ? À se rassembler pour se tenir chaud par ce genre de climat frigorifiant ?

— Et comment peut-on rencontrer ce Patriarche ?

Le Surineur ne détourna pas son regard des nuages. Baraka remplit la théière d'eau bouillante. Grand frère Fang ôta sa doudoune sans manches, enleva sa chemise de flanelle, roula une manche de son sous-vêtement, dévoila un vieux tatouage : le caractère *chia*.

— C'est bien de çui-là que vous causez ?

Le père de Lili regardait affectueusement son chat.

— Oui, dit Wu.

Il avait compris le message, mais n'avait pas l'intention de renoncer.

— Je vous prie de me venir en aide. L'affaire est grave. Si je ne rencontre pas le Patriarche, d'autres que moi...

La voix de Lili :

— C'est servi à l'intérieur !

Wu se leva, inclina la tête vers les quatre hommes, choisit une table près de la fenêtre. Ils continuèrent à boire leur thé et à picorer leurs cacahuètes en silence. Wu tordit le cou pour observer le morceau de ciel que le Surineur avait contemplé. Du gris et des gouttes de pluie. Qu'est-ce que l'autre y trouvait ?

Son téléphone bipa : « Papa, repasse à la maison. »
Lili le bloqua à la porte :

— C'est mon bœuf sauté sauce vin rouge, mon meilleur plat. Je ne veux plus voir un grain de riz !

Wu avait fini son premier déjeuner et retourna chez lui pour un second. Son père avait préparé trois plats : tilapia au tofu frais, émincé de porc au tofu séché, chou cabus sauté. Sans oublier bien sûr la soupe aux œufs et à la tomate.

— Papa, dépêche-toi ! appela son fils de sa chambre.

Le grand-père servait lui-même les plats. Wu cria :

— Viens manger d'abord ! On verra ça après.

Fiston arriva à table en grommelant d'impatience. Wu fronça les sourcils, le garçon enchaîna :

— Waouh, grand-père ! Ce sont mes plats préférés.

Le vieillard rayonna.

Pour démontrer combien il appréciait les plats, Wu fit comme s'il n'avait pas récemment terminé une assiette pleine de bœuf et de riz. Se remplit sans barguigner un bol de riz blanc, le dévora. Son père se souleva de son siège pour lui en servir une autre grande louchée.

— Un peu moins !....

— Tu es en pleine croissance ! dit le grand-père.

Le confondait-il avec son petit-fils ?

Au moins les plats n'étaient-ils pas trop salés. Wu observait du coin de l'œil son père mâcher consciencieusement sa nourriture. Il avait entendu dire que l'excès de sel dans les plats était souvent le symptôme d'une perte de goût. Et après le goût, qu'est-ce qui disparaîtrait ? Wu songea au premier couple de parents adoptifs du Gros ; chaque perte détruisait aussi un peu de la vie des êtres chers, et les survivants se lançaient dans une quête éperdue pour combler les manques.

Après le repas, le grand-père s'occupa de la vaisselle, refusant l'aide de son fils. Lequel rejoignit alors son propre fils dans la chambre filiale.

— J'en ai identifié un, les autres, pas encore. Je pense que si vous coincez celui-ci, il vous mènera aux autres.

Fiston n'avait rien raté de la conversation entre Wu et Crâne d'œuf.

Il montra la photo du Gros au cours de tireurs d'élite. Trois plus petites images s'affichaient également à l'écran.

— J'ai trouvé le nom du type à la gauche du Gros. Il s'appelle Ai, prénom Li, c'était un autre stagiaire. Les trois photos sur le côté sont de lui. Le plus bizarre, c'est qu'on ne trouve aucune trace de lui en ligne, sauf pour sa période à l'armée. Il n'est pas sur Facebook, ni sur Line ou WeChat. Je n'ai même pas trouvé d'adresse mail.

La première photo : Ai Li, le cheveu ras, le jour de son incorporation. La deuxième : le même, plus mûr, probablement fraîchement de retour dans le civil ; c'était le cliché de sa carte d'identité. La troisième : une image presque identique à la précédente, tirée de son passeport. L'homme y avait toutefois l'air plus avenant.

— Pour la nana à droite, je n'ai rien trouvé. Normalement le logiciel de reconnaissance faciale que j'utilise, c'est 75 % de réussite… Eh, papa, il paraît que l'ordinateur central de la police est le plus rapide de Taïwan ?

— Tu crois que ça marcherait mieux ?

— Pas sûr, mais c'est probable.

— On devrait y arriver. Après tout il n'y a pas eu beaucoup de stagiaires féminines dans ce cours. Je verrai ça au bureau. Et le dernier ?

— Le type aux lunettes de soleil ? Je n'ai rien du tout. Ça ne m'est jamais arrivé, papa. Normalement on dégote toujours quelque chose, des photos d'excursions, des images de profil… Personne n'échappe à Internet. Mais les gens que tu cherches ce sont de vrais fantômes. C'est super zarbi.

— Zarbi ? Mon œil. Beau boulot en tout cas, ça n'a pas dû être facile de trouver cet Ai Li. Tu as autre chose sur lui ?

— Il a quitté Taïwan il y a cinq ans et demi, et d'après les registres de la police des frontières il n'est pas revenu.

— Fais gaffe à qui tu pirates, quand même. Le Bureau consacre beaucoup d'efforts à choper les gens comme toi, et les tribunaux sont de plus en plus sévères.

— T'en fais pas, leur sécurité est complètement moisie.

La voix de la mère et épouse, venant de l'entrée :

— Vous êtes là tous les deux ?… Vite à table ! J'ai rapporté de la soupe au calmar et des nouilles de riz sauté de Shuanglian.

Encore un déjeuner ?

Le père et le fils allèrent sagement à la salle à manger.

— Ton père est venu ?

Wu hocha la tête. Sa femme jeta un coup d'œil à Fiston, puis leva les yeux au ciel.

— Mangez tant que c'est chaud. J'ai la main tout engourdie à force de porter les sacs.

Fiston ouvrit la bouche, Wu le fit taire d'un coup d'œil.

— Parfait ! Mangeons.

C'était assez rare qu'ils soient tous trois à table en même temps.

— Comment ça se fait que tu sois là ?

Wu regarda son fils, regarda sa femme.

— C'est à toi que je parle, lui dit-elle.

Il donna un coup de coude à Fiston :

— Tu vois ? Je suis à la maison, ta mère s'inquiète, mais toi, elle te fait des grands sourires.

— Tu n'es pas content ? Si tu veux qu'on te traite comme un gamin, va donc vivre chez ton père.

Visiblement, l'occupation de la cuisine par son beau-père pour nourrir Fiston ne la réjouissait pas.

— J'ai encore besoin de ton aide, dit Wu. Si tu pouvais voir ce que tu trouves en ligne à propos d'une société secrète à Taïwan, la Famille.

— D'accord.

— Ne fais pas commettre à mon fils quoi que ce soit d'illégal !

Son fils ?

Après avoir avalé son troisième déjeuner de la journée, Wu sortit de chez lui à pas pressés. Non pas pour échapper à sa femme, mais pour suivre sa nouvelle piste : Ai Li.

7

Rome, Italie

De retour à Rome, Alex fila à son rendez-vous
avec Cravate sur la Piazza della Bocca della Verità, le
visage à demi dissimulé sous une nouvelle perruque et
un chapeau. Une petite Fiat se rangea le long du trottoir à quelques pas de lui. Il s'engouffra à l'intérieur.

Après une grosse demi-heure de route, ils s'arrêtèrent dans une cité-dortoir de la banlieue de Rome.
Alex avait surveillé les rétroviseurs tout du long :
pas trace d'une filature. Cravate mâchonnait un
vieux cigarillo éteint.

— Qu'est-ce que tu veux ?

Sans attendre de réponse, le cigarillo reprit :

— Tu cherches quelqu'un ? Le vieux Taïwanais
assis à côté du mort à la table près de la Fontana
di Trevi ?

— Comment tu sais ça ?

— Alex, tes exploits de sniper sous la grêle font
la joie de l'Internet. Me dis pas que t'es pas fier de
toi. Je suis sûr que tu sais pas non plus qui était le
Russkof à la même table. Y a autre chose ?

— Un Russe ?... Donne-moi déjà les coordon-
nées du Taïwanais. Et j'ai besoin d'un peu de cash.

Cravate indiqua la boîte à gants. Alex en sortit une liasse de petites coupures et un Beretta Storm flambant neuf : un pistolet compact mais solide, doté d'un chargeur de douze coups.

— Ça te va ?

Alex glissa les billets dans sa poche, replaça l'arme.

— Pas de flingue ?

— Pas pour l'instant. L'argent devrait suffire.

— Et après ?

— On verra.

— Tu me laisses pas payer mes dettes d'un seul coup ?

— J'y ai pensé. Ça sera pour une autre fois.

— T'as un endroit où t'abriter ?

— Je trouverai.

— T'as fait les gros titres, Alex. Les flics se trimballent en montrant au moins cinq photos différentes de ton dos. Ils fouinent partout, tu devrais voir ça !

— Des photos de mon dos ?

— À la gare de Termini, près de la fontaine, à Pise…

— Ils n'ont pas mon visage ?

— Pas encore.

Alex ne put s'empêcher de sourire :

— Pas encore ?

— J'vais peut-être appeler les flics. Ou pas. Ça dépendra de mon humeur.

— Cravate, je suis content de te revoir.

— Ha ha. T'étais pas content de revoir Paulo et Tsar ?

— Je savais qu'ils s'en étaient bien tirés après la

203

Légion. Toi, je ne savais même pas si tu étais encore en vie. Ça me fait plaisir.

— Merci de donner du sens à ma vie, mon pote.

Il repartit vers le centre-ville, d'une rue en sens unique à une autre, s'arrêta sur la Piazza del Popolo, au nord de la vieille ville. Au centre de la place se dressait un obélisque égyptien, comme d'habitude noyé sous les touristes.

— Le vieux habite un peu plus loin, près de l'église Santa Maria dei Miracoli. Ses amis l'appellent Peter, les autres Monsieur Shan. C'est un marchand d'armes disposant d'un bon réseau. Paraît qu'il était adjudant-chef chez vous dans le temps. Il est venu en Europe pour le business et y a fait fortune.

— Il vend quel genre d'armes ? Des grosses, des petites ?

— Y a des trucs que les Américains ne veulent pas vendre à Taïwan, pas vrai ? Eh bien, soit il fait l'intermédiaire entre Taïwan et les Américains, soit il se fournit ailleurs. Il est discret, ça n'a pas été du gâteau pour le trouver. Mais si moi j'y suis arrivé, d'autres y arriveront aussi.

— Comment je peux le rencontrer ?

— Tu peux toujours taper à sa fenêtre avec ton fusil.

— Bonne idée.

— J'ai tout arrangé. Tu dis au cerbère à l'entrée que t'es Alex, l'ami de Cravate.

— Il accepte de me voir ? Bien joué.

M. Peter Shan. Quel était le nom chinois correspondant à Shan ?

Une maison de ville à quatre étages, vieille d'au moins deux siècles. Shan occupait le dernier étage. Dans le hall au rez-de-chaussée, deux armoires à glace veillaient, et deux hommes en costume noir étaient si profondément endormis qu'ils donnaient l'impression de pouvoir tomber de leur chaise à tout moment. À leurs pieds, deux sacoches de cuir à bretelle, du genre de celles prisées par les avocats.

Les gardes interceptèrent Alex, qui se retint de dire qu'il voulait une chambre.

— Je viens voir M. Shan.

— Et vous êtes ?

— Son neveu, venu tout droit de Taïwan, inventa Alex.

Apparemment, cela suffisait. Il prit l'ascenseur. Au quatrième, le vieux aux cheveux blancs avec le sourire de Chow Yun-fat, celui qu'il avait vu dans sa lunette, l'attendait :

— Soyez le bienvenu, lointain neveu inconnu.

Chez M. Shan, comme l'avait précisé Cravate, on en prenait « plein la gueule pour pas un rond ». Vu la hauteur de plafond, à Taïwan on aurait casé deux étages de seize appartements chacun. Le décor : fauteuils à haut dossier comme dans les films sur l'aristocratie européenne, rideaux aussi épais que des couvertures, tapis où l'on risquait de se perdre. Un immense tableau décrivant la bataille de Lépante recouvrait un mur entier. Une cheminée – sans feu – lui faisait face. Un lustre de cristal pendait du plafond. Un majordome en gants blancs servit le thé.

M. Shan s'assit et croisa les jambes, exhibant des richelieus bien cirés.

— Pourquoi est-ce que je vous reçois ? Je vous ai

observé sur le réseau intérieur. Je vous aurais reçu, même si vous vous étiez présenté comme ma petite-fille. Mais pourquoi ? demanda-t-il, sourcil levé et sourire aux lèvres.

« Raison numéro un : parce que vous avez des couilles. J'apprécie les jeunes gens qui ont des couilles. (La pointe du soulier de cuir frémissait.)

« Raison numéro deux : j'ai entendu dire que vous viviez en Italie de vos talents de maître queux ? La cuisine est prête, le riz et les œufs vous attendent dans le frigidaire. Aurai-je le plaisir de pouvoir déguster votre riz sauté ?

Totalement abasourdi, Alex suivit le petit major-dome replet dans la cuisine : deux gigantesques fenêtres de part et d'autre, un plan de travail de dix mètres de long, des ustensiles de toutes tailles et de tous types aux murs. Il choisit un wok, prit le riz et les œufs que lui tendait le larbin. Explora le frigo : bien entendu, rien n'y manquait, pas même les oignons de printemps.

Comment le vieux savait-il pour le riz sauté ?

Le riz sauté, c'est simple. L'important, c'est la pratique, disait Papi.

D'abord l'huile, puis les œufs battus, puis le riz. Remuer rapidement. Alex était blessé à l'épaule droite, il dut remuer du bras gauche. Les grains de riz bondissaient dans le wok. Un peu en retrait, le majordome supervisait la manœuvre d'un sourire bienveillant.

Saupoudrer d'oignons de printemps finement hachés, de sel et de poivre. Terminé.

— Nous dînerons ensemble, dit M. Shan.

Ils mangèrent à la cuillère, à coups de petites bou-chées délicates. Le jeune et le vieux, face à face.

— Ah, rien ne vaut les saveurs du pays, dit Shan.

— Il y a des restaurants chinois partout en Europe, dit Alex. Ils font tous du riz sauté.

— Ce n'est pas pareil.

Le majordome servit du thé chinois.

— Je vous imagine un tantinet perturbé. C'est moi l'hôte, donc je vais m'exprimer en premier. Mais si je peux aborder certains sujets, je devrai en taire d'autres, j'espère que vous le comprendrez. Commençons par la façon dont vous êtes arrivé ici. Pablo m'a dit que vous tentiez d'en savoir plus sur moi – Pablo, celui que vous appelez Cravate en raison de son cou long comme un jour sans pain ? Ne lui en veuillez pas. De nos jours on obtient tout grâce à l'argent, et lui semble diantrement en manquer. Puisque vous me cherchiez, autant se voir, n'est-ce pas ? Goûtez donc votre thé.

Alex lui obéit sans même en avoir conscience et but une gorgée de thé.

— Quand vous avez tué Chou Hsieh-ho, j'ai bien cru que la prochaine balle était pour moi. Mais vous m'avez épargné. Et pourtant ce n'est toujours pas la principale raison que j'ai de vous recevoir.

« Quand vous êtes retourné à – comment s'appelle cet endroit ? demanda M. Shan en se tournant vers le majordome.

— Manarola, répondit l'autre respectueusement.

— Oui, Manarola. Joli petit port de pêche. Dommage que les touristes y affluent, sinon ce serait un endroit des plus agréables pour y passer ses vieux jours.

« Vous avez été pourchassé depuis Malarano par l'un de vos anciens frères d'armes. À l'issue d'une bataille tout à fait passionnante, vous avez remporté la victoire. Une tragédie antique, digne du conflit entre Chu-ko Liang et Chou Yu.

« Buvons à notre santé, et à la mémoire des morts.

Il leva sa tasse de thé comme s'il portait un toast, puis reprit :

— Désormais, vous n'avez plus d'autre ambition que de retrouver celui qui a donné l'ordre de vous tuer, et tout naturellement je suis le premier sur votre liste de priorités. Fort malheureusement, je suis un marchand d'armes, et vous imaginez bien que dans ce travail, la première des qualités est la discrétion. Je suis tout à fait au regret de vous décevoir ; je ne suis pas arrivé à l'âge de soixante et onze ans en ouvrant ma bouche à tort et à travers – si pleine de fausses dents qu'elle soit.

Le vieil homme eut un petit rire.

— Vous n'êtes pas le seul déçu. Un policier de Taïwan est venu me voir, accompagné des enquêteurs italiens. Je lui ai dit – en présence de mon avocat – que mon vieil ami Chou Hsieh-ho était en Europe pour s'amuser un peu et que je lui servais de guide. Nous buvions un café à une terrasse près de la Fontana di Trevi, quand soudain – catastrophe ! Une balle lui a traversé le crâne. Tout simplement. Je vous ai reçu mais ne puis vous en dire plus qu'à lui. Je ne fais de traitement de faveur à personne.

« Quant au Russe qui nous accompagnait, c'est également un ami, rien de plus. Il m'a prié lui aussi de vous remercier d'avoir évité les dommages collatéraux.

Alex, l'imitant, but une nouvelle gorgée de thé.

— Je me doute que mon bavardage n'aura que

fort peu contribué à dissiper votre confusion. Hélas !
J'ai tenté de les convaincre qu'il était inutile de vous
tuer, mais en vain.

Il ne laissa pas à Alex le temps de répondre :

— Qui sont-ils ? Ce n'est pas très important. Ce
ne sont pas les crapules que vous imaginez, mais
ils s'en tiennent à quelques vieux principes un peu
rigides, voilà tout. L'important pour vous, c'est la
suite des événements. J'ai eu récemment confirma-
tion que les polices italienne et hongroise avaient
lancé des mandats d'arrêt à votre encontre ; votre
identité leur était encore inconnue, mais cela n'aurait su durer. Il se peut fort bien qu'à l'instant où je
vous parle, ils aient lancé un avis à toutes les polices
d'Europe : Ai Li, nationalité taïwanaise, ayant servi
à la Légion étrangère sous le pseudonyme d'Alex
Lee. Ils auront votre photo, sauront tout de votre
vie. Vous n'aurez plus nulle part où aller.

« J'ai passé l'âge de me compliquer la vie. Je
vous offre le choix : accompagnez-moi à Londres,
je garantis votre sécurité. Vous comprendrez les
choses petit à petit, et alors vous ferez ce que bon
vous semblera. Ou bien, retournez à Taïwan.

« Sinon, vous risquez de m'impliquer, et je n'aurai
d'autre choix que de vous faire tuer avant que la
police ne vous ait débusqué. Vous n'êtes d'ailleurs
encore en vie que parce que je répugne à mélanger
les genres.

Sous le regard brillant du vieil homme, Alex se
demandait comment il pouvait en savoir autant.
Bien plus même que ce qu'il aurait pu apprendre
de Cravate.

— Bien entendu, vous pourriez vous cacher, vous

faire oublier, compter sur vos talents pour survivre. Mais je crains que vous ne soyez pas du genre à renoncer à vos objectifs. Jeune homme, la police ne sait pas que vous, vous ne savez rien, et que vous n'êtes que celui qui a appuyé sur la détente. Elle croit que vous êtes la clé de tout. Je ne peux vous en dire plus.

M. Shan montra son bol de riz :

— Voyez, j'ai mangé jusqu'au dernier grain de riz. Vous avez cultivé ce talent jusqu'à la perfection. N'en veuillez pas trop à Cravate, et si vous le revoyez, dites-lui de ma part qu'il devrait éviter les drogues, le jeu, tout ce dont il est malaisé de se dépêtrer. La vie d'un homme couvert de dettes est pire que celle d'un cafard.

« Je vous félicite par ailleurs d'avoir choisi de jouer les morts. La police tchèque est certaine que vous êtes le cadavre de Telč. Les Italiens et les Hongrois, pas tellement, et il semble que le policier taïwanais soit persuadé du contraire et exige des tests ADN. Cela demande un peu de temps. À vue de nez, vous avez de trois à cinq jours devant vous.

Il ouvrit une boîte de tabac à priser, en inhala une pincée, reprit :

— Vous êtes plus maigre que je ne me l'imaginais. Un jeune homme comme vous, vivant de ses mains dans un petit port italien au nom imprononçable, cela me rappelle la sagesse de nos ancêtres : "À l'aube je me lève pour travailler, et retourne me reposer au crépuscule ; pour m'abreuver je creuse mon puits, pour me nourrir je cultive mon champ ; que m'importe le pouvoir de l'Empereur !"

La porte s'ouvrit, deux colosses encadrèrent Alex, le vieil homme leva sa tasse de thé :

— Comme le veulent les vieilles traditions chinoises, je lève ma tasse pour vous souhaiter bonne route. Je suis certain que ce déjeuner peu ordinaire restera dans nos mémoires à tous deux. Si vous en arriviez à estimer que le monde est décidément par trop complexe, vous êtes le bienvenu ici à tout moment : ma proposition tiendra toujours.

Alex avait beaucoup de questions mais pas le temps de les poser. Il fut propulsé vers l'entrée, entendit Shan dire alors qu'il franchissait le seuil :

— Mon petit, ton riz sauté est aussi délicieux que celui de ton grand-père !

— Vous n'auriez pas un grain de beauté derrière l'oreille gauche ? cria Alex par-dessus son épaule.

— Comment le sais-tu ? dit Shan en portant d'instinct la main à son oreille.

— Je l'ai vu dans ma lunette. Vous devriez le faire vérifier, le cancer de la peau vous tuera aussi bien qu'une balle de fusil.

La porte claqua sur ses talons.

Cravate n'osait regarder Alex. Alex n'avait nulle envie de l'en blâmer.

— J'ai besoin d'un billet d'avion.

— Dans la boîte à gants.

En effet : un billet et un itinéraire avaient remplacé le Beretta.

— Le vieux voulait que je te dise : évite le jeu et les drogues.

Pas de réponse.

— Tu ne me dois plus rien, Cravate. Mais n'oublie pas notre serment à tous, là-bas en Côte d'Ivoire.

Cravate tourna enfin le visage vers Alex :
— Jamais !

Tout le monde souhaite faire fortune. Quand la Légion arriva en Côte d'Ivoire, Cravate trouva rapidement un bon plan pour se procurer des diamants, et persuada Paulo et Tsar de mettre au pot pour l'investissement initial. Avant de partir sur le coup, Paulo rencontra Alex aux latrines et glissa un papier dans la poche de son treillis. Quatre heures après, les trois acolytes n'étaient toujours pas revenus, et Alex suivit les instructions du bout de papier jusqu'à une cabane en bord de mer, recouverte de tôle ondulée. Trois locaux au front ceint d'un foulard et armés de fusils bavardaient devant l'entrée. Alex élimina l'obstacle en trois coups de son FRF2, et abattit aussi deux autres gardes qui jaillirent de la cabane.

Puis il se précipita dans la cahute au moment où Paulo se débarrassait de ses liens, et à eux deux ils eurent raison des trois derniers geôliers. Sauf que le troisième n'était qu'un gamin, agenouillé devant le feu pour faire cuire le riz. Il fut tué d'une balle dans la tête, tirée par l'un des gardes alors que Paulo tentait de lui arracher son fusil. C'était probablement l'une des raisons pour lesquelles Paulo avait pris l'habit en quittant la Légion : « Frère Francesco » offrait sa vie à Dieu en guise de repentance.

Tsar avait été sévèrement tabassé : il avait voulu jouer les durs. Fort heureusement, il avait aussi la tête dure.

Des caméras vidéo étaient dissimulées dans les coins de la cabane. Le plan avait été de filmer la transaction, puis de sortir le film pour discréditer la

*Légion et la mission de maintien de la paix de l'ONU,
voire obliger la France à retirer ses troupes. Paulo
avait flairé le piège.*

*Après coup, Cravate, un peu gêné aux entournures,
jura fougueusement à Alex : « Je te dois la vie, si un
jour t'as besoin de quoi que ce soit, t'as qu'à ouvrir
la bouche. » Les quatre hommes firent aussi un autre
serment : ne plus jamais être trop cupides, s'efforcer
de bien vivre, et dans vingt ans se retrouver pour se
bourrer la gueule sur une plage au coucher du soleil.
Plusieurs soirs de suite.*

Cravate n'avait tenu sa promesse qu'à moitié : il
avait aidé Alex à trouver Shan, mais il avait aussi
tout raconté au marchand d'armes. Alex ne lui
demanda pas ce qu'il en avait tiré.

— Va à Porto Venere retrouver frère Francesco,
il peut t'aider à te débarrasser de ton passé.

— Ouais, c'est ce qu'il m'a dit. Mais je veux pas
mouiller les copains.

Alex comprit : les dettes de Cravate étaient trop
importantes et il avait peur de ne plus jamais y
échapper.

Cravate conduisit, en silence, jusqu'à l'aéroport
de Naples, d'où un avion décollait une heure plus
tard pour Palerme, première étape d'un long périple.

— Que Dieu te protège, dit-il en passant le bras,
pouce levé, par la fenêtre de la voiture.

— Salut, Cravate. Ta vie a du sens, c'est à toi de
le trouver.

Alex savait qu'il ne le reverrait pas. Si Cravate
avait pu trouver Shan, c'est qu'il risquait de trouver
des gens encore plus dangereux, et à chaque fois de

s'exposer à de nouvelles dettes. Quand il ne pourrait plus rembourser, sa vie n'aurait plus aucune valeur.

Il appela Tsar à partir d'une cabine de l'aéroport, lui raconta sa rencontre avec Cravate. Tsar comprit : Cravate était devenu infréquentable.

— Ma femme espère que tu reviendras nous cuisiner ton riz sauté.

Alex embarqua sans problème, contempla le coucher de soleil à l'horizon. Quel dommage que plus grand monde ne sache jouir de l'instant présent, comme Tsar. Les rêves d'un meilleur futur étaient un trop lourd fardeau. Cravate, jadis, évoquait ses rêves de retour à la vie civile : acheter une belle villa sur la Côte d'Azur, et chaque jour plonger et pêcher. Mais il n'y avait eu ni villa, ni plongée, ni pêche : Cravate était toxico depuis leur séjour en Irak et n'avait jamais décroché.

Le soleil disparut et Alex ferma les yeux. Il avait ses rêves, lui aussi. Mais Bébé semblait de plus en plus inaccessible.

8

Taipei, Taïwan

Données du ministère de la Défense : Ai Li, né en 1983, groupe sanguin A positif, entré à dix-huit ans à l'école d'officiers de l'armée de Terre après une scolarité au Lycée préparatoire des forces armées de Chungcheng. Affecté à la 333e brigade d'infanterie mécanisée, promu capitaine, démissionne en 2010.

Données du ministère des Affaires étrangères : Ai Li, dernière sortie du pays au printemps 2011, jamais revenu. Passeport périmé depuis 2016. N'a jamais contacté une quelconque représentation de Taïwan à l'étranger.

Données du ministère de l'Intérieur : Ai Li, enfant unique né de père et de mère inconnus, grandi à l'orphelinat, adopté en 1988 par Pi Tsu-yin, lequel est mort de maladie en 2005. A conservé son nom de famille. Pas d'adresse connue ; auparavant domicilié à la même adresse que Pi dans une résidence militaire – récupérée par la Défense à la mort de ce dernier.

— Encore un orphelin !

De la zone réservée aux fumeurs sur le balcon, Wu contemplait le trafic dense sur la rue Zhongxiao

Son téléphone vibra. C'était un message de son fils :
« Trouvé ! regarde. »

En pièce jointe, une courte vidéo, prise d'un smartphone près de la Fontana di Trevi. La tête de Chou Hsieh-ho, s'affalant sur la table. À ses côtés, un Asiatique et un Occidental.

Wu renvoya : « Cherche le Chinois. » Son fils répondit d'un smiley.

Wu se rendit au service des certificats de résidence. Tout irait beaucoup plus vite s'il se présentait en personne.

Pi Tsu-yin était resté célibataire, n'avait pas eu d'enfants. Ex-adjudant-chef de l'armée de Terre, il avait travaillé jusqu'à soixante et onze ans dans une compagnie de bus, qu'il avait quittée en 2001. Il avait adopté Ai Li alors qu'il était déjà âgé de cinquante-huit ans. Cela contrevenait totalement aux règles des services sociaux. Comment était-ce possible ?

Un extrait de naissance aurait dû être joint au dossier de résidence de Pi après l'adoption. Pourquoi n'y en avait-il pas ?

Personne ne put répondre aux questions de Wu.

La seule indication qu'on put lui fournir, c'était que Pi Tsu-yin était mort à l'hôpital des vétérans. Wu appela l'hôpital puis s'y rendit à tombeau ouvert. Le dossier de Pi disait qu'il était mort d'un cancer généralisé. Une entreprise de pompes funèbres à proximité de l'hôpital, le Palais céleste, avait géré les obsèques.

Wu tomba sans prévenir sur les employés du Palais céleste, qui trouvèrent pour lui quelques informations dans les profondeurs d'un ordinateur.

Pour éviter toute contestation, toutes les cérémonies étaient enregistrées sur vidéo. Les obsèques de Pi s'étaient tenues dans un petit local qui ne pouvait accueillir plus d'une vingtaine de personnes.

— Nous avons notre propre salle, parce que la municipalité n'a pas beaucoup d'endroits réservés aux cérémonies funèbres. Alors, si les proches du défunt sont peu nombreux, c'est plus pratique de tout faire ici.

Une caméra fixée au-dessus de la porte avait tout filmé : le prêtre taoïste récitant les textes sacrés ; Ai Li, vêtu d'une robe noire de deuil, agenouillé devant la tablette funéraire ; la salle qui se remplissait peu à peu ; les invités, filmés de dos, qui avaient tous l'allure martiale de vieux militaires et s'avancèrent sur trois rangs pour présenter leurs respects au défunt. Wu compta en silence : dix-sept personnes en tout.

Mais on ne voyait pas un visage, sauf celui du fils éploré.

Une idée soudaine :

— Vous avez une caméra de sécurité à l'entrée ?

— Oui ?

— Vous conservez les enregistrements ?

— On les efface une fois par mois.

Encore un espoir qui s'envolait.

— Mais il y a une autre caméra pour laquelle on garde tout.

— Laquelle ?

— Celle de la salle d'attente VIP du patron.

— Pourquoi ?

— Peut-être que le patron est fier d'avoir accueilli ces VIP ?

Le jeune employé derrière l'ordinateur avait déjà,

tout en parlant, accédé au dossier des vidéos de la salle VIP le jour de la cérémonie funèbre de Pi Tsu-yin.

— La caméra n'est opérationnelle que quand la salle VIP est ouverte. D'habitude elle ne sert pas, le dossier n'est pas énorme.

L'enregistrement était court. Deux hommes en uniforme furent introduits par un employé en costume noir.

— Stop !

Arrêt sur image : deux généraux, l'un de brigade, l'autre de division.

Pour un adjudant-chef à la retraite depuis vingt ans ?

Ils enfilèrent une longue robe noire de deuil. D'autres invités arrivèrent : quatre jeunes hommes dont l'un poussait un vieillard sur un fauteuil roulant. Les officiers s'agenouillèrent devant le vieillard. Le groupe sortit, les généraux en robe noire encadrant le fauteuil. Puis l'enregistrement s'arrêta, reprit brièvement pour montrer les deux hommes se débarrasser des habits de deuil et partir rapidement.

Le vieillard n'était pas réapparu, et l'on distinguait mal le visage des généraux.

— Il n'y a pas moyen d'améliorer la qualité de l'image ?

Le jeune employé secoua la tête, se permettant un petit sourire.

Retour à la cérémonie. Wu repéra les deux généraux et leur petit groupe parmi ceux qui présentaient leurs respects, et le vieillard assis tout au fond de la salle. Celui-ci ne se leva pas, ne s'inclina pas, fut roulé hors de la salle dès l'office terminé. Ai Li ne l'avait même pas salué. Comme s'il n'était entré là que par hasard pour voir ce qui se passait.

Qui était ce vieillard ? Les officiers généraux l'avaient escorté, il devait avoir un certain statut. Était-ce un ancien haut fonctionnaire ou militaire de très haut niveau ?

Wu copia les vidéos sur une clé USB. Le ministère de la Défense ne couperait pas à une nouvelle visite.

— Rappelez-vous, Wu, je vous ai proposé de vous installer un bureau ici. Vos allées et venues, quel gaspillage de temps et d'essence !

Même une fois les plaisanteries passées, Hsiung Ping-cheng semblait être dans de bonnes dispositions. Il alla lui-même à la cuisine, en revint porteur d'un plateau de café et de biscuits.

— Asseyez-vous, asseyez-vous. Je vais voir ce que je peux trouver.

Wu n'avait nulle envie de s'asseoir et fit les cent pas dans la salle de réception. Au bout de quelques minutes, il demanda à un planton où était l'espace fumeurs. Il aurait dû arrêter depuis longtemps, mais dès que la tension grimpait, les cigarettes lui poussaient spontanément dans la paume.

Hsiung réapparut une heure plus tard.

— En auriez-vous une pour moi ?

Wu lui jeta son paquet.

Hsiung était contrarié. Il sortit une cigarette, l'alluma, exhala un nuage de fumée.

— Ça fait onze ans que j'ai arrêté – je n'en fume qu'une de temps en temps. En général en soirée quand on m'en offre, ce serait grossier de refuser. Mais c'est la première fois que j'en demande.

— Alors ?

— Ah, superintendant, toujours droit au but. Les deux généraux sur vos images ne sont plus des nôtres. Le général de division Chih est à la retraite depuis quatre ans, il était arrivé à la limite d'âge de son grade. Sa femme et lui vivent désormais aux États-Unis chez leur fils qui est prof de chimie en fac. Je peux vous mettre officiellement en contact avec lui si vous le souhaitez.

« Le général de brigade Lin était le commandant de l'unité de reconnaissance amphibie des Marines. Il est mort de maladie il y a trois ans et est enterré dans un cimetière militaire. Quant au vieillard en fauteuil roulant, désolé, mais impossible de l'identifier. Vous êtes sûr qu'il était militaire ?

Hsiung recracha un second de nuage de fumée avant de tirer de nouveau sur sa cigarette.

— J'ai montré sa photo à trois généraux et au moins quatre officiers d'état-major anciens. Peut-être est-il tout simplement trop âgé pour qu'ils l'aient connu.

Soupir de Wu.

— Superintendant, quel rapport entre ces gens et la mort de Kuo et de Chiu ? Mes supérieurs suivent ces dossiers de très près. S'ils ne sont pas bouclés rapidement, ce n'est pas bon pour l'image du ministère.

Wu esquiva la question :

— J'ai vu aux informations télévisées que les achats d'armes américaines vous occupaient pas mal ces temps-ci ?

— Ce qu'on veut acheter, ils ne veulent pas nous le vendre. On doit se contenter de ce que l'on a.

Wu n'avait pas l'intention de parler de l'avancement de l'enquête, et il avait encore à faire : la veuve de Kuo Wei-chung avait appelé la police pour signaler avoir reçu des menaces par téléphone.

Elle lui avait donné rendez-vous au parc. Ses enfants étaient à la maison, et Wu admit qu'il aurait été gênant de parler devant eux du meurtre de leur père. Elle avait le visage livide.

— Ce n'étaient pas des menaces à proprement parler. Un homme m'a appelée, m'a dit que je ne devais pas m'inquiéter, que Wei-chung était "loyal" et "fidèle", qu'on s'occuperait des enfants et de moi. Mais qu'il valait mieux que je ne vous adresse plus la parole.

Wu sentit son cœur s'accélérer ; il savait ce qui suivrait.

— S'occuper de vous ? Comment ?

Elle lui tendit une grosse enveloppe cartonnée. Pas de surprise : elle était pleine de billets verts.

— Cent mille dollars américains, dit la veuve. Déposés directement dans ma boîte aux lettres. Ensuite le même homme a rappelé pour s'assurer que je les avais reçus. Il a dit que c'était pour l'éducation des garçons.

— Les collègues de votre mari auraient pu se cotiser ?…

— Je connais presque tous les collègues de Wei-chung. Une offrande à l'occasion des obsèques n'aurait pas été en dollars américains. Et sûrement pas anonyme non plus.

— Ou alors, un ami proche qui aurait été gêné de se manifester ?

— Je ne sais pas. Je croyais bien connaître mon mari, jusqu'à ce que je reçoive cette enveloppe. Qui pourrait offrir autant d'argent en sa mémoire ? Combien de choses me cachait-il ? Et est-ce que je dois continuer à vous parler ?

Dans l'ombre, le commanditaire commençait à refermer les portes une à une.

Avant de quitter Mme Kuo, Wu la rassura. Elle avait reçu ces cent mille dollars US, ne les avait ni volés ni braqués, elle pouvait les utiliser. Pour sa sécurité, il valait mieux qu'elle ne le contacte plus pendant un moment, sauf si ce qu'elle avait à dire pouvait aider à résoudre l'affaire.

Puis il retourna chez Lili. Cette fois, son père était à l'intérieur, attablé. Le vieillard avait beau avoir passé sa vie à se faire des relations dans la pègre et à collectionner les exploits, au final rien ne valait une fille pleine d'amour et de piété filiale.

— Asseyez-vous, superintendant, et commandez-vous un bœuf sauté sauce vin rouge et la bouteille de pinard qui va avec. C'est moi qui paye.

— Je ne le permettrai pas.

Le vieux brigand jeta un coup d'œil en direction de la cuisine, baissa la voix :

— Trois fois par jour, elle me sert de l'eau de vaisselle. Ouais, je veux bien admettre que je fais de la tension artérielle et de l'hyperglycémie, mais si je peux plus rien bouffer, à quoi bon survivre ?

Wu obtempéra.

— Je te préviens, si tu laisses mon père avaler ne serait-ce que la moitié d'une bouchée de viande, tu peux renoncer à l'idée de mettre les pieds dans ce café.

Qui connaît mieux un père que sa propre fille ?

— Monsieur, avez-vous décidé s'il était possible de me faire rencontrer les gens de la Famille dont vous m'avez parlé ? demanda Wu.

La paire de baguettes suspendit ses évolutions.

— Trois parrains de la pègre de Taïwan, quasiment des trésors nationaux, sont venus vous tenir compagnie pour le thé, et vous avez pas pigé ?

— Je vous remercie pour la considération que vous me témoignez, mais personne ne peut se permettre de laisser cette affaire en plan.

Les baguettes étaient désormais pointées droit vers son nez.

— Vous savez pourquoi ça s'appelle des "baguettes" ? Les Triades sont pas juste sorties un jour d'une ruelle sombre pour commencer à taper sur le peuple. Le monde des rivières et des lacs a son histoire. À l'époque des Ming, le nord de la Chine a été frappé de sécheresse. Plus une goutte de flotte. La cour a claqué des fortunes pour retaper le Grand Canal et acheminer l'eau et le grain du sud vers le nord. Plus de dix mille bateaux. Ça faisait un paquet de bateliers.

Y avait-il une raison à ce discours historique ?

— Au bout d'un moment, les bateliers se sont regroupés, ont formé des associations. Aujourd'hui, on parlerait de cliques, mais c'était en réalité des syndicats clandestins. Le canal coulait du nord vers le sud, mais les marchandises remontaient en sens inverse. Si le vent était contraire ou la profondeur insuffisante, les bateliers devaient jouer les haleurs pour tirer leur bateau depuis la rive. Un putain de travail de coolie. S'ils crevaient, on les enveloppait

dans une natte en herbe pour les enterrer n'importe
où. Quand votre sort est entre les mains du destin, vous avez tendance à devenir superstitieux et à
éviter des mots tabous. Les baguettes s'appelaient
des "petits bambous". Mais ça se prononçait *chu,*
comme l'un des mots qui signifie "s'arrêter" ou
"mourir". C'était un mot qui portait la poisse. Alors
ils l'ont changé pour *k'uaizi,* qui sonne comme le
mot qui veut dire "vite".

— Je ne suis pas sûr de…

Le vieillard fit claquer ses baguettes sur la table.

— Il vaut mieux s'arrêter là.

— Je vous remercie pour cet avertissement. Mais
je suis enquêteur et le devoir que le Ciel m'a confié,
c'est d'enquêter. Si je dépensais l'argent des contribuables tels que vous sans aucun résultat, je ne
serais pas digne de votre confiance.

Wu fut remercié d'un regard noir.

— Pas étonnant que personne n'aime les flics.
Me parler de mes impôts ! À mon âge, je risque une
attaque et vous devrez appeler l'ambulance.

Lili apporta le bœuf sauté. Elle avait mis un veto
à la bouteille de rouge, mais offrit un verre à Wu :

— T'es plus tout jeune, tu devrais y aller mollo
sur la boisson.

Wu ne protesta pas et savoura son plat en silence.
Quand Lili était distraite par d'autres clients, il glis-
sait subrepticement un morceau de bœuf dans le bol
du vieil homme.

Le repas terminé, il fallut bien rentrer au bureau.
Le père de Lili refusait que Wu paye son addition,
Wu insistait.

— Bon, je vais voir ce que je peux faire, dit le

224

vieux bandit. Comme je disais, je peux crever à tout moment. S'ils me butent, ça changera quoi ?

De retour au bureau, Wu trouva plusieurs rapports dans sa boîte. Ses subordonnés avaient pu contacter quinze anciens frères d'armes du Gros. Tous disaient avoir perdu sa trace après qu'il était parti dans le civil. La femme sur la photo, entre le Gros et Ai Li, s'appelait Lo Fen-ying. Elle avait ensuite rejoint l'école d'officiers et travaillait maintenant au ministère de la Défense. Elle n'avait pas encore pu être jointe.

Wu nota ce nom. Une nouvelle conversation franche avec le capitaine de vaisseau Hsiung s'annonçait pour le lendemain.

Conférence vidéo : pas grand-chose de nouveau sur le front italien. Crâne d'œuf comptait rentrer d'ici un jour ou deux. Inutile d'épuiser le budget déplacement du Bureau si tôt dans l'année.

— L'Asiatique qui était à la table de Chou le jour du meurtre a un nom anglais, Peter Shan. Vérifie avec les Affaires étrangères, il s'agit peut-être d'un binational. Je suis allé lui rendre visite, la police d'ici aux basques, mais il a joué les gâteux et son avocat a essayé de me balader. Sinon, les Italiens ont décidé de forcer Ai Li hors de sa tanière, en balançant un mandat d'arrêt européen. Il ne va pas pouvoir rester planqué longtemps.

— De mon côté j'ai du croustillant, répondit Wu. Le tatouage, c'est la marque d'appartenance à une faction qui a plus de trois cents ans, appelée la Famille. Kuo Wei-chung et le Gros y appartenaient d'une façon ou d'une autre. Et quelqu'un, probablement de chez eux, a fait comprendre à la veuve de Kuo qu'elle avait intérêt à garder bouche cousue. Cerise sur le gâteau : Ai Li aussi était orphelin, et lui aussi a été adopté par un vieux bidasse sans respect des procédures légales. Ni les gens du service des certificats de résidence ni ceux des services sociaux n'y comprennent – attends, j'ai un message de mon fils...

Wu vérifia son téléphone et revint à la caméra, un large sourire aux lèvres.

— Qu'est-ce qui t'arrive ? Il va se marier ou quoi ?

— Non, il veut savoir si on s'attelle ce soir à la reconstitution de la vie d'Ai Li.

— J'espère qu'il appréciera la bouffe en prison. Je vais devoir l'arrêter pour délit d'entrave à la justice.

— Il demande s'il peut participer.

— Il croit quoi ? Qu'on fait une soirée pyjama ?

9

Taipei, Taïwan

— Ai Li est né en 1983 à Tainan. Il n'est pas entré à l'orphelinat tout de suite. Son père Ai Tzu-hsiang était pilote dans l'armée de l'Air, sa mère s'appelait Chao Ting. En 1987 son père est mort dans un accident d'avion, Chao Ting a perdu la boule et a été envoyée à l'hôpital, puis à l'asile vu que ça ne s'arrangeait pas. Ai Li a d'abord été recueilli par son grand-père paternel, lequel est mort de maladie trois mois plus tard. Les services sociaux n'ont même pas demandé aux grands-parents maternels s'ils souhaitaient le recueillir, et ils l'ont donné en adoption à un bon copain du grand-père, Pi Tsu-yin.

— Attends, attends, estimé neveu. Tu as tout inventé, hein ?

— Tonton, tout est en ligne. Le service des certificats de résidence a scanné et digitalisé tous les documents qui avaient été rédigés à la main. J'ai cherché ce qui concernait Ai Li. L'info la plus récente datait de 1989, l'année d'après son adoption ; ça disait qu'il était né de parents inconnus. J'ai vérifié leurs dossiers plus anciens. C'était plus

227

dur à trouver, plus personne ne s'en sert. Mais j'ai réussi à rentrer dedans.

— "Rentrer dedans" ? Au bulldozer ?

— Crâne d'œuf, laisse-le terminer.

Pi Tsu-yin : sous-officier du train, vieux célibataire. Après son départ de l'armée, il conduit des bus à la régie des transports publics de Tainan quelques années, avant d'être transféré au service d'entretien où il travaille jusqu'à l'âge de soixante et onze ans. Il a cinquante-huit ans quand il adopte Ai Li. Les trois premières années, il le confie à sa voisine, une Mme Lin. Ensuite il peut s'en occuper lui-même. Dans l'album souvenir de fin d'école élémentaire, Ai Li écrit, sous une photographie de Pi et lui : « Papi et moi ».

Pi Tsu-yin n'essaye même pas de contacter la mère d'Ai Li. En 1989, celle-ci quitte l'hôpital psychiatrique, mais se suicide en sautant d'un pont quelques mois plus tard.

Après le collège, le garçon entre au Lycée préparatoire des forces armées.

Le fils de Wu, n'ayant pas osé pirater le ministère de la Défense, déclara n'avoir pas pu recueillir beaucoup d'informations sur cette période.

Puis Ai Li intègre l'école d'officiers de l'armée de Terre, et peu de temps après sa sortie est sélectionné pour suivre le cours de tireurs d'élite. Il termine au deuxième rang, juste derrière Chen Li-chih alias le Gros.

Le colonel Huang Hua-sheng, chef du stage, écrit dans son rapport que Chen bénéficie d'un caractère plus posé, tandis qu'Ai Li est le plus doué. Après six mois de stage, Huang et deux autres officiers responsables le recommandent pour le cours de langues étrangères de l'école du renseignement, où il étudie le français plutôt que l'anglais, ce qui est assez rare pour être noté.

— Hé, ho, du calme. Tu ne venais pas de dire que tu n'avais pas osé pirater le ministère de la Défense ? D'où est-ce que tu tires tout ça ?

— Finalement j'ai craqué, tonton.

— Mon vieux Wu, nous devrions craquer nous aussi et dénoncer ton fils. Il y a sûrement une récompense ?

— Ne te presse pas trop. Tu te rappelles ? Kuo Wei-chung a suivi lui aussi le cours de langues étrangères. Aurait-il pu y croiser Ai Li ? Je vérifierai.

À vingt-huit ans, Ai Li, désormais capitaine, quitte l'armée. N'ayant pas servi les dix années réglementaires, il doit rembourser une partie de ses frais de scolarité. Combien exactement ? Donnée manquante. Il part ensuite pour Paris, selon la police des frontières.

Les informations suivantes viennent de France. Ai Li sert cinq ans à la Légion étrangère, est envoyé en Côte d'Ivoire et en Irak, accède au grade de caporal. Il passe les six derniers mois à Nîmes en tant qu'instructeur assistant au cours de tireurs de précision de la Légion. On lui octroie la nationalité française, mais il ne demande pas à bénéficier de l'aide gouvernementale à la reconversion. Puis il disparaît de la surface de la terre.

S'il a ou a eu une petite amie à Taïwan, il s'agit probablement de Lo Fen-ying, sa camarade du stage de snipers. La jeune femme n'a pas suivi la formation complémentaire mais a réussi le concours interne de l'école d'officiers. Récemment promue capitaine, elle est affectée au ministère de la Défense. Elle est toujours célibataire.

— Hsiung Ping-cheng m'a raconté des salades. Lo Fen-ying travaille au ministère comme lui, il aurait dû l'identifier depuis longtemps.

— Ne compte pas trop sur les bidasses, mon vieux. Les quatre morts de cette histoire sont tous liés à la Défense.

— C'est toi le patron. Tu n'as plus qu'à persuader le chef de bureau de faire pression sur les militaires.

— Hein ? Écoute, pour toi c'est la quille dans quelques jours, mais moi je dois encore survivre dans le marigot. Nous devrions déjà nous réjouir que la Défense ne fasse pas pression sur nous.

— Pourquoi c'est si compliqué ? s'enquit Fiston. Tout le monde ne devrait pas coopérer sur une affaire comme ça ?

— Ah, que c'est beau d'être jeune. Mon vieux, admire ce sens de la justice, cet élan printanier de la pousse pleine de sève qui en remontre à nous autres, les fleurs de pavé souillées par la corruption de la société…

— Je t'expliquerai plus tard, Fiston.

— OK. À qui le tour ?

— À moi, l'envoyé spécial du Bureau des enquêtes criminelles à Rome.

Trois jours auparavant, la petite bourgade tchèque de Telč avait connu des coups de feu et une explosion. Dans ce tout petit bled inscrit à la liste du patrimoine mondial, les habitants étaient pour la plupart partis afin de laisser place aux touristes, lesquels se faisaient cependant rares en hiver. L'explosion avait eu lieu dans une petite maison vide à deux étages.

Sur les lieux : dans l'appartement du premier, un cadavre carbonisé et deux fusils de précision, un AE endommagé par l'explosion et un SVU russe encore intact. La propriétaire tchèque de cet appartement, âgée de quatre-vingt-douze ans, vivait à Karlovy Vary, une station balnéaire dans le nord-ouest du pays. D'après la vieille dame, son feu époux était un citoyen chinois, qui avait adopté son nom à son arrivée avant la guerre, et été naturalisé.

Suite aux échanges entre spécialistes en balistique tchèques et italiens, la police romaine avait conclu que le SVU était bien l'arme qui avait tiré les projectiles trouvés à Budapest, sur les lieux de la mort de Chen Li-chih. Les Italiens croyaient également que le cadavre trouvé sur place était celui de l'assassin de Chou Hsieh-ho et de Chen. Mais l'enquêteur d'élite de la police taïwanaise contestait cette interprétation des faits. Pourquoi ? À cause de la présence de deux fusils ; on savait que le SVU appartenait au suspect déjà identifié, Ai Li, qui avait probablement fait sauter l'immeuble justement dans l'espoir de faire croire à la police qu'il était mort. Mais l'AE signifiait qu'il y avait un autre tireur.

L'explosion était due à une fuite de gaz dans l'appartement du rez-de-chaussée. La police tchèque avait ouvert un feu nourri, une balle perdue avait tout déclenché. Résident praguois, le propriétaire de cet appartement ne l'avait pas utilisé depuis très longtemps. Le gaz n'avait pas pu rester ouvert si longtemps – quelqu'un d'autre l'avait ouvert.

— Superintendant en chef Crâne d'œuf, votre rapport est limpide.

— Limpide, ouais, mais on n'a toujours pas la moindre piste.

— Ai Li a été engagé pour tuer Chou, pour une raison inconnue. Son employeur, dont l'identité est également encore inconnue, a ensuite envoyé successivement deux tueurs pour l'éliminer. Ils ont tous les deux échoué. Où Ai Li s'est-il enfui ? Toute l'Europe le recherche, il n'a pas beaucoup de choix.

— Papa, tonton – je pense qu'il a été trahi. Il va chercher à se venger.

— Se venger sur qui ?

— Sur son employeur ?

— Tu as trouvé le commanditaire au cours de tes piratages ?

— Non, mais c'est sûrement un Taïwanais. Aucun étranger n'aurait eu de raison d'assassiner Chou Hsieh-ho.

— Hé, Wu, ton fils a plus de jugeote que toi. Ses romans policiers sont plus utiles que tes bouquins d'histoire.

— Tu n'arriveras pas à semer la discorde au sein de ce foyer. Bon, qu'est-ce qu'on fait maintenant ?

— Moi je prends l'avion pour Taipei ce soir. Et toi ?

— Fiston ?

— Il faut voir Lo Fen-ying. Et aussi l'instructeur du stage, Huang Hua-sheng.

— Ah ? Pourquoi lui ?

— Ai, Chen et Lo ont tous été ses élèves.

— J'ai déjà demandé au ministère de la Défense. Ils ont perdu sa trace quand il est parti à la retraite.

— Il dirige un élevage de crevettes à Jinshan. Tu sais, le genre d'endroit où on peut les pêcher soi-même.

Wu et son chef restèrent cois un long moment. Puis Wu réussit à articuler :

— Mon fils, je suis en même temps très fier et très inquiet des fruits du pognon que j'ai dépensé pour tes études d'informatique. Tu "pratiques" toute la journée. Tu es sûr qu'il te reste assez de temps pour les aspects théoriques ?

— Hé hé hé, ricana Crâne d'œuf. Envoie-le plutôt à l'école de police. Vu ce qu'il nous apporte, je vais avoir une promotion honteusement imméritée et si foudroyante que je pourrai le pistonner à mort. Avec un peu de chance, l'élève surpassera le maître.

10

Nouveau Taipei, Taïwan.
District de Jinshan.

Wu quitta la voie rapide, traversa Wanli pour atteindre Jinshan. Pas si loin de la plage des Perles de sable où Chiu avait été retrouvé. Quelques kilomètres de virages sur des routes semi-montagneuses le menèrent à un parc à crevettes recouvert de tôle, qu'aucune enseigne ne signalait. De rares clients avaient bravé le climat et guettaient le crustacé autour de la mare artificielle. Un homme d'âge mûr, en short malgré le froid et coiffé d'une casquette arborant les caractères « Tigre rugissant », lui fit signe.

— Bonjour, superintendant. Allons pêcher quelques crevettes, elles aident à faire descendre le kaoliang.

Huang Hua-sheng semblait cultiver le *carpe diem*.

Wu se frotta les mains, s'assit sur un tabouret en plastique et prit la canne offerte. Il n'était jamais trop tard pour assimiler une nouvelle compétence.

— Vous voyez l'oiseau perché là-bas sur l'abri ? demanda Huang.

— Celui au ventre gris et à la tête orange ?

— C'est un rossignol akahigé japonais. Il migre vers le sud à la fin de l'automne. C'est très rare de le voir ici, si tard dans la saison.

— En retard pour la migration d'automne, en avance sur le retour du printemps.

— En avance ou en retard ?... Tenez, c'est comme pour la pêche au saumon au Japon. La haute saison est en automne, mais on peut attraper dès l'été des poissons qui ont perdu le sens du temps. Vu leur rareté, ils se vendent deux ou trois fois plus cher. Voir un akahigé en janvier n'a pas de prix, superintendant, et c'est vous qui m'apportez cette chance. Regardez comme il se pavane ! Sûrement un vieux militaire.

— Vous êtes expert en oiseaux, colonel ?

— Pas vraiment. Mais à force de vivre dans un trou pareil, on apprend à connaître et à saluer ses voisins : oiseaux, serpents, chiens sauvages, écureuils. Voyons : si je vous donnais un fusil à lunette, où viseriez-vous pour l'abattre du premier coup ?

— Au ventre ? Il est si minuscule.

— Non : vous devez viser l'extrémité du bec. Voyez comme il agite ses ailes : il va s'envoler. Visez le bec, vous toucherez le corps.

Wu remarqua une cicatrice qui barrait le mollet de Huang sur plus de dix centimètres au-dessus de rangers ferrées, insolites au milieu des sandales en plastique des autres clients.

— Ça vient des États-Unis, où j'étais en formation.

— Vous avez été blessé pendant la formation ?

— Je parlais des chaussures. Mais oui, la cicatrice

est aussi un souvenir d'Amérique. Un éclat de mine antipersonnel, au cours d'un entraînement.

— Vos collègues au ministère prétendent ignorer combien de tireurs d'élite vous avez formés. Vous êtes plus célèbre que l'instructeur de l'armée des Huit Cent Mille*. Il paraît que vos élèves vous appelaient Tête-de-fer ?

— Mais non, mais non, se défendit Huang en partant d'un grand rire satisfait. Ce sont des foutaises des grosses têtes de la propagande, tout juste bonnes pour le recrutement. Mais j'aimais assez le surnom de Tête-de-fer, ça m'aidait à supporter les conneries de mes chefs. Au bout d'un moment, j'en ai eu assez et j'ai ouvert ce parc à crevettes. Le business est saisonnier – comme les oiseaux migrateurs. Ici, presque en bord de mer, j'ai six à huit bons mois dans l'année. J'économise en été et en automne, je dépense le reste du temps. En hiver, il fait trop froid et au printemps, il pleut trop pour les clients. Au total je me débrouille. Vous m'avez dit au téléphone que vous vouliez des infos sur Ai et le Gros ?

— Ai Li et Chen Li-chih, oui. Ils sont impliqués dans une affaire de meurtre à l'étranger. Et le Gros est mort. Dans un combat entre snipers.

— Ils étaient les élèves dont j'étais le plus fier, soupira Huang. Je vais vous parler de ce qu'est un tireur d'élite.

Il tendit un cigarillo à Wu, en prit un pour lui-même, les alluma. Le tabac brûlait en chuintant.

---

* Allusion à Lin Chong, l'un des personnages les plus célèbres du grand roman classique *Au bord de l'eau.*

— Une mauvaise habitude de l'armée. Les clopes, c'est trop fade.

Quelques étincelles volèrent. Huang entama :

— Avec une arme de poing, vous êtes précis jusqu'à quinze mètres. Ne croyez pas les westerns américains dans lesquels les cow-boys se tirent dessus au revolver à des dizaines de mètres. Vous aurez plus de chance de toucher un oiseau que votre adversaire ainsi. Un fusil est précis jusqu'à trois cents mètres. Une arme de spécialiste, comme le Barrett en calibre 12,7, à plus de mille mètres. Pour les fantassins, les tireurs d'élite sont ceux qui les protègent en descendant l'ennemi avant qu'il soit en portée. Dans la Chine ancienne, l'arc long en corne était plus prestigieux que l'arc en bois, et celui-ci plus que l'arbalète, parce que les portées étaient supérieures*.

« Plus la distance est longue, plus nombreux sont les facteurs qui gênent le tir. Le gars capable de gérer ces facteurs sera le plus meurtrier sur le champ de bataille, le plus efficace des tireurs d'élite. Le point fort du Gros, c'était le calme et la précision. Une véritable machine. Avez-vous déjà joué au golf, superintendant ? Vous devez pratiquer votre routine tous les jours, jusqu'à ce que vos gestes deviennent des réflexes, pour garantir que la balle ira là où vous le voulez. Et il faudra ensuite

---

* Les arbalètes chinoises, quoique très anciennes, n'ont jamais utilisé les puissants mécanismes ni les arcs métalliques des arbalètes européennes du Moyen Âge tardif. Il s'agissait surtout d'armes pouvant être produites en masse et requérant beaucoup moins d'entraînement que les arcs. D'où ce commentaire qui peut surprendre un lecteur occidental.

vous entraîner régulièrement pour que votre handicap reste bas.

« Le Gros était le meilleur des élèves de mon premier cours parce qu'aucun facteur personnel ne diminuait ses performances, même pas une crève colossale. Ai Li était différent : il avait un don certain, l'intelligence du tir et de ce qu'il fallait pour tuer l'ennemi, mais il n'était pas aussi posé ni aussi régulier. S'ils avaient dû abattre l'oiseau de tout à l'heure, le Gros aurait tiré comme pour toucher une cible, Ai Li aurait tiré pour tuer. Ce sont deux attitudes très différentes.

« Le ministère m'a informé de la mort de Chen. Et maintenant, vous m'apprenez qu'Ai Li l'a probablement tué. Si le Gros avait tiré en premier, Ai Li serait mort. Mais si Ai Li a gardé l'initiative... Je ne suis pas surpris : c'est lui qui avait le plus d'expérience du combat.

Il empoigna la canne à pêche de Wu pour la remuer :

— Le froid rend les crevettes léthargiques. Vous devez agiter votre appât pour éveiller leur appétit.

« Les journaux télévisés en ont fait des tartines : on aurait dit la bataille de Stalingrad entre snipers. "Deux tireurs d'élite se font face de part et d'autre du Danube, chacun perché sur son toit." Le Gros devait penser à toucher Ai Li, tandis qu'Ai Li ne pensait pas qu'à *toucher* le Gros, mais surtout à le *tuer*. Vous comprenez, superintendant ? Ce que le Gros visait, c'était bien Ai Li, alors que celui-ci aurait pu choisir, si besoin, de se procurer d'abord un avantage en visant un élément du décor, par exemple.

Wu écoutait de toutes ses oreilles.

— Les meilleurs snipers peuvent voir le projectile émerger de la fumée au bout du canon, la parabole qu'il trace dans l'air, le moment où il pénètre sa cible. Appliquer la bonne pression sur la détente, c'est un talent qui se travaille longuement. L'objectif est de minimiser les mouvements superflus du corps et du fusil. Mes élèves y arrivaient quasiment sans bouger.

« C'est vrai qu'Ai Li aurait tué le conseiller stratégique de la présidence ? Comment s'appelait-il, déjà ?

— Chou Hsieh-ho.

— Quand la grêle tombe, les conditions de tir changent du tout au tout. Si le Gros avait été le tireur, le risque d'échec aurait été beaucoup plus important. Mais Ai Li a calculé le risque et modifié ses plans en conséquence. Voilà encore une chose qui les différenciait.

Huang releva sa canne d'un geste souple, attrapa la crevette au vol et la déposa sur un petit poêle. La bestiole se tortilla en grésillant.

— Mais j'imagine, superintendant, que vous n'êtes pas venu de si loin pour m'entendre raconter mes campagnes ?

— Je voulais creuser un peu la personnalité d'Ai Li, ses antécédents. À votre avis, pourquoi aurait-il tué Chou ?

— J'aurais du mal à répondre à cette question : j'ai été militaire toute ma vie et ce n'est pas bon pour l'imagination. Le père adoptif d'Ai Li était un de mes anciens et me traitait comme son propre frère. J'appréciais beaucoup Ai Li, c'est la raison pour laquelle je l'ai sélectionné pour mon cours.

— Pourquoi est-il parti en France ?

— C'est moi qui l'ai incité à rejoindre la Légion. Il sortait d'un chagrin d'amour et il avait le moral dans les chaussettes. Je lui ai dit que de voir du pays lui changerait les idées – et il serait toujours militaire. Et puis cinq ans à la Légion étrangère, avec plusieurs campagnes, c'est la nationalité française et bien plus d'argent mis de côté qu'il n'aurait pu s'en faire ici.

— Un chagrin d'amour ?... À cause de Lo Fenying ?

— À mon âge je suis mal placé pour donner mon opinion sur les affaires de cœur des jeunes gens. Mais si je devais comparer... Il était comme sous le feu d'un sniper ennemi – soit vous vous tirez les doigts du cul et vous trouvez une nouvelle position, soit vous êtes paralysé de trouille et vous êtes cuit. En partant à l'étranger, il changeait d'atmosphère et pouvait espérer reprendre confiance en lui-même. Se relever d'un chagrin d'amour ça vous rend plus mûr, mais quand vous êtes pris dedans c'est compliqué.

— Et Lo dans tout ça ?

— Je ne l'ai pas revue depuis un bout de temps. Pour ce que j'en sais, elle est toujours militaire, mignonne, compétente – la liste de ses soupirants pourrait former une compagnie d'infanterie motorisée. Aucun n'a jamais été au niveau.

Huang entra dans l'abri, en ressortit avec un poisson.

— Un "poil noir" que j'ai attrapé ce matin à la plage. Rien de meilleur : il suffit d'un peu de sel avant cuisson.

Wu posa sa canne et les deux hommes s'affairèrent

autour du poêle, déposant des lamelles de champignon et de poivron pour accompagner le poisson et les crevettes. Mais Wu ne put se retenir :

— Où pourrait-il se trouver ?

— Ai Li ? répondit Huang en soufflant sur un poivron fumant au bout de ses baguettes. Ça, je peux vous le dire, superintendant : il est sur le chemin du retour. Si ça se trouve il est déjà à Taïwan.

— Et pourquoi reviendrait-il ? Il doit savoir que toute la police du pays le recherche.

— Ne disent-ils pas à la télé que le type qui a ordonné l'assassinat du conseiller Chou machin-chose est sûrement taïwanais ? Les tireurs d'élite ont leurs propres règles. Règle numéro un : ne pas tirer de trop loin, se rapprocher le plus possible pour optimiser les chances de succès. Quand j'étais instructeur, je me foutais pas mal qu'ils touchent leur cible à mille mètres, mais j'exigeais qu'à six cents mètres ils soient à 100 %. Plus vous êtes près, plus vous avez de chances de toucher, mais plus vous avez de risque d'être touché – donc vous ne *pouvez* pas manquer le premier coup. Pour éviter de morfler en retour.

— Est-ce qu'il a été envoyé en France en mission ? Si j'ai bien compris, colonel, vous occupiez une place un peu… particulière, en fin de carrière.

Huang éclata de rire et dut se couvrir la bouche d'une main pour éviter de recracher sa crevette.

— Les soldats vont là où on le leur ordonne. Qu'il s'agisse de renseignement ou de logistique, ils ne peuvent pas refuser la mission confiée par leur supérieur. Ma situation était particulière, superintendant ? Je peux difficilement le nier. Mais bon, comme je ne suis plus dans le bain je peux parler un peu plus librement. À condition que personne ne sache jamais que ça vient de moi : révéler un secret militaire, ça peut coûter très cher.

— D'accord.

— La façon dont le ministère de la Défense forme ses jeunes cadres prometteurs va bien au-delà de ce que le public s'imagine. Par exemple, le missile Hsiung Feng. Regardez dans le catalogue Jane's, il est écrit noir sur blanc que nous l'avons copié sur le Gabriel israélien. Mais copié comment ? Est-ce que les Israéliens nous ont refilé leurs plans en cadeau ? Sûrement pas. En revanche, ils ont accepté que Taïwan envoie un observateur à l'un de leurs exercices, lequel a gardé les yeux grands ouverts, pris des mesures à la main, tout noté à son retour. Je m'arrête là, sinon l'un de nous deux va attraper une étrange maladie, et ça risque plutôt d'être moi.

— Et Ai Li aurait reçu ce genre de formation ?

— Vous êtes affecté là où vous êtes le plus utile. Ai Li était un sniper de première bourre, mais il voulait nous quitter et on n'a pas su le retenir. Alors j'ai proposé qu'on le laisse partir pour qu'il se frotte un peu à la réalité. Peut-être qu'un jour on aurait l'usage de ses talents.

— Il était donc encore militaire quand il a quitté Taïwan ?

— Non, il avait démissionné, il était radié des cadres.

— Le Gros et Ai Li avaient-ils eu des différends ?

— Ils étaient plus que des amis : des frères. Ils se sont un peu disputés à propos de Lo Fen-ying. Mais ça n'a rien de surprenant, tout le monde avait un faible pour elle : c'était la plus jolie fille en kaki à l'est du Détroit. Ah, superintendant, vous ne l'avez pas vue quand elle est arrivée au stage de snipers, fraîche comme une rose : on aurait dit Brigitte Lin* à dix-huit ans, avant qu'ils en fassent une star.

— Et vu leur amitié, l'un d'eux aurait-il pu aller jusqu'à assassiner l'autre s'il en avait reçu l'ordre ?

— Ça dépend de qui venait l'ordre.

— Pensez-vous que le Gros puisse avoir été embauché comme tueur à gages par une organisation quelconque ?

— Je n'ai pas eu de ses nouvelles depuis qu'il a quitté l'armée. C'est comme ce que le vieux bonze raconte à la télé : le Ciel a déjà tracé le chemin que nous n'avons plus qu'à suivre. Parfois il nous rassemble, parfois il nous sépare. À quoi sert de se tourmenter ?

Huang raccompagna Wu à la sortie du parc.

— Si Ai Li débarque à Taïwan, viendra-t-il vous rendre visite, colonel ?

— Pour voir une vieille baderne comme moi ?… S'il revient, c'est pour se venger. Mes crevettes ne lui seront d'aucune utilité. Je vais vous raconter un truc, superintendant. Vous connaissez Kuan Chung ?

— Le célèbre ministre du duc Huan de Ch'i, pendant la période des Printemps et Automnes ? Bien sûr.

— Kuan Chung était un homme d'État, mais

---

* Lin Ching-hsia dite Brigitte Lin, célèbre actrice taïwanaise, née en 1954, active de 1972 à 1994 (plus de cent films à Taïwan et à Hong Kong).

aussi un excellent archer. Au cours d'une partie de chasse dans la montagne, une de ses flèches a cloué un loup à un tronc d'arbre. Il se servait d'un arc rigide et puissant, ce qui prouve qu'il était d'une force peu commune. Il était au service du duc de Ch'i, dont le frère cadet Hsiao-pai contestait le pouvoir. Pendant une bataille, Kuan Chung a touché Hsiao-pai de très loin, ce qui aurait dû mettre fin au conflit. Mais un ornement de bronze avait stoppé la flèche ; Hsiao-pai a simulé la mort, s'est esquivé en douce du champ de bataille et a rejoint la capitale avant son aîné. Pendant ce temps, Kuan Chung avait organisé le retour en triomphe du duc, qui s'est fini en eau de boudin quand ils se sont aperçus que le trône était déjà occupé. Kuan Chung a été arrêté.

— Je ne savais pas que ses talents martiaux égalaient sa sagacité.

— Le problème était justement qu'il leur accordait trop de confiance.

« Quelqu'un qui aurait des mandats d'arrêt internationaux au cul se planquerait. Mais Ai Li a trop confiance en lui-même. J'estime qu'il va revenir pour se venger. Et du coup il va tomber dans vos filets.

Wu redescendit des collines jusqu'à la route côtière, conduisant d'une main, violant allègrement le code de la route de l'autre, dont il se servait pour pianoter sur son téléphone : « Ai Li sur chemin de retour Taïwan ? Prévenir ports, aéroports, surveiller caméras. »

Ce fut le branle-bas de combat dans les quatre aéroports internationaux de l'île. La police des frontières vérifia les listes de passagers, affecta du personnel devant chaque écran de surveillance. Wu envoya cinq de ses adjoints en renfort à l'aéroport de Taoyuan à Taipei : là était la meilleure chance d'intercepter Ai Li.

Signalement : 1,75 m, élancé, peau légèrement foncée, regard en alerte permanente, probablement seul. Passeport français possible.

La police française transmit rapidement une photo du suspect, datant de son séjour à la Légion, ainsi que la photo de son passeport. Aujourd'hui, Ai Li avait sans doute beaucoup changé. Wu ordonna que quiconque ressemblait de près ou de loin à ce personnage aux cheveux ras soit amené dans une petite salle pour entretien.

Le colonel Huang ne s'était pas trompé : Alex revint au pays. Le superintendant Wu non plus : il débarqua bien à Taoyuan, muni d'un passeport français. Il descendit de l'avion, sac à l'épaule, marcha jusqu'aux contrôles sans s'arrêter aux toilettes ni se fournir en alcool détaxé. Le policier feuilleta le document, prit sa photo, lui jeta quelques coups d'œil. D'assez nombreux coups d'œil – appréciatifs. Coup de tampon : Alex prit l'escalator, changea cinq cents euros, attendit sagement ses bagages.

Il était passé sous l'objectif de quinze caméras différentes.

Au centre de surveillance, Wu et le chef adjoint de la police de l'aéroport motivaient une bonne douzaine d'experts physionomistes. Sur le parking de l'aéroport, une équipe des forces spéciales de la police attendait dans une camionnette l'ordre d'intervention, une trentaine d'agents en tenue antiémeute se préparaient à l'encerclement, tandis que des tireurs d'élite s'installaient sur les points hauts.

Soit en tout, prêts à l'action : soixante-dix pistolets semi-automatiques Smith & Wesson réglementaires, renforcés par quatre-vingt-quatre fusils d'assaut dont douze HK MP5 et 72 T65K2, neuf fusils de précision dont quatre SSG 69, deux SIG SSG 2000 et trois AW, un nombre incalculable de casques, boucliers et gilets pare-balles, et de masques à gaz.

Les municipalités du Nouveau Taipei et de Taoyuan avaient chacune dépêché sur place deux camions de pompiers pour servir de canon à eau si nécessaire. Ainsi que des ambulances en nombre considérable.

Alex récupéra sa Rimowa allemande à roulettes, franchit la douane, ignora les taxis et se dirigea vers la gare routière. Sortit une cigarette, l'alluma à un briquet tendu par un employé de l'aéroport. Tira quelques bouffées, jeta son mégot taché de rouge à lèvres dans le cendrier de la salle d'attente fumeurs. Monta dans un car de la compagnie Kuokuang.

Après onze heures du soir, la circulation vers le centre-ville de Taipei redevenait fluide. Alex descendit à la station de la rue Minquan Est, traversa la rue Longjiang, disparut dans la nuit noire.

Wu avait fait travailler ses troupes jusqu'à ce que les derniers passagers du dernier vol aient franchi les contrôles. Alors il leva enfin son regard de l'écran, vit la grande affiche au mur derrière les postes des physionomistes : « Le marathon international du Nouvel An chinois de Taipei vous souhaite la bienvenue ! »

Eurêka ! Il bondit de sa chaise :

— On recommence ! Une femme ! Cherchez une femme : mince, grande, en legging de course sous un short et veste de survêtement.

Ils trouvèrent très vite l'image, datant de deux heures auparavant : une jeune femme grande et mince, en legging, aux cheveux châtains, attendait qu'on lui rende son passeport.

— Regardez-moi les muscles de ses mollets.

Zoom : en effet, la demoiselle n'avait pas lésiné sur l'entraînement.

— Retrouvez-la-moi.

Ils visionnèrent les vidéos des comptoirs des banques, de la douane, de la station de taxis, de la gare routière.

À deux heures du matin, sur les images fournies par Kuokuang, ils voyaient la jeune femme descendre à Minquan Est. Les vidéos des caméras de rue leur montrèrent sa silhouette, de dos, traversant la rue Longjiang.

Ai Li était revenu.

Wu en avait oublié de consulter son téléphone. Il avait plus d'une trentaine de messages.

Crâne d'œuf était monté dans son avion six heures avant : « Je reviens ! T'ai acheté une tour de Pise magnétique à l'aéroport pour coller sur ton frigo, tu penseras à moi. »

Il avait décidément un grain. Il n'était même pas allé à Pise.

Texto de sa femme : « Ton père est venu comme d'habitude. On ne peut rien y faire, mais on peut toujours ne pas rentrer dîner à la maison, en le prévenant. Tant pis s'il n'est pas content. »

En effet, papa ne serait sûrement pas content.

Texto de la secrétaire du chef du Bureau : « Le chef souhaite vous voir demain matin à 10 h, sans faute. Superintendant, il voudrait faire le point sur l'avancement de l'enquête, et vous demande de l'accompagner à la conférence de presse. »

Wu allait devoir demander à sa femme de lui repasser un costume et une cravate.

Message et photo de son fils : « Papa, regarde ça. »

Sur la photo : un char lourd américain M1A2. Selon la légende : les États-Unis avaient enfin donné leur accord à la vente de ces engins à Taïwan, pour remplacer les vieux M48.

« Et alors ? » répondit Wu.

« Je vérifiais les nouvelles à propos des dernières ventes d'armes. J'ai un pote sur Facebook qui dit que ça servira à que dalle. »

« Pourquoi ? »

« Trop lourds pour nos autoroutes ou nos nationales. Tout juste bons à rouiller sur base, et en plus ça coûte la peau des fesses. »

« Il faudra bien s'y faire. Les patrons de bars payent les Triades pour être tranquille, écrivit Wu. Nous, on paye les Yankees. »

Wu n'avait pas le temps de bavarder, mais il était content de l'évolution de leur relation père-fils. Auparavant, jamais Fiston n'aurait songé à lui transmettre une nouvelle sans intérêt rien que pour avoir l'occasion de parler de l'état du monde avec son vieux père.

Encore un message, de Lili : « Viens prendre un café demain, papa veut te parler. Il semble vouloir nous maquer, mais je lui ai rappelé que tu étais déjà casé et que ton karma te destinait à une nouvelle vie très médiocre. Je lui ai dit que de toute façon sa fille ne s'intéressait pas beaucoup aux hommes. »

Le père de Lili voulait-il échanger ses informations contre une consommation accrue de café de la part du superintendant Wu ? Quitte à le placer sous diurèse forcée ?

Wu retourna au Bureau. Ai Li était à Taipei, mais sans parents, ni amis, ni petite copine. Où pouvait-il se cacher ?

Prochaine tâche : contrôler tous les hôtels de la ville.

11

Taipei, Taïwan

À Taipei, il faut une pièce d'identité pour loger à l'hôtel. Pas pour louer un appartement.

Avant de quitter Taïwan, Alex avait loué sous un faux nom un studio minable via une agence. Le propriétaire avait déménagé sur le continent sans jamais manifester l'envie de rencontrer son locataire, et recevait le loyer sur son compte tous les mois depuis plus de cinq ans. Alex n'en avait entendu parler qu'une fois : l'agence l'avait contacté pour l'informer d'une hausse de loyer, qui ne s'était pas matérialisée. Le propriétaire avait dû réaliser qu'il serait difficile de relouer un appartement en si mauvais état, et préféré se contenter de cette petite manne régulière. Il serait toujours temps pour ses enfants, à sa mort, de se pencher sur l'épineuse question des travaux.

La ruelle servait de parking sauvage. L'immeuble était une cage à lapins de plus de trente ans : cadres de fenêtres rouillés, cage d'escalier jamais nettoyée, ampoules clignotantes et racks à chaussures de toutes tailles posés devant les portes, envahissant l'espace commun.

Il n'y avait apparemment pas de marché pour les chaussures volées à Taipei.

Alex entra dans le gourbi, aéra en grand. L'odeur de moisi était encore plus forte que dans le refuge de Telč. Il sortit le paquet oblong caché sous le sol de la salle de bains depuis des années. Une véritable antiquité, enrobée d'une épaisse couche de graisse, toujours en excellent état : le M1 Garand de Papi. L'armée le lui avait offert en souvenir quand il avait pris sa retraite, après avoir ôté le percuteur. Mais Papi n'avait-il pas fait sa carrière militaire comme mécanicien ? Il avait remplacé le percuteur et entretenu l'arme, qui brillait comme au jour de sa sortie d'usine. En héritant du fusil, Alex y avait ajouté une lunette télescopique, et un silencieux pour pouvoir l'essayer en toute discrétion – une expérience amusante.

Personne au monde ne savait qu'il possédait cette arme. À part l'instructeur Tête-de-fer.

Alex était resté si longtemps loin de Taipei qu'il ne put résister à l'envie d'un copieux dîner au marché de nuit de Ningxia, accompagné de deux grandes bouteilles de bière Taïwan.

Suite du programme : trouver celui qui avait envoyé des assassins pour le tuer.

Bébé. C'était Bébé qui lui avait communiqué l'ordre de tuer Chou Hsieh-ho.

Comment retrouver Bébé ? Via Tête-de-fer ?

Il sortit un vieil ordinateur portable de la même cachette, fut saisi d'une certaine nostalgie devant les cieux azur et les collines émeraude de la page d'accueil de Windows XP. Le téléphone qu'il avait acquis sous le nom de son faux passeport au cours de son périple faisant office de modem internet, il combla cinq années de retard d'informations locales.

Blotti dans son sac de couchage, il dormit jusqu'à neuf heures, prit le bus jusqu'à un restaurant familier pour un petit déjeuner de bouchées à la vapeur de Shanghai. À la télé, le chef du Bureau des enquêtes criminelles détaillait calmement les avancées de l'enquête sur la mort de Chou. Alex se concentra sur le flic à cheveux en brosse debout derrière son chef. Chez les bureaucrates taïwanais, celui qui savait vraiment de quoi il retournait se tenait toujours en retrait de son supérieur qui n'y comprenait rien, prêt à bondir à son secours.

Petite recherche en ligne : il s'agissait du superintendant Wu, de la section de lutte contre le crime organisé. Petite recherche plus approfondie : il trouva l'adresse et le numéro de téléphone de Wu. D'après Google Maps, il s'agissait d'une résidence pour fonctionnaires, près du parc Meiti, le long de la rivière Keelung. Tout à fait adapté à une vie paisible de futur retraité.

Ensuite : Tête-de-fer avait ouvert un parc à crevettes ? Alex savait que l'instructeur adorait titiller le poil noir ou la carpe bâtarde, mais il ne lui connaissait pas cette passion pour les crustacés.

La télévision montrait maintenant des images de chars américains en action pendant la guerre du Golfe, pour illustrer la nouvelle toute récente de la vente de cent huit M1A2 à Taïwan. Pour un coût de trente milliards de dollars taïwanais la première année, plus le prix des pièces détachées, de l'entretien et de la formation. L'armée de Terre était fort prodigue de l'argent des contribuables.

Alors que les logements pour anciens combattants avaient disparu à Tainan, à Kaohsiung. À Taichung et à Taipei, ils étaient devenus des colonies d'artistes, destinations favorites des touristes ou des familles en balade. Alex remit son manteau, sortit en songeant à Papi et à son autre talent en sus du riz sauté : les galettes frites.

Wu se leva tôt et repassa lui-même son costume et sa cravate. Sa femme était partie en promenade dans les collines, son fils sortit de sa chambre en se frottant les yeux et lui demanda s'il avait pris son petit déjeuner. Non : pas le temps. Fiston sauta sur son vélo, acheta un gâteau aux navets et des galettes grillées fourrées aux œufs. Wu fit chauffer le café. Les galettes grillées allaient mieux avec le thé, mais aujourd'hui il avait besoin de beaucoup, beaucoup de café.

Travailler de concert sur le dossier Chou Hsieh-ho avait brisé la glace entre le père et le fils.

— C'est bien d'étudier, mais il faut aussi se remuer. Tu ne joues plus au basket ?

— Plus depuis longtemps.

— Attends que je sois à la retraite, je te fous la pâtée.

— Trop risqué, tu vas te casser quelque chose.

— Tu as peur ?

Fiston pouffa.

Le pas léger et la tête haute, Wu poussa la porte du Bureau des enquêtes criminelles.

Le chef voulait faire le point. Wu l'informa que la police italienne pensait que le mort de Telč était bien Ai Li : son regard s'illumina. Wu précisa que Crâne d'œuf estimait qu'il s'agissait en fait d'un troisième tueur envoyé liquider Ai : le chef fronça les sourcils comme si Wu venait de lui gâcher une si belle matinée.

La conférence de presse commença pile à l'heure. Costume Hugo Boss ajusté et col ouvert, classe mais décontracté, le chef, en roue libre, décrivit les tenants et aboutissants de l'enquête et assura qu'elle était toute proche d'une conclusion favorable. Wu ne s'avança pas pour serrer le frein à main. Il resta au garde-à-vous, aussi immobile qu'un élément du décor. Tout bureaucrate de haut niveau avait, pour démontrer sa grandeur, besoin de subordonnés perdant leur temps à l'accompagner.

Un journaliste demanda ce qu'il en était des meurtres de Kuo et de Chiu. Le chef répondit sans même consulter Wu :

— Mes collègues enquêtant sur ces affaires ne pensent pas que l'assassinat de Chiu Ching-chih soit lié à celui de Chou Hsieh-ho, comme certains médias le suggèrent. Cependant, les fusils appartenant au suspect retrouvé en République tchèque seront examinés tant par nous-mêmes que par Interpol, et comparés à la blessure de Chiu.

Comparés ? Mais pourquoi ? Chiu avait été assassiné à bout portant et jeté à la mer, pas tué à distance par un sniper. Et de toute façon, les militaires avaient fait incinérer son cadavre sans l'accord de la police. Épargnant ainsi à Wu la peine d'avoir à tenter d'écraser un cafard au marteau-piqueur.

Mais le chef avait toujours raison, et la tâche sacrée de ses subordonnés était de brasser assez d'air pour dissiper les miasmes qui s'échappaient de son pantalon Hugo Boss.

Crâne d'œuf se posait à Taoyuan dans l'après-midi, mais Wu envoya un adjoint l'accueillir à sa place : il devait aller voir le père de Lili.

Les affaires tournaient : les jours de pluie, la clientèle se pressait dans le petit café. Le père de Lili, assis dans un coin, lunettes de presbyte sur le nez, était plongé dans la lecture d'un célèbre roman de chevalerie chinois, *Cinq jeunes justiciers*. Un brigand qui lisait des histoires de brigand. Crâne d'œuf, lui, préférait Chandler et Hammett, le fils de Wu lisait les polars de Keigo Higashino. Qu'était censé lire un flic à la retraite ? Les aventures du juge Ti ?

Où était le vieux chat ? Là : aux pieds du vieillard, douillettement niché dans une couverture roulée dans un panier de bambou.

— Monsieur Chu ?… Lili m'a dit que vous aviez des nouvelles pour moi.

— Ouais, dit l'autre en le regardant par-dessus ses lunettes. Le Patriarche accepte de vous voir.

— Parfait !

— Pas vraiment. Y a plusieurs conditions à respecter : la réunion et l'endroit doivent rester secrets, et vous pouvez rien enregistrer. Le Patriarche est très âgé et il cause plus beaucoup. C'est lui qui décide quand il parle ou pas.

— J'accepte.

— On m'a dit qu'il était *vraiment* très âgé, beaucoup plus que moi. Apportez-lui un cadeau qui lui tiendra chaud par ce temps de cochon. Et n'oubliez pas de saluer en entrant et en sortant. À cet âge-là on est sensible aux marques de respect. Mes trois frangins et moi, on s'est porté garants de vous, ne nous chiez pas dans les bottes.

— Compris.

— Très bien. Ça peut aller très vite. Faites en sorte d'être disponible.

Wu retourna au Bureau, où l'attendaient des dizaines de messages et comptes rendus. Un e-mail, en particulier, retint son attention : « Superintendant Wu, j'ai participé au même stage de tireurs d'élite qu'Ai Li et Chen Li-chih et je suis aujourd'hui dans le civil. Je ne veux pas d'ennuis. Si vous acceptez de ne pas dévoiler mon identité, je veux bien vous parler. »

Il répondit immédiatement : il souhaitait lui parler, à son interlocuteur de dire où et quand. Il donna aussi son numéro de mobile.

Pas le temps de réunir ses adjoints : le chef voulait le voir. La Présidence et le Parlement avaient perdu patience et accentuaient la pression.

— Mon cher Wu, peut-être n'avez-vous pas bien saisi les enjeux. Chou Hsieh-ho n'était pas seulement conseiller en stratégie, mais il était aussi un lointain parent du Président. Du coup les fouille-merde des médias racontent n'importe quoi et importunent même les cousins les plus lointains du Président. Celui-ci n'est pas content, le Premier ministre n'est pas content, le ministre n'est pas content. Personne n'est content. Alors dites-moi ce que vous avez, prouvable ou non, et réfléchissons-y ensemble.

— Ne préféreriez-vous pas que je vous fasse un rapport commun avec le chef de la section ? Il rentre d'Italie cette après-midi.

— Non, commencez.

— Chou était à Rome pour affaires, pas en voyage de tourisme. Ça, au moins, c'est clair. Nous cherchons à confirmer la vraie identité de Peter Shan, l'Asiatique à sa table, mais nous pensons que ce n'était qu'un intermédiaire entre Chou et le troisième homme, l'Occidental. La discussion devait porter sur quelque chose qui touchait Taïwan.

« L'assassin de Chou est le nommé Ai Li, ex-tireur d'élite de l'armée de Terre taïwanaise parti pour la Légion étrangère depuis plus de cinq ans. Cet Ai Li n'a tué ni Kuo ni Chiu, et rien n'indique qu'il connaissait Chou de près ou de loin auparavant. Cela semble prouver que les discussions menées par Chou à Rome devaient gêner une personne ou une organisation, qui disposait des moyens de le faire tuer par un professionnel. Le fait que l'assassinat ait eu lieu en public est probablement un avertissement pour ceux qui seraient tentés de relancer les discussions en question.

— Comment ça ?

— C'est la méthode des Triades, patron. Vous allez casser la vitrine d'une boutique qui refuse de raquer, et vous balancez à la police deux gamins sans casier pour clore l'enquête. Au pire ils récoltent une amende. Mais les autres commerçants ont reçu le message.

— Et pour ça, "ils" auraient décidé d'exécuter quelqu'un au beau milieu de Rome en plein jour ?

— Et aussi de faire taire le tueur en envoyant Chen Li-chih, l'un de ses propres camarades. Malheureusement pour eux c'est Chen qui se fait tuer. Ai Li se réfugie ensuite en République tchèque, où il est rejoint par un troisième tueur. Ils ont visiblement

257

les moyens de le traquer. Mais Ai est sur ses gardes et s'échappe encore une fois.

« Maintenant, il est revenu à Taïwan grâce à un faux passeport et il veut aller au fond des choses. Autrement dit, il doit tuer celui qui veut le faire tuer, sinon c'est lui qui meurt.

— Comment ? Il est à Taipei ?

— Il est arrivé hier soir à Taoyuan, déguisé en femme occidentale, sous prétexte de participer au marathon.

— De quoi avez-vous besoin ?

— J'ai besoin de savoir pourquoi Chou Hsieh-ho s'est rendu à Rome. D'autant que résoudre le dossier Chou nous donnera sans doute la clé pour boucler les enquêtes sur les meurtres de Kuo et de Chiu.

— Pourquoi ?... Secret d'État. Problème politique.

— Et si nous attrapons Ai Li, et que ce qu'il a à nous dire implique la Présidence ?

Le chef du Bureau tendit la main :

— Vous avez une cigarette ?

Il était interdit de fumer dans tout l'immeuble du Bureau des enquêtes criminelles. Ordre du chef lui-même.

Wu lui donna une cigarette, lui présenta son briquet.

— Il paraît que Chou avait des dettes ? demanda le chef.

— Disons qu'il aimait les femmes qui aiment le luxe.

— La presse est au courant ?

— Si elle ne l'est pas, elle le sera dans les deux jours.

Le chef souleva la photo d'Ai Li.

— A-t-il encore des contacts à Taïwan ?

— Probablement pas. C'est un orphelin, sans autres parents connus.

— Vous avez un plan pour le trouver ?

— J'attendais le retour du chef de la section pour en discuter avec les autres équipes.

— Trouvez-le, d'une façon ou d'une autre, et attrapez-le mort ou vif. On réfléchira après.

« Mort ou vif » ? Dans quel genre de bouquin le chef de bureau avait-il pioché un truc pareil ?

Dans une papeterie, Alex acheta un étui à cithare, où il rangea son M1 démonté*. Six cartouches, le silencieux et la lunette allèrent dans ses poches. Puis il prit le bus. Tous les bus de Taipei étaient équipés de caméras de sécurité, l'une à l'avant, l'autre à l'arrière. Heureusement, les habitants de Taipei arboraient souvent un masque sur leur visage pour éviter les infections dans les transports en commun. Soucieux de la santé publique, Alex grimpa donc dans le bus, son masque surmonté d'une casquette de base-ball, et s'assit au dernier rang. Avant de quitter son studio, il avait reçu la réponse de Wu, lui avait donné les indications demandées. Comme à l'accoutumée, il serait en avance au rendez-vous pour repérer les lieux et préparer le champ de bataille.

---

* En Chine, jouer de la cithare est l'un des talents indispensables du lettré confucéen traditionnel. C'est pourquoi on trouve des cithares dans certaines papeteries de luxe.

Après avoir briefé son chef, Wu devait se rendre aux nouvelles chez Lili : le papa refusait de se servir d'un téléphone ; déformation professionnelle, sans doute. Mais, devant la salle d'attente du public au rez-de-chaussée, il fut arrêté par un cri. Qu'est-ce que son fils faisait là ?

— Eh bien, Fiston ? Tu m'as apporté à déjeuner ?

— Papa, quelqu'un a piraté mon ordi, dit Fiston en l'accompagnant à l'extérieur.

— Comment le sais-tu ?

— C'est – c'est difficile à expliquer. Mais je crois aussi que mon téléphone n'est plus sûr. Le tien non plus.

— Impossible. Même nous, pour poser une écoute, il nous faut l'accord du contrôleur et un mandat d'un juge.

— Ouais, on a quand même été piratés. Vaut mieux ne pas parler de choses trop confidentielles au téléphone.

Wu le prit aux épaules.

— D'accord. De toute façon, Crâne d'œuf rentre cette après-midi, il n'y aura plus de vidéoconférences du soir.

— Et puis…

— Ne t'occupe plus de cette histoire. Dès qu'on aura avancé, on te tiendra au courant. Tu viens boire un café ?

— Non merci, faut que j'aille à la bibliothèque.

— Grand-père est passé aujourd'hui ?

— Oui, et d'ailleurs…

— Quoi ?

— Bof.

— Bof, quoi ?

— Comme je n'ai pas le temps pour le sport, j'essaie de suivre un régime, mais il n'arrête pas d'insister pour que je bouffe plus.

— Je lui en parlerai.

Wu raccompagna son fils jusqu'au croisement de la rue Zhongxiao Est, où le jeune homme le quitta pour rejoindre la station de métro. Wu le regarda s'éloigner. S'il ne résolvait pas rapidement le problème de son père, son fils finirait un jour par perdre patience et les choses empireraient.

Il avait reçu un mail : son interlocuteur anonyme lui fixait rendez-vous. Dans le parc Meiti ? Tout près de chez lui ?

Les trois « frangins » du père de Lili étaient là aussi. Le Surineur levait délicatement le couvercle d'une théière pour y déposer quelques feuilles supplémentaires.

— C'est fixé, et pas plus tard que demain matin. À huit heures et demie, montez dans le train pour Hsinchu, une voiture vous attendra à la gare.

— Huit heures trente, demain matin.

— Ouais, le train rapide, pas le tortillard.

Le père de Lili parlait, les trois autres regardaient Wu sans donner l'impression de le voir.

Coup de fil de Crâne d'œuf :

— Tu es posé ? demanda Wu.

— J'attends mes bagages. On se voit au bureau ?

— Plus tard, faut que j'aille quelque part.

— J'ai du jambon italien, du salami, du pain, des dattes et du pinard. On se fait une petite fête de minuit ?

Wu rangea son téléphone et souffla dans le creux de ses paumes pour les réchauffer.

Il arrêta un taxi, donna l'adresse du parc Meiti. Le rendez-vous était près des terrains de basket, au bord de l'eau, en pleine bise. Le destin avait-il décidé qu'il mourrait de froid ?

Alex était arrivé une heure en avance, bravant le vent et la pluie pour se familiariser avec le terrain : une grande pelouse, séparée de la rivière par une digue. Plus à l'ouest : le Grand Hôtel ; vers l'est : le quartier de Neihu. De l'autre côté de la rivière, rive sud : à l'ouest, le Musée des beaux-arts ; à l'est, l'aéroport de Songshan. L'espace le plus dégagé était le petit embarcadère de la navette fluviale, en amont des terrains de basket : rien ne gênerait son champ de vision. Il traversa la rivière. Encore un parc : il se glissa derrière une cabane à matériel, remonta son fusil, le dissimula sous une bâche. Pas tout à fait dix-sept heures ; il ne faisait pas encore assez sombre pour que les réverbères soient allumés.

Wu pénétra dans le parc, grelottant sous le vent coulis qui s'insinuait dans son col. Il pressa le pas, reçut un nouveau message : « Je suis sur l'embarcadère. »

Il veut me faire crever de froid ou quoi ?

À l'embarcadère : personne. S'était-il fait poser un lapin ?

Son téléphone sonna.

— Superintendant Wu ? Désolé pour le rendez-vous dans le parc, on se les gèle.

— Où êtes-vous ?

— Pas loin. J'ai besoin de votre aide.

— Ce n'était pas vous qui étiez censé m'aider ?

— Superintendant, vous voyez l'arbre à trois mètres sur votre gauche ? Celui qui fait deux fois votre taille ?

Wu se tourna : un arbre de pongolote se dressait, récemment planté, le tronc épais comme sa cuisse.

— Oui ?

— Ne le quittez pas des yeux.

À quoi jouait-il ?

Le pongolote trembla, et Wu reçut l'eau tombant des feuilles sur le visage.

— Regardez le banc en pierre, à deux mètres sur votre droite.

— OK.

— Ne le quittez pas des yeux.

Un petit nuage de poussière s'éleva de la surface du banc. Un gros morceau de pierre avait disparu.

— Vous voyez la brique rouge près de votre pied droit ? Celle sur laquelle une feuille est tombée ?

C'était une feuille qui venait de tomber du pongolote.

— Je la vois. Je ne la quitte pas des yeux.

Un projectile frappa la feuille et la brique. Fragments et poussière s'élevèrent presque à la hauteur des yeux de Wu.

— Vous n'ignorez pas que menacer des représentants de la loi peut porter à conséquence ?

— Vous supervisez l'enquête sur les morts de Chou Hsieh-ho et Chen Li-chih. Ils ont dit aux infos que vous enquêtez aussi sur deux autres morts, mais ça manquait un peu de précisions. Vous êtes le seul à pouvoir m'aider.

— Ai Li ?

— Affirmatif. Capitaine Ai Li, ou caporal Alex Lee, à vos ordres, superintendant. Sauf qu'en tant que suspect principal dans ces deux homicides, je crains de ne pouvoir vous rencontrer en personne. Et pas d'initiative stupide : je suis juste de l'autre côté de la rivière et vous, vous êtes droit dans mon réticule.

— Que voulez-vous savoir ?

— Qui essaye de me tuer ?

— C'est ce qu'on essaye de déterminer aussi. Vous ne voulez pas en discuter face à face ?

— Pour l'instant je pose les questions, et vous répondez. Quand vous m'aurez chopé, c'est vous qui poserez les questions et moi qui répondrai. Et pas de bobards, hein ? Parole de légionnaire.

— Allez-y.

— À quelle unité appartenait le Gros ?

— Je croyais qu'il avait quitté l'armée ?

— Il devait obéir à quelqu'un, sinon il n'avait aucune raison d'essayer de me buter. Je le connais, c'était un soldat dans l'âme, il obéissait aux ordres. Mais pas aux ordres de n'importe qui. J'ai longtemps réfléchi. Ça ne pouvait venir que d'un service gouvernemental.

— Je ne sais pas. Si vous ne l'aviez pas mentionné, ça ne me serait jamais venu à l'idée.

— Sans déconner ? Superintendant, je suis un desperado en cavale, ne me poussez pas à bout.

— Sans déconner. Je sais juste que sa copine et lui avaient ouvert un karaoké après son retour dans le civil.

— Je vous crois, vous avez l'air d'un homme d'honneur. Autre question : qui est Peter Shan ?

— Le type à la table de Chou le jour de sa mort ?
On est en train de fouiller. En gros, c'est un ancien
militaire qui a quitté Taïwan il y a un bail. Il a un
passeport britannique.

— C'est un marchand d'armes. Il me l'a dit en
personne.

— Merci, ça peut servir.

— Pourquoi Chou était-il à Rome ?

— Je ne sais pas.

— Superintendant, vous ne savez pas grand-
chose.

— Vous en savez plus que nous. C'est bien pour
ça qu'on vous recherche.

— J'ai buté Chou, un haut fonctionnaire. Ça vaut
au moins vingt ans. Excusez-moi si je me planque.

— Les repentis qui collaborent avec la justice
bénéficient de remises de peine.

— Collaborer ? Vous rigolez. J'ai suffisamment
collaboré, regardez où ça m'a mené.

— Au profit de quelle unité ?

— Joker.

— Si vous ne me dites rien, comment voulez-vous
que je trouve ceux qui vous ont piégé ?

— Vous êtes flic, c'est votre boulot.

— Vous étiez en mission quand vous avez rejoint
la Légion étrangère ?

— Vous voyez le réverbère derrière vous ? La
lampe au sommet ? Ne la quittez pas des yeux, s'il
vous plaît.

Wu ne quitta pas la lampe des yeux. Une minute
s'écoula, puis une deuxième. Ai Li était parti. Wu
resserra le col de son manteau. Ce n'était pas le
moment d'attraper froid.

265

Ai Li avait l'air aussi paumé que lui. Mais grâce à cette séance d'atteinte aux biens publics par utilisation de matériel de guerre, il avait au moins confirmé qu'il travaillait, comme le Gros, pour une « unité » quelconque. Ne restait plus qu'à déterminer combien le gouvernement entretenait d'« unités » barbouzardes de ce type.

Est-ce que j'ai le temps de rentrer à la maison me changer ?

Même pas.

Wu se rendit au ministère de la Défense. Heureusement, Hsiung Ping-cheng faisait lui aussi des heures supplémentaires.

— Superintendant ! Mais regardez-vous, vous êtes trempé. Je vous fais apporter un thé au gingembre ?

— Laissez tomber, colonel. Dites-moi plutôt si vous me laisseriez parler à Lo Fen-ying ?

L'attitude de Hsiung changea du tout au tout. Wu retrouva le Hsiung de leur première rencontre, dans la chambre de l'hôtel des Lauriers à Keelung.

— Dans quelle affaire la capitaine Lo serait-elle impliquée ?

— Elle a pris part au même cours de tireurs d'élite que les deux tueurs du dossier européen. Je souhaite connaître son opinion sur ces deux hommes et savoir si elle leur a parlé récemment.

— Je vais devoir vous demander un courrier officiel du Bureau.

— Je préférerais que vous considériez cela comme une faveur personnelle. Je peux éviter de la faire citer comme témoin.

— D'accord... Je lui poserai la question demain.

Wu avala d'un trait le thé au gingembre qu'on lui avait quand même apporté et prit congé. Hsiung le salua à l'ancienne, le poing droit dans la paume de la main gauche.

— Il paraît qu'il ne vous reste plus que quatre jours avant la quille ?

— Trois, selon le code du travail, dit Wu en tapotant sa montre.

Pluie et froid : pas un taxi de libre. Wu se réfugia dans le métro.

Il s'était demandé s'il devait informer Hsiung du retour d'Ai Li à Taipei. Si Ai voulait trouver le commanditaire, à qui demanderait-il de l'aide ? À son ancienne camarade Lo Fen-ying, comme Wu le pensait ? À moins que la vie du jeune homme ne soit plus complexe que ce que Fiston avait pu dénicher sur Internet le suggérait ?

Il ne servait à rien d'aller maintenant voir les services sociaux, comme il l'avait prévu, pour s'informer sur la procédure d'adoption du garçon par Pi Tsu-yin. Les bureaux étaient fermés depuis plusieurs heures. Wu décida de rejoindre Crâne d'œuf.

Dans la lunette de visée, Alex avait vu un homme d'une cinquantaine d'années aux cheveux gris fer en brosse, qui se tenait droit dans le froid et n'avait pas cillé sous les coups de feu. Pas le genre de type à raconter des salades. Et même s'il avait menti, qu'est-ce qu'Alex pouvait y faire ?

Il rangea son fusil, quitta sa position de tir. Wu ne lui avait donné aucune information utile. Quelle était la prochaine étape ? Qui connaissait-il encore à Taïwan ?

Pendant plus de cinq ans, il avait chaque jour eu une pensée pour son île natale. Maintenant qu'était de retour, il se sentait terriblement seul – bien plus qu'en France ou en Italie. Désormais, entendre des gens parler la même langue que lui, les voir manger les mêmes plats semblait tendre à craquer chacune de ses extrémités nerveuses.

Il remit sa casquette et partit à pied sous la pluie. Sur la porte vitrée du poste de police de Dazhi s'affichait la dernière version de la liste des criminels les plus recherchés. Alex y figurait à la meilleure place : la première. Toute information menant à son arrestation serait récompensée d'une prime de dix millions de dollars taïwanais.

Crâne d'œuf avait ravalé son sourire habituel et grommelait dans sa barbe. Wu, maussade, sirotait un deuxième thé au gingembre. Cinq minutes après le départ du chef de bureau, aucun d'eux n'avait encore ouvert la bouche.

Les instructions du chef étaient limpides : puisque les preuves étaient insuffisantes pour relier les deux morts de Taïwan aux trois d'Europe, les enquêtes devraient désormais être séparées. Tous les indices pointaient vers la culpabilité d'Ai Li dans l'assassinat de Chou Hsieh-ho. Un avis de recherche européen avait été lancé à son encontre et le Bureau devait bien entendu concentrer ses efforts sur lui. Quant au mobile, il pouvait être la vengeance, ou un différend financier. Rien de concret n'étayait l'hypothèse de Wu, à savoir l'existence d'une unité de renseignement secrète hors contrôle, et elle ne devait surtout pas être rendue publique.

Les dossiers Kuo et Chiu devaient eux aussi être traités séparément. Chiu Ching-chih avait été assassiné, il fallait rechercher activement le meurtrier ; mais bien que l'autopsie de Kuo Wei-chung n'ait pas écarté l'hypothèse du meurtre, le suicide était toujours une possibilité. Il fallait considérer que ces affaires – sur lesquelles l'enquête était au point mort – n'étaient pas liées, et les confier à d'autres agents.

— Je veux des preuves ! avait crié le chef. Et je veux cet Ai Li ! Vous avez déjà lancé l'avis de recherche ? Faites bouger leurs fesses à tous les flics du pays, et qu'ils le trouvent !

Qu'en était-il du tatouage commun à Chen Li-chih et Kuo Wei-chung, le suicidé putatif ?

— Il y a une minute, vous me parliez d'agents secrets lâchés dans la nature, et maintenant c'est une société secrète ? Ça ne tient pas debout, et je ne veux pas que ça sorte d'ici. Ne vous laissez pas embringuer dans d'éventuelles bisbilles chez les barbouzes !

— Mon vieux, tu as entendu le chef, dit enfin Crâne d'œuf. Comment tu vois la suite des choses ?

— Je me vois partir à la retraite, et avant ça, je vois le banquet de départ en mon honneur organisé par les collègues.

— Et tu me laisses gérer le merdier tout seul ? Je croyais que tu étais un ami. Allez, arrête de bouder.

— Donne-nous les dernières nouvelles d'Italie, pendant que je vérifie quelle infâme piquette tu nous as rapportée.

Crâne d'œuf se leva et attaqua une série de mouvements de tai-chi-chuan en déclamant :

— DOIS-JE DONC ENDURER LA HONTE ET LE MÉPRIS

POUR REMPLIR MON DEVOIR ?

DOIS-JE DONC ME TREMPER L'ÂME AU FEU DE L'ENVIE ?

AH ! PUIS-JE SANS DÉCHOIR

INFLIGER À UN FLIC, À UN SI VIEIL AMI

UN COUP DE BOUTANCHE EN PLEINE POIRE ?

— En fait il est pas mal du tout. Ça t'a coûté combien ?

— Bon. Tout a commencé par l'assassinat de Chou Hsieh-ho. L'identité des trois personnes assises à la même table est confirmée : à droite, Chou, conseiller en stratégie taïwanais, dont la raison de la présence à Rome est encore peu claire. À gauche, Shen Kuan-chih, ex-sous-officier taïwanais reconverti dans le trafic d'armes, disposant d'un passeport britannique et se faisant appeler Peter Shan. Entre eux deux, non pas un Russe mais un Ukrainien, du nom d'Agafonov, ex-député reconverti dans les activités de lobbying politique. La police italienne a confirmé qu'Agafonov avait quitté le pays, les Ukrainiens ne semblent pas très chauds pour coopérer et prétendent ignorer où il se trouve. Du coup, ce qu'a dit le chef n'est pas dépourvu d'une certaine logique : pour démêler l'affaire Chou, il faut trouver Ai Li.

— Nous ne savons pas pourquoi il a tué Chou. Nous n'avons ni mobile, ni arme du crime, ni aveux officiels du suspect. Pas une preuve… Même si on le trouve, ça n'ira pas loin.

— Ouais. Sans savoir pourquoi Chou était à Rome on n'avancera pas.

— Qu'est-ce qu'en pensent les Italiens ?

— Qu'il s'agit d'un deal d'armement. Shen comme intermédiaire, Agafonov comme représentant d'une boîte ukrainienne quelconque.

— Qu'est-ce qu'ils ont à vendre, les Ukrainiens ? Des vieilles Kalach ? Je n'ai pas l'impression qu'on manque de pétoires pour nos biffins.

— La réponse est à la Présidence. Le Président ne peut pas ne pas être au courant.

Crâne d'œuf s'empara de la bouteille de vin et se versa un grand verre.

— Mon vieux, j'ai une idée du tonnerre, mais j'ai bien peur que tu rouspètes.

— Dis toujours.

— Regarde nos autres pistes. Lo Fen-ying ? Les bidasses la planquent. La veuve Chiu ? Invitée à la télé tous les jours pour agonir le ministère de la Défense. Ça nous laisse Mme Kuo. Tu ne m'avais pas dit qu'elle avait été menacée ? Arrange-toi pour lui filer un rencard secret. Je filme tout et je transmets la vidéo à la télé. Le mystérieux méchant qui lui a filé les cent mille dollars américains se fout en rogne, et décide de donner une bonne leçon à la veuve. Mais j'ai organisé une souricière. J'attrape les sbires qui débarquent chez la dame, on remonte au commanditaire, l'affaire est dans le sac. Qu'est-ce que tu en dis ?

— Utiliser une civile innocente comme appât ? Très peu pour moi.

— Ton bon cœur te perdra. Mais si tu lui en parles avant ? Tu lui garantis une protection H24 à domicile.

— Et pour l'enquête sur les morts en Europe ?

— On devrait pouvoir identifier le cadavre de Telč dans les jours qui viennent. Les flics européens ont relevé que Chou, Chen, Shen et Ai sont tous taïwanais, et ils se doutent que celui-là l'est aussi. Ils vérifient les données des polices aux frontières. Quant à moi, j'ai ses empreintes – ça demande juste un peu de temps.

Wu se creusait les méninges : comment convaincre la veuve de Kuo ?

— Et on doit aussi avoir du monde en renfort pour ton entrevue avec le Patriarche demain matin…

Mais Wu était penché sur son téléphone.

— Hé ! Ça t'embêterait de te concentrer sur l'objet de la réunion ?

— Ton neveu vient de m'envoyer un message.

— Ton délinquant de fils, tu veux dire. À quoi ça ressemble, que des vieux briscards comme nous aient besoin d'un pied tendre pour faire avancer l'enquête ?

— Il dit que Bébé est aussi une orpheline.

— Hein ? Qui ça ?

— Lo Fen-ying.

— Ils sont tous orphelins ?

— Huang nous a embobinés. Il va falloir lui rendre une petite visite.

12

Jinshan, Taïwan

Un peu après neuf heures du soir, Huang Huasheng sentit un courant d'air froid lui caresser la plante des pieds dans la maison de briques qu'il occupait derrière le parc à crevettes. Il avait acquis l'habitude, quelle que soit la saison, de dormir les pieds dépassant de la couverture. Il replia les jambes instinctivement, demanda :

— Ai Li, c'est toi ?

— Mes respects, mon colonel, dit la silhouette sombre adossée au mur, près de la porte.

— Très bien. Mais pourquoi te glisser ici comme un voleur ?

Il alluma la lumière, s'assit et tendit les bras :

— Viens là.

Alex l'embrassa, sans pouvoir retenir un sanglot.

— Tu pleures encore à ton âge ? Bon, j'imagine que tu ne pouvais pas faire autrement, la police te recherche partout... même ici.

Alex cessa de pleurer.

— Je croyais que vous comptiez faire le tour du monde à moto après votre retour au civil, mon colonel ?

— Tu t'en souviens ? C'est toujours prévu, mais j'ai des règles à respecter. Les gens qui travaillent dans ma branche ne peuvent pas quitter le pays dans les trois ans qui suivent leur départ. Sinon c'est la pension qui saute.

— Qui vous a remplacé ? Bébé ?

— Non, un civil. Un ancien député qui avait perdu les élections. Le cabinet du ministre lui a refilé le boulot, je ne sais pas si c'était juste pour le salaire et la voiture de fonction ou pour le préparer à de plus hautes responsabilités. Il a engagé Bébé comme assistante.

— Bizarre.

— Pourquoi "bizarre" ?

— Parce que j'ai plusieurs fois eu Bébé au bout du fil.

— Pas pour t'inviter à dîner, j'imagine...

— C'est elle qui m'a ordonné de tuer Chou.

— Elle t'a transmis l'ordre. Et tu as obéi ?

— Affirmatif.

— C'était contre les règles.

— Comment ça ?

— Tu ne devais avoir qu'un seul point de contact, et personne d'autre ne devait connaître ton existence. Un ordre transmis par Bébé, c'était contraire aux règles.

— Ça m'a paru bizarre à moi aussi. J'ai demandé où vous étiez, mais elle n'a pas pu me le dire.

— Une vieille baderne comme moi ne peut que t'admirer, Ai Li. Après tant d'années, un ordre pareil – et tu l'exécutes sans rechigner ! Mais tu as dû avoir un choc quand tu as vu qu'ils avaient envoyé le Gros pour te tuer.

— Je ne l'ai vu qu'à travers ma lunette de visée.

— Hmmm...

— Ses yeux étaient toujours aussi bizarres.

— Le Gros avait quitté les Marines depuis des années. J'ai appris qu'il avait racheté un petit business pour sa copine à Yonghe. C'est impossible qu'il ait travaillé pour nous, je l'aurais su.

— Qui voulait la mort de Chou ? Et qui voulait ma mort ?

— Les mêmes personnes.

— C'est ce que je pense aussi. Je suis revenu à Taïwan pour les tirer de leur trou, sinon c'est moi qui les aurai au cul pour ce qu'il me reste à vivre. À Rome, j'ai rencontré le contact de Chou, Peter Shan. Il connaissait Papi.

— Tu veux dire Shen Kuan-chih. Oui, c'était un frère d'armes de ton père adoptif. Tu as même dû le rencontrer quand tu étais gamin, ils étaient très proches l'un de l'autre. Il y a quelques dizaines d'années, ils avaient eu pour mission d'évaluer le M14, avant qu'on en lance la fabrication dans nos arsenaux.

— Qu'est-ce que je dois faire maintenant ?

— Je crois que Tête-de-fer va devoir replonger dans le marigot. J'ai encore quelques relations. Mais en attendant, il faut que tu te tiennes à carreau. Les gens que tu as en face de toi, c'est du top secret.

— Top secret comment ? Plus que votre propre unité ?

— Assez secret pour que le Président refuse de divulguer la raison du voyage de Chou Hsieh-ho à Rome. Du très haut niveau.

— Du coup, je préférerais ne pas vous mouiller dans cette histoire, dit Alex.

275

Tête-de-fer lui administra une grande claque sur l'épaule.

— Je n'ai jamais été vraiment au sec. Mais il n'y a rien de mieux pour garder la forme que de continuer à nager. "Un vieux soldat têtu ne craint pas l'Empereur"... et encore moins les présidents. Tu sais où te planquer ? Sinon, viens ici m'aider à pêcher la crevette.

— Merci, mon colonel. Mais ne disiez-vous pas qu'un tireur d'élite doit savoir agir seul ? Qu'on forme une cible trop aisée si on se regroupe ?

— Ha, ha, tu n'as rien oublié des fadaises que j'ai pu vous raconter.

Tête-de-fer ouvrit un tiroir et en sortit un tout petit téléphone portable, d'un modèle périmé depuis la fin du siècle dernier.

— Tiens. On ne peut taper qu'un seul numéro. Pour que les gamins ou les gâteux puissent appeler à l'aide.

— Ou que je puisse vous joindre ?

— C'est moi qui le ferai, dès que j'aurai des nouvelles.

Alex avait l'air d'un gamin apeuré, le téléphone jouet serré contre sa poitrine.

La section de lutte contre le crime organisé s'activa toute la nuit. Un premier groupe fut dépêché à la gare de Hsinchu, un autre grimpa dans un hélicoptère de la police. Un traceur fut installé sous le talon d'un soulier de Wu.

Crâne d'œuf et Wu se rendirent à Jinshan, où ils arrivèrent avant l'aube, à quatre heures du matin. Le portail du parc à crevettes était cadenassé, et un petit panonceau de bois annonçait : « Le patron est en vacances au chaud, la boutique est fermée pour une semaine. »

Un appel à la station de police locale ne révéla pas grand-chose : Huang avait repris le parc six mois auparavant, et ne s'était pas fait remarquer depuis.

— Ai Li n'a nulle part où aller, s'interrogea Crâne d'œuf. Tu crois qu'il est planqué là ?

— Il nous faudrait un mandat, dit Wu. Ça prend du temps.

— Ouais, et le temps, on n'en a pas.

Ils firent le tour du périmètre sans détecter de caméra de sécurité. Escaladèrent la clôture.

Au centre du parc se trouvait le grand bassin rectangulaire en ciment, en partie surmonté d'un abri aux parois de tôle ondulée, protégeant les clients des aléas du climat. Les petits tabourets étaient empilés près du bassin, quelques dizaines de minces cannes à pêche en bambou s'alignaient comme des fusils au râtelier. Derrière l'abri se dressait un petit bâtiment en briques. La première pièce était un bureau : chaise, table, tableau blanc, numéros de téléphone inscrits au feutre effaçable. Celle du fond était une chambre. De l'extérieur, les policiers virent une petite table, un ordinateur portable, un lit recouvert d'une couverture kaki si bien bordée qu'elle semblait clouée au matelas. Sous le lit s'alignaient sandales en plastique, tongs, tennis et une bassine contenant savon, shampoing, dentifrice, brosse à dents et gobelet métallique. C'était un baraquement militaire en version civile.

Cinq livres visibles sur la table parlaient tous de pêche. L'ordinateur était ouvert, montrant la page d'accueil. Peut-être Huang Hua-sheng se fichait-il de sa note d'électricité. Ou peut-être n'était-il pas parti depuis plus de quelques minutes.

— Qu'est-ce que tu en penses ?

— Il ne vit pas vraiment ici. C'est trop bien rangé.

— Appelle le Bureau, demande-leur de vérifier l'acte de propriété et les taxes.

— Il faut l'accord du procureur.

— Tu n'es plus copain avec le vieux Li du fisc ? Réveille-toi, mon pote, ne reste pas pieds et poings liés par le règlement. Tu es à la retraite dans trois jours, tu ne crains plus rien ! Ah, et il faut aussi quelqu'un pour surveiller cet endroit.

Leurs troupes étant déjà sur le pied de guerre, ils demandèrent au poste de police local de s'en occuper. À l'ancienne : une vieille voiture banalisée s'installa au carrefour de la petite route de montagne pour filmer les rares véhicules qui passaient.

La route rejoignait la voie express côtière entre Jinshan et Tamsui. Ou bien, en partant à pied dans la montagne, si l'on avait la santé – et Huang Hua-sheng et Ai Li l'avaient – et qu'on aimait l'escalade, on pouvait rejoindre la route entre Jinshan et Yangmingshan. Où les caméras de sécurité étaient bien plus nombreuses.

— On a posé les filets. Quand le moment viendra de les relever, on verra bien ce qu'on aura chopé, dit Crâne d'œuf. Maintenant, il faut se préparer pour Hsinchu.

Exactement.

Mais ils se trompaient sur Huang Hua-sheng, et ils se trompaient aussi sur Ai Li.

Alex ne prit ni la route côtière, ni les cols de montagne vers l'est. En moto tout-terrain, il traça droit à travers les collines et la forêt, vers l'ouest. Une nouvelle ville était en construction au nord de Tamsui, ses tours encore à moitié vides. Il longea les chantiers en direction du port de pêche, s'arrêta devant un immeuble terminé aux quatre cinquièmes, s'engagea dans une cage d'escalier de béton noir et brut, où les rampes manquaient. Grimpa au sixième étage. Le vent et la pluie s'engouffraient par les ouvertures de fenêtres pas encore installées. À l'aide de sa lunette de visée, il inspecta un autre immeuble proche.

Ses calculs lui disaient qu'il s'agissait de la troisième fenêtre à partir de la gauche au quatrième étage. La pièce était sombre. Cela ne l'arrêta pas : il composa un numéro qu'il n'avait pas appelé depuis fort longtemps mais connaissait toujours par cœur.

Pas de réponse. Il raccrocha, rappela, laissa sonner.

Une voix de femme presque endormie :

— Allô.

— Bébé ?

Pas de réponse. La lumière de la chambre au quatrième s'alluma. Alex distinguait une silhouette derrière les rideaux. Enfin :

— Ai Li ?

— Ça faisait longtemps.

— Où es-tu ?

— Tu vas bien ?

— Tu n'as pas oublié mon numéro ?

— Tu te souvenais bien du mien.

Un ange passa, troublé par leurs respirations oppressées.

— Tu as vu Tête-de-fer ?

279

— Oui, et j'aimerais te voir aussi.

Le silence ne se fit que d'un côté.

— Tu pourrais me briefer ? dit Alex.

La silhouette derrière les rideaux allait et venait. Alex ne voyait personne d'autre.

— Tu veux vraiment savoir ?

— Oui.

— Il faut qu'on se voie.

— On ne peut pas parler maintenant ?

— Je préfère ne pas parler boulot au téléphone. Et… je veux aussi te revoir.

La silhouette s'était immobilisée.

— OK. Où ça ? dit Alex.

— Tu te souviens du restau, le soir d'avant ton départ vers la France ?

— Il existe encore ?

— Oui. Demain soir à sept heures ?

— D'accord.

Alex coupa la communication. La silhouette derrière le rideau ne bougeait toujours pas. La lunette resta braquée sur la fenêtre jusqu'à ce que d'autres lumières s'allument et que la silhouette disparaisse enfin.

Alex redescendit, conduisit sa moto dans une petite ruelle sur le côté du chantier. Il attendit dans la bruine. On était à Tamsui : il pleuvait, il faisait froid. Assez pour que les sentiments congèlent aussi.

La porte métallique d'un garage souterrain se releva. Une Mini Cooper rouge vif grimpa la rampe à toute vitesse, décolla presque en la quittant. Alex accéléra, tous feux éteints, ombre indistincte dans la nuit humide et glacée sur la voie express n° 2.

L'ombre grise de cinq années passées à se souvenir et à désirer, jour et nuit.

La petite voiture rouge roulait bien au-delà de la limite de vitesse, au mépris des caméras. Bébé ne craignait visiblement pas les contraventions. Alex non plus, d'ailleurs, sur sa moto volée. Mais la Mini prit la voie des berges surélevée, et Alex faillit oublier qu'elle était interdite aux deux-roues. Il ne pouvait risquer qu'un conducteur prévienne la police de la route. Il se creusa les méninges, quitta la voie express à la sortie de la rue Chengde, puis tourna dans la rue Zhongshan Nord, en direction de la rue Minsheng Est.

La Mini rouge était garée devant un immeuble de bureaux. Alex freina, leva la tête vers le treizième étage. Quelques fenêtres étaient allumées.

Ils étaient déjà venus ici, des années auparavant, lui, le Gros, Bébé et d'autres stagiaires du cours, pour un festin offert par Tête-de-fer dans une boîte tenue par l'un de ses amis. Ce soir-là, Alex avait beaucoup trop bu. Le Gros l'avait soutenu jusqu'à la voiture, et Tête-de-fer lui-même avait conduit pour les ramener au camp. Personne ne les avait contrôlés, personne n'avait rien demandé.

Une Porsche grise jaillit de l'arrière de l'immeuble, s'arrêta à la hauteur de la Mini. Bébé descendit de sa voiture, prit un sac sur le siège arrière et monta dans la voiture de sport.

Alex n'essaya même pas de suivre. Sa moto ne pourrait jamais coller à une Porsche.

La pluie de Tamsui l'avait rattrapé, s'engouffrant dans la rue Minsheng Est en suivant la rivière.

La moto refusa de repartir. Les bougies étaient

trop humides, ou la vieille bécane ne voulait pas donner plus d'elle-même sous la pluie et le vent. Alex l'abandonna devant la Mini Cooper. Une Kawasaki périmée tenant compagnie à une Mini solitaire. Bébé sentirait-elle toute l'amertume qui en émanait quand elle viendrait récupérer sa voiture ?

Crâne d'œuf et Wu buvaient un lait de soja chez Lailai, l'un assommé par le décalage horaire et les cinq films d'affilée qu'il avait regardés dans l'avion, l'autre trop soucieux pour penser au temps qu'il lui restait avant son départ à la retraite. Entre eux deux : sept plats – bien plus de calories qu'il n'était raisonnable d'en consommer pour deux hommes de leur âge.

— C'est ce soir, ton banquet de départ ?

— Le chef a dit qu'il viendrait.

— Il ne t'a pas demandé de prolonger ?

— Crâne d'œuf, ne fais pas l'innocent. Au marché près de chez moi, mon boucher a un dicton : "Le cochon naît, vit et meurt, la seule chose éternelle est le hachoir dans la main du boucher."

— Hein ? Tu traites le chef de cochon ? Fais gaffe à l'article que je vais envoyer au bulletin de l'Amicale de la police.

— Dans notre boulot, il y a deux sortes de gens. Ceux qui sont dévoués à la police, qui servent le public et s'inspirent du juge Pao. Ils vivotent de leur retraite d'incorruptibles, tombent un jour sur un trafiquant de drogue ou un parrain de la pègre qu'ils avaient arrêté des années auparavant : "Hé ? Mais ça ne serait pas le valeureux superintendant général Crâne d'œuf de la section de lutte contre le crime organisé ? Qu'est-ce que vous faites dans ce restau minable ? Venez, je vous offre un steak et une bouteille de bordeaux." L'autre sorte, ce sont ceux qui traitent leur boulot par-dessous la jambe mais se font beaucoup d'amis. Ils laissent couler ou détournent le regard quand ils peuvent, et tout le monde les apprécie. Avant même leur départ à la retraite, une grande entreprise leur a préparé un bureau de vice-président dans un beau gratte-ciel, ou s'est arrangée pour que la filiale américaine couvre les frais annexes des études de leurs enfants aux États-Unis. Et ils se congratulent à grands coups de "Ta fille est ma fille, ton fils est mon fils". C'est à gerber.

— Qu'est-ce que tu essayes de me dire ?

— Les chefs de bureau, ça va ça vient. Pendant toutes tes années de flic, combien en as-tu vus passer, des chefs de bureau ? Le hachoir du boucher aura servi toute une vie de labeur, aura découpé des milliers de cochons, mais sera toujours le même hachoir. Et pourtant, tout le monde s'extasie sur le goût et la tendreté de la viande, mais personne n'a jamais l'idée de féliciter le hachoir.

— Bien dit ! s'exclama Crâne d'œuf. Et d'ailleurs... Patron ! Envoyez un autre panier de bouchées vapeur !

Ils mangeaient, un plat suivant l'autre, au bruit incessant de la pluie fine contre les vitres du restaurant.

— Alors ? Tu vas bosser dans la boîte de sécurité privée de ton copain ?

— Peut-être. J'attraperai un mari infidèle de temps en temps, je retrouverai des chats perdus, je rentrerai tôt à la maison pour dîner en compagnie de ma femme et de mon fils. Ça devrait suffire à accumuler assez de bon karma pour que Yama me laisse me réincarner en fils à papa au volant d'un aspirateur à pétasses.

— Eh ben, mon pote. On est collègues depuis si longtemps, et c'est maintenant seulement que je m'aperçois que tu es un grand romantique tourmenté.

— Romantique, tu parles. Tout le monde sait qu'on bouclerait cette enquête en deux temps trois mouvements si la Présidence jouait franc jeu. Mais il semble qu'on ne peut pas plus s'interroger sur un secret d'État que sur la virginité de leur arrière-grand-mère. Nous, les flics, on se casse le cul à récolter des empreintes digitales ou relever les traces de pas pendant qu'ils se prélassent dans leur tour d'ivoire. Est-ce qu'on n'est pas tous du même bord ? Pourquoi devons-nous jouer les juges Pao en les laissant agiter le chiffon du secret d'État ?

— Tut tut tut, te revoilà cynique.

— D'après toi, pourquoi cet Ai Li qui vivait sa petite vie tranquille a-t-il un jour ressorti son fusil à lunette pour aller descendre un inconnu complet sous la grêle ? Et le Gros ? Il n'avait rien de mieux à faire que de s'envoler sur un coup de tête pour l'Italie et buter son frère de sang ? Quant au capitaine de vaisseau Hsiung, il y a beau y avoir deux militaires assassinés, on dirait que de me laisser parler à Lo Fen-ying lui coûte aussi cher que si je lui demandais un cinq à sept avec sa femme.

— Tu as vu sa femme ? Elle est comment ?

Wu résista à l'envie soudaine d'asséner une grande claque sur le dôme étincelant de Crâne d'œuf.

— Tu ne veux pas un autre bol de lait de soja ? Mon vieux Wu, mon père était flic, lui aussi. À cinquante-cinq ans, il est parti à la retraite et il a dû accepter un boulot de concierge pour pouvoir élever ses trois enfants. Quand j'ai réussi l'examen pour l'école de police, il m'a dit : "Mon fils, être policier n'a rien de méprisable, tu es un fonctionnaire comme un autre. Et un fonctionnaire n'a qu'un principe : ne pas courir plus vite que les autres, mais ne jamais arriver le dernier. Ne te laisse pas corrompre parce que tu vois d'autres empocher de l'argent ; mais ne refuse pas si ceux-ci distribuent leurs gains. Le matin, quand tu arrives au bureau, va t'incliner devant l'autel du dieu de la guerre, et demande-lui promotion et richesse*. Mais le soir en rentrant à la maison, prie le dieu du foyer pour la paix et la tranquillité. Au bout de trente ans tu pourras retirer ton uniforme, rendre ton arme et te féliciter d'être toujours en vie."

— Fils indigne ! Tu as couru plus vite que les autres. En tout cas, plus vite que moi.

— Plus vite tu cours et plus vite tu es fini. Je t'envie de partir tranquillement. Moi, je ne serai jamais chef de bureau, mais je dois m'accrocher à la vaine gloire qui est la mienne. Quand je pourrai enfin partir, personne ne m'embauchera, même comme concierge. Qui voudrait d'un fonctionnaire au cul entre deux chaises dans la hiérarchie ? Les gens

---

* Dans le monde chinois, le dieu de la guerre, Kuan Yü, est le saint patron des militaires, des policiers... et des Triades. À Hong Kong et à Taïwan, une petite chapelle lui est consacrée dans chaque poste de police.

auraient peur de me faire perdre la face en me filant un poste ou un salaire trop bas, ou au contraire de gâcher leur pognon sur un gars sans vraies relations ni compétences. D'autant plus que je n'ai jamais aidé quiconque à arranger les problèmes du fiston qui a organisé une soirée coke, ni fait pression sur les médias pour éviter que les images de fifille filmée au bras d'un homme marié à l'entrée d'un motel s'étalent à la une d'un torche-cul. Quand tu n'as pas appris à faire des petites faveurs pendant tes années de service, il ne faut pas s'attendre à ce qu'on te renvoie l'ascenseur. Hé, je sais ce que je ferai ! J'irai te voir régulièrement à ton agence pour que tu m'invites à boire un pot.

Deux bips : ils sortirent tous deux leur téléphone, lurent leurs messages. Puis Crâne d'œuf regarda Wu, Wu regarda Crâne d'œuf, et comme Crâne d'œuf était le plus gradé ce fut lui qui s'écria en premier :

— Putain, le père de Lo Fen-ying était mort depuis quatorze ans quand elle est née ?

TROISIÈME PARTIE

Le riz sauté, ce n'est pas sorcier. Des œufs frais, le riz de la veille, des oignons de printemps très légèrement cramés. À grand feu. Rajouter du jambon, des crevettes ou du porc *char siu*, selon vos goûts. Tang Lu-sun disait : « Prenez un wok brûlant et du riz froid ; faites sauter le riz jusqu'à ce qu'il grésille. Lancez-vous ! N'oubliez surtout pas : à grand feu ! Remuez vigoureusement. »

1

À partir du XIVᵉ siècle, dans l'empire ottoman, des enfants de six à quatorze ans issus de familles chrétiennes d'Anatolie ou des Balkans étaient réduits en esclavage, convertis à l'islam, et recevaient un entraînement militaire poussé pour former la garde rapprochée du sultan : les janissaires. Ils ne juraient allégeance qu'au sultan en personne, ne fondaient jamais de foyer, et leur courage sur le champ de bataille était sans égal.

Les chercheurs pensent qu'ils étaient recrutés de préférence parmi les orphelins, car, n'ayant pas de famille au sein de l'Empire, ils dépendaient entièrement du sultan. Il était alors d'autant plus facile de les transformer en machines à tuer.

— Les janissaires sont célèbres dans le monde entier. Mais déjà, expliquait Wu à Crâne d'œuf alors qu'ils roulaient vers le Bureau, il y a plus de deux mille ans, l'empereur Wu des Han rassemblait les enfants mâles des soldats tombés au champ d'honneur. Sous le nom d'« orphelins de la Forêt des plumes », ces unités assuraient la garde personnelle de l'Empereur.

— Les orphelins de la Forêt des plumes ? s'écria Crâne d'œuf en frappant sa paume de son poing. J'adore ! On dirait un roman de kung-fu.

Le Gros, Ai Li et Lo Fen-ying étaient-ils eux aussi des « orphelins impériaux » ?

Le certificat de résidence de Lo Fen-ying précisait : de mère inconnue, mais donnait le nom de son père, Lo Mei-chih. Dix-sept personnes seulement avaient porté ce nom sur Taïwan, dont cinq déjà mortes. Et c'était l'un de ces cinq morts, décédé de maladie en 1973 à Miaoli, dont le numéro d'identification correspondait à celui du Lo Mei-chih du certificat de Fen-ying. Inutile d'interroger les autres survivants.

On avait pris l'identité d'un homme mort depuis quatorze ans pour la donner au père de Bébé ?

Crâne d'œuf tendit l'adresse de Lo Fen-ying à l'un de ses adjoints :

— Rassemble deux, trois gars et trouve deux voitures, on part de suite.

Avant d'y aller, Wu consulta Google Maps, comme il en avait l'habitude. Et déclara :

— Très honoré chef de section ! Pas la peine de se fatiguer, tu peux démonter le dispositif.

— Hein ? Et pourquoi ? T'as des cors aux pieds ? Tes rhumatismes qui te travaillent ?

Pas assez de sommeil, trop de nourriture : Crâne d'œuf avait les yeux rouges et l'ire facile.

— L'adresse : 409 rue de la Paix du Nord. C'est le ministère de la Défense.

Qui donnait l'adresse d'un ministère comme adresse personnelle ?

— Qu'est-ce qu'on fait ?

— Quelqu'un a trouvé qui l'avait élevée ?

Pas de réponse. Crâne d'œuf frappa la table du plat de la main et rugit :

— QUELQU'UN A TROUVÉ QUELQUE CHOSE ?

L'un des enquêteurs se lança :

— On a trouvé, enfin, c'est bizarre… On comptait aller ce matin au service des certificats de résidence pour vérifier.

— Comment ça, bizarre ?

— La personne qui l'a élevée s'appelle Huo Tan.

— Huo Tan ? Eh bien, qu'on aille l'interroger.

— Il habite à Hsinchu.

— Et alors ? C'est trop loin peut-être ?

— Non, mais il est né en 1941.

— 1941 ?

— Oui. Ça lui ferait soixante-quinze ans… s'il était encore vivant.

— Lo Fen-ying a vingt-neuf ans, enchaîna un autre inspecteur. Même si elle avait été adoptée juste après sa naissance, Huo Tan aurait eu quarante-six ans. Mais Huo Tan est mort en 1981, à quarante ans.

— Son prétendu vrai père serait mort en 1973, son père adoptif en 1981, et elle est née en 1987 ? Putain, qui peut lui avoir inventé un père bidon et un père adoptif bidon ? Ils vont m'entendre, ces cons des services sociaux !

Wu prit Crâne d'œuf par la manche et l'entraîna dans l'air froid du matin avant qu'il n'ait eu le temps d'engueuler tous ses subordonnés.

Les choses s'éclaircissaient. Les processus d'adoption des trois orphelins avaient été manipulés, ce qui signifiait que les services sociaux avaient subi des pressions venues de très haut. Sinon, comment Chen Luo aurait-il été autorisé à adopter Chen Li-chih à cinquante-trois ans ? Comment Pi Tsu-yin aurait-il pu adopter Ai Li à cinquante-huit ans ? Et comment Huo Tan aurait-il pu adopter Lo Fen-ying... à titre posthume ?

Huo Tan, comme Chen Luo et Pi Tsu-yin, était un ancien sous-officier.

Tout cela était absurde.

Mais il ne devrait pas être trop compliqué de faire émerger la vérité : il suffisait de dépêcher quelques enquêteurs dans les diverses administrations locales impliquées, d'éplucher les archives des services sociaux, de retrouver les documents d'adoption originaux.

À condition bien sûr qu'ils n'aient pas été détruits.

S'ils pouvaient être récupérés, alors il suffirait de relever l'identité des signataires ayant autorisé les adoptions, et de retrouver leur adresse.

En espérant que ces responsables étaient toujours en vie.

Si c'était le cas, les enquêteurs devraient les féliciter pour leur exceptionnelle longévité. Puis leur demander quelle autorité supérieure, ou quelle organisation, avait exigé de leur part qu'ils se prêtent à ces mascarades d'adoption. Peut-être, avec un peu de chance, l'un d'entre eux accepterait-il de parler.

Ou pas.

Et s'ils parlaient, mais que les autorités ou organisations en question soient du genre intouchable ? Le 409 rue de la Paix du Nord était non seulement le siège du ministère, mais aussi celui du Département de l'information stratégique. Qui avait le pouvoir d'y domicilier officiellement une jeune capitaine ?

Une adoption ne pouvait avoir lieu que si la Justice certifiait au préalable que les parents biologiques étaient morts, disparus ou inaptes. Ensuite, les services sociaux vérifiaient que les candidats à l'adoption remplissaient les critères, et enfin le service des certificats de résidence, après un ultime contrôle, établissait un nouveau certificat pour l'enfant. Qui avait suffisamment de pouvoir pour circonvenir toutes ces étapes ?

— Mon vieux, tu te rappelles notre conversation chez Lailai ?

— À propos de quoi ?

— Des deux sortes de gens dans notre boulot, de ce qu'après avoir quitté la police je ne serai plus qu'un crève-la-faim et que je viendrai te supplier de me payer à bouffer.

— Oui ?

— Qu'est-ce qui va se passer si on irrite le chef, ou si on marche sur les plates-bandes d'un service secret quelconque ou de la Présidence ?

— Au pire ils t'enverront sur Matsu. Une sinécure : tu seras virtuellement chef de la police pour tout le Fujian, et tu pourras attendre la retraite en paix*.

— Et voilà, encore à sombrer dans la tragédie.

— Ou alors tu pourrais refuser d'être placardisé,

* L'archipel de Matsu est situé à proximité des côtes de la province du Fujian appartenant à la République populaire de Chine ; en raison de l'héritage historique, il constitue la « province du Fujian » de la République de Chine (sur Taïwan), bien que ne regroupant que quelques petites îles.

faire preuve d'un peu de caractère et demander à partir en retraite anticipée.

— En retraite ? Mais comment je vais bien pouvoir m'occuper ?

— Crâne d'œuf, arrête ton numéro misérabiliste. Tout le monde sait que ton frère aîné est directeur chez Universe Banking, et qu'un boulot de chef de la sécurité t'attend.

— C'est censé me tranquilliser ?

— Il n'y a rien de plus peinard. Si une banque est braquée, les assurances raquent. Si un employé fout le feu en oubliant d'éteindre sa cigarette, les assurances raquent. Et si ton frère est surpris avec sa maîtresse par un paparazzi, tu te rappelles au bon souvenir de deux truands de tes relations, qui emmèneront l'impertinent dans une ruelle sombre pour lui enseigner les bonnes manières. La fortune et le bonheur t'attendent.

— Donc je n'ai rien à perdre.

— Voilà.

Crâne d'œuf applaudit :

— Je t'ai enfin percé à jour, mon pote : tu crèverais la bouche ouverte si je restais alors que tu nous abandonnes en rase campagne. Malheureusement pour tes plans perfides, je n'ai pas échangé un mot avec mon frère depuis vingt ans. Faut croire que le vieux Crâne d'œuf va devoir s'accrocher à son job comme une moule à son rocher. Et qu'ils se démerdent avec ça !

Une douzaine de membres de la section de lutte contre le crime organisé étaient assis à une table de la salle de réunion. Crâne d'œuf avait retrouvé son calme et distribuait ses ordres, l'haleine chargée de tabac.

— Je veux la première équipe sur les adoptions de nos trois orphelins. Il faut remonter jusqu'à ceux qui ont autorisé ces mascarades. Trouvez les documents originaux, trouvez les signataires, qu'ils soient encore en service ou déjà à la retraite. Cuisinez-les pour savoir pourquoi ils ont couvert des procédures illégales. Surtout pour Huo Tan : dégotez-moi son certificat de décès, prouvez-leur qu'ils ne pouvaient pas ignorer que l'adoptant était déjà mort.

« Équipe deux : les certificats de résidence. Mon petit doigt me dit que les données numérisées dans les années 1980 sont incomplètes. Ressortez les archives papier, retrouvez les parents, les grands-parents de Lo Fen-ying et d'Ai Li. Remontez jusqu'à l'Empereur jaune s'il le faut. Celui qui décroche le gros lot aura droit à une prime de ma poche.

« Équipe trois : vous supervisez nos gens sur le terrain qui suivent le superintendant Wu, histoire de voir quel cirque se joue à Hsinchu.

« Équipe quatre : Huang Hua-sheng. Je ne crois pas un instant qu'il ne possède que son parc à crevettes. Et tâchez d'éclaircir son vrai rôle dans l'armée. Secouez tous vos contacts, mais discrétos, hein ? Surtout pas de vagues.

Wu n'avait pas dormi de la nuit, mais il monta à l'heure dans le rapide pour Hsinchu, l'esprit vivifié par l'adrénaline. Deux agents en civil – un homme et une femme – s'assirent à proximité. Plutôt que de faire la sieste, Wu but la thermos de café qu'un de ses adjoints avait fourrée dans sa sacoche. Même lui reconnaissait qu'il ne s'agissait certainement pas d'éthiopien, mais de 3 en 1 de Nescafé.

La gare de Hsinchu comportait quatre sorties. Wu hésita. Un jeune homme aux cheveux très courts l'aborda, s'inclina respectueusement :

— Superintendant Wu ? Veuillez me suivre, s'il vous plaît.

Les membres de la Famille avaient au moins le mérite d'être polis et ponctuels.

Une Mitsubishi qui avait vu des jours meilleurs était garée devant la sortie n° 3. Le jeune homme servait aussi de chauffeur. Pas de malabars aux sourcils drus pour encadrer Wu sur la banquette arrière. Pas d'yeux bandés ni de virages à n'en plus finir pour donner la nausée au passager et l'égarer. L'auto roulait sur une route de campagne bordée de cerisiers. La Toyota chargée d'agents en civil suivait paresseusement. On était loin d'un rodéo sur la voie express.

Ils atteignirent un faubourg décrépit qui ressemblait fort à un ancien quartier résidentiel pour familles de militaires, aux ruelles étroites et aux toits de tuiles parsemés de mousse verte, sur lesquels la pluie tombait en crépitant. De chaque crevasse dans les murs de ciment s'élançaient des touffes de laurier-rose.

La Mitsubishi s'arrêta devant un portail rouge moucheté de gris sale. Un autre jeune homme ouvrit la porte de la voiture.

— Le Patriarche vous attend.

Le portail dévoila une cour intérieure où deux jeunes gens d'allure identique aux précédents s'affairaient avec un balai. Sur le dos de leur survêtement, Wu lut : « École de l'Air ».

Il franchit une porte moustiquaire légèrement de guingois et une porte en bois à la peinture écaillée, déboucha dans un petit salon. Au mur, une calligraphie d'un auteur anonyme : « La piété filiale se révèle dans la pauvreté ; la loyauté à la Patrie se reconnaît dans les temps troublés. » Au centre de la pièce, une table carrée en bois sculpté. Sur la table : un encensoir et une tablette funéraire. Wu la parcourut rapidement du regard : quatre caractères seulement, « Nos parents et aïeux ».

Les parents et aïeux de qui ?

Un homme d'une cinquantaine d'années, sourire aux lèvres, accueillit Wu et le fit asseoir dans un fauteuil recouvert d'un tissu dont l'odeur trahissait de longues années de service. Malgré un embonpoint de bon aloi, l'homme se déplaçait d'un pas léger.

— Prenez place. Considérez-moi comme le petit-fils du Patriarche. Nous recevons peu de visiteurs, mais comme j'étais dans le coin ces jours-ci, il m'a demandé de vous accueillir.

Wu lui tendit un paquet de feuilles de thé que Crâne d'œuf avait tiré d'une cachette quelconque :

— J'ignore si le Patriarche apprécie le thé, mais veuillez accepter ce cadeau insignifiant d'un visiteur reconnaissant.

— Je vous remercie.

L'homme reçut le présent, s'éclipsa dans une autre pièce d'où il ressortit en poussant un fauteuil roulant. Wu se leva précipitamment. Le vieillard rabougri déclara, avec l'accent du Zhejiang :

— Asseyez-vous, asseyez-vous. Vous devez être

fatigué des rigueurs du voyage. Frère Jo Shui vous envoie ?

Wu resta coi. Frère Jo Shui ? Le petit-fils dévoué expliqua à l'oreille du vieillard :

— C'est le superintendant Wu, du Bureau des enquêtes criminelles. De la police de Taipei.

— Ah ah ! Un policier ? Qui a encore déraillé ? Le jeune Lu qui a fait des siennes ?

Le jeune Lu ?

— Le jeune Lu va très bien, il tient un restaurant de raviolis à Kaohsiung. Vous vous souvenez ? La dernière fois, vous en avez mangé huit et on en a rapporté deux paquets.

— Ah ! Les raviolis du jeune Lu. Excellents. Il en reste au congélateur ?

— Oui, nous pourrions inviter le superintendant à déjeuner.

— Superintendant, est-ce le commandant de l'école qui vous envoie ?

— Non, le superintendant est venu pour vous demander de l'aide, Patriarche, dit patiemment le petit-fils.

— Que se passe-t-il, superintendant ? Parlez, nous ferons tout ce qui est en notre pouvoir.

— Il s'agit de…

— Les raviolis au congélateur, ils sont bien farcis à la ciboulette ? J'aime la ciboulette dans la farce. Il faudra demander au petit Shun-tsu d'en rapporter encore deux paquets.

— J'appellerai Lu pour qu'il nous les envoie.

— Parfait ! Qu'il les envoie en express, et en recommandé !

— Veuillez nous pardonner, dit le petit-fils d'âge

mûr à Wu, le Patriarche fêtera ses cent ans l'année prochaine, il mélange parfois un peu les choses. Heureusement, il est encore en bonne santé.

— Je prends mes médicaments. Rappelle à Shun-tsu que je ne veux plus des pilules jaunes, elles m'endorment à chaque fois.

— Patriarche, le superintendant est venu tout exprès pour vous parler.

— Je sais, le jeune Lu est un peu emporté, il aime la bagarre. Ne vous inquiétez pas, superintendant, j'ai l'œil sur lui. S'il ne termine pas le collège, l'armée saura le remettre dans le droit chemin !

— Le superintendant n'est pas là pour Lu. Parlez, superintendant. Le Patriarche a une bonne mémoire des noms... mais il a tendance à se replonger dans ses souvenirs.

— Je souhaitais évoquer Kuo Wei-chung, dit Wu.

— Petit Chung ? Il a toujours été un bon garçon. Qu'est-ce qu'il a fait ?

Wu faillit renoncer, mais se força à une dernière tentative :

— Il...

— Si la police veut coller Lu derrière les barreaux, qu'elle le fasse ! Ça lui fera une bonne leçon. Arrange ça avec les policiers. S'il se rebelle, qu'ils sortent le martinet ! Nous payerons les frais médicaux.

— Ce ne sera sûrement pas la peine ! Allons voir à quoi sont farcis les raviolis.

— Et Shun-tsu ? Il manque à l'appel depuis deux jours. Qu'il vienne au rapport !

Le petit-fils ramena le Patriarche dans la pièce du fond. Wu voulut prendre congé, l'autre le retint :

— Restez pour les raviolis, superintendant. Le Patriarche l'a demandé.

Wu s'inclina, remercia. Il semblait bien qu'il ne s'en tirerait pas si facilement.

Les cadets de l'armée de l'Air déposèrent quelques soucoupes de sauce et du thé sur la petite table à côté de son fauteuil. Peu après, l'homme d'âge mûr revint, portant un plat de raviolis fumants.

— Ce sont ceux de Lu. Tout le monde utilise du chou cabus aujourd'hui, ça devient compliqué de trouver de la bonne vieille farce à la ciboulette. Je suis vraiment désolé, le Patriarche est particulièrement confus aujourd'hui. Je répondrai à sa place, si je peux vous être utile.

Wu goûta les raviolis. Le jus lui jaillit sur la langue. L'inimitable saveur de la viande de porc mélangée à la ciboulette chinoise.

— La Famille. Que représente cette organisation ?

— Nous sommes des fils et petits-fils de militaires, qui prenons soin les uns des autres. Un peu comme les associations d'entraide civiles. Par exemple, quand le « jeune Lu » a quitté l'armée et a ouvert son restaurant de raviolis, tout le monde a mis au pot. Il s'est démené et au bout de trois ans, il avait tout remboursé, intérêts et capital.

— Kuo Wei-chung était-il l'un des vôtres ?

— Oui. J'ai su ce qu'il lui était arrivé. Nous sommes tous très affligés.

— Sa veuve a reçu cent mille dollars américains. Est-ce la marque de cette affliction ?

— Cent mille dollars américains ? Impossible. Voyez, même le Patriarche vit dans les vieux baraquements familiaux d'après-guerre. Nous n'avons pas d'argent à disposition. Quand quelqu'un a besoin de nous, on lance un appel à contribution – pour dix ou trente mille dollars taïwanais. Le Patriarche s'en occupait quand il avait encore toute sa tête. Aujourd'hui, ça dépend de qui est là. Je ne sais plus qui a géré après la mort de Kuo.

— Puis-je vous demander votre identité ?

— Je m'appelle Chang. Ma mère était une nièce de l'épouse du Patriarche, d'une famille pauvre. N'étant pas militaire, je ne suis pas au courant de tout. Si nécessaire, je demande au Patriarche, c'est lui qui décide.

— Êtes-vous également tatoué ?

Il releva sa manche gauche sans hésitation, dévoilant la marque familière sur le biceps.

— Ce tatouage a-t-il un sens particulier ?

— Les enfants de militaires ont une vie différente de celle des enfants ordinaires. Ils grandissent souvent sans voir leur père, qui passe beaucoup de temps en unité. Il leur manque quelqu'un pour les cadrer. Certains sombrent dans la délinquance, d'autres quittent l'école et survivent en bossant sur les chantiers. Nous, nous avons eu la chance d'avoir grandi ensemble. Nous ne sommes pas riches mais nous pouvons compter les uns sur les autres.

— À quel âge l'avez-vous reçu ?

— Au lycée, dit l'autre en rabaissant sa manche. Sept d'entre nous étaient rassemblés dans cette pièce, et le Patriarche en personne nous a tatoués après la cérémonie d'hommage aux ancêtres. Sur ces sept, quatre sont officiers, deux ont étudié à l'étranger et décroché un doctorat. Je suis le raté de la bande :

rien qu'un petit fonctionnaire. L'année prochaine si tout va bien, nous organisons un banquet de trente tables au Grand Hall des héros de la Patrie. Tous les membres de la Famille seront là pour les cent ans du Patriarche, même s'ils doivent revenir de l'autre bout du monde. Nous avons tous bénéficié de sa générosité.

Il se pencha vers Wu :

— Les deux d'entre nous qui ont étudié aux États-Unis n'ont pas eu à travailler un seul jour sur les sept ans qu'ils y ont vécu. Le Patriarche leur a tout payé – frais de scolarité, dépenses courantes.

— Il a une fortune personnelle ?

— Lui, non, dit Chang dans un soupir, en se redressant. Mais ceux de sa génération étaient très solidaires. Ceux qui avaient fait fortune dans les affaires le finançaient. Mais aujourd'hui, ils sont tous morts, sauf lui – et il n'a plus toute sa tête. Nous ne pouvons plus compter que sur nous-mêmes.

— Comment cela a-t-il commencé ?

— D'après le Patriarche, ça remonte aux Tang, quand les généraux Chang Hsun et Hsu Yüan ont défendu la ville de Suiyang contre les armées rebelles des Yen. Deux mille soldats ont soutenu le siège pendant deux ans, et quand les provisions ont été épuisées ils ont préféré manger l'écorce des arbres plutôt que de se rendre. Quand la ville est tombée, il ne restait plus que quelques centaines d'hommes épuisés et affamés. Chang Hsun et trente-six de ses fidèles ont été mis à mort. Mais d'autres généraux des Tang ont pris leurs enfants en pitié, et une dizaine d'entre eux se sont cotisés pour les élever. C'est ainsi que la Famille aurait été créée.

302

— J'avais entendu parler de Chang Hsun et Hsu Yüan à l'école, mais pas du reste.

— Il ne s'agit que de militaires qui aident les orphelins, rien de plus. Nos vraies chroniques remontent à guère plus de trois siècles. Elles contiennent un poème dont chaque caractère fait référence à une génération. Et à partir du début du XIXᵉ siècle, la guerre a ravagé la Chine presque sans interruption, les soldats tombaient comme des mouches. Que seraient devenus leurs enfants ? Le Patriarche n'était pas plus qu'un adjudant-chef, qui a continué, aidé par quelques autres, la mission sacrée que nos ancêtres lui avaient confiée.

— Quelle est votre position dans la Famille, monsieur Chang ?

— Ne m'en veuillez pas, superintendant. Ce n'est pas le genre de chose dont nous discutons avec des étrangers.

— Votre père était-il militaire ?

— Bien sûr. Il est mort très jeune. Ma mère s'est occupée de mon petit frère et de moi, avec le soutien du Patriarche.

— Combien de membres la Famille compte-t-elle ?

— Quatre à cinq cents à Taïwan aujourd'hui, sur trois ou quatre générations. Pour le nombre exact, il faudrait demander à Shun-tsu.

— Shun-tsu ?

— Un autre des protégés du Patriarche, celui qui en est le plus proche. Mais il est absent depuis quelques jours, c'est pour cela que je suis venu aider.

— C'est un orphelin lui aussi ?

— Le Patriarche l'a tiré d'une maison de

correction quand il avait quinze ans. Je ne suis pas sûr pour ses parents.

— Le Patriarche est un homme admirable. Qu'en est-il des deux élèves officiers ?

— Ils prennent soin du Patriarche. Les fils des anciens membres de la Famille se relaient pour aider : nettoyer la cour, les vitres, etc.

— Vu l'âge du Patriarche, ne vaudrait-il pas mieux qu'une infirmière s'en occupe ?

— Superintendant, vous n'avez pas encore compris qui nous sommes. Combien de gens a-t-il aidés ? Dans les années 1950, quand les deux rives du Détroit étaient en conflit, beaucoup de militaires sont tombés. Le Patriarche s'est occupé des orphelins, que leurs parents soient de la Famille ou pas. Tellement de gens lui sont redevables et reconnaissants qu'il n'y a aucun besoin d'une infirmière en plus.

Une femme entra dans la pièce, un panier de victuailles à la main.

— Grand frère Chang ! Il gèle dehors. Comment, vous mangez des raviolis ? Mais je faisais les courses ! Pourquoi ne m'avez-vous pas attendue ?

— Ce monsieur est le superintendant Wu de Taipei. Le Patriarche a insisté pour qu'il goûte les raviolis de Lu.

— Ha ! Des raviolis congelés à un invité !... Comment va le Patriarche ce matin ? Je le sortirai pour sa promenade s'il s'arrête de pleuvoir, dit-elle alors en se rendant dans la pièce du fond.

— La femme d'un de nos membres. Ceux qui vivent à proximité s'occupent du Patriarche à tour de rôle.

304

Wu se tut et se concentra sur ses raviolis, dont il ne resta bientôt plus un seul. Alors qu'il remontait en voiture, il se rendit compte qu'il avait oublié la question la plus importante :

— Pourrais-je connaître le nom du Patriarche ?

Le sourire de Chang s'accentua.

— Bien entendu. Il s'appelle Huo, Huo Po-yu.

Le même nom de famille que le Huo Tan censé avoir adopté Lo Fen-ying ? Comme aurait dit Crâne d'œuf, l'enquête prenait un tour favorable.

— A-t-il un lien de parenté avec un certain Huo Tan ?

— Huo Tan ? Peut-être un autre orphelin. Veuillez me pardonner, dans ma position je suis très loin de tout savoir...

— Savez-vous combien il a pu en recueillir ?

— Pas vraiment. Les services sociaux et le Bureau des familles des armées lui ont confié plusieurs dizaines d'orphelins qu'ils ne pouvaient prendre en charge. Les plus jeunes étaient ensuite adoptés par d'autres membres. Les adolescents vivaient ici. Ne vous fiez pas à ce que vous constatez aujourd'hui : cet endroit est vieux et décrépit, mais jadis il était plein de vie. À l'étage il y a un dortoir avec des lits superposés pour une dizaine de garçons. Les filles vivaient en bas à côté de l'épouse du Patriarche – notre grand-mère à tous. Quand ils quittaient la maison, ils étaient soutenus financièrement et revenaient pour les cérémonies ou pour lui rendre hommage.

— Et Mme Huo ? Qu'est-elle devenue ?

— Morte depuis bien longtemps. Elle gérait la maison – le Patriarche n'a jamais été bon à autre

305

chose qu'à élever les enfants. Il ignorait même ce qui restait sur son compte en banque.

Les troupes du Bureau rentrèrent à Taipei aussi discrètement qu'elles étaient venues. Dans le train, l'un des agents en civil rendit à Wu son téléphone. La grande nouvelle du jour était une nouvelle conférence de presse tenue par le chef de bureau : il confirmait le suicide de Kuo Wei-chung. La veille de sa mort, Kuo avait laissé une note sur son ordinateur portable. Peut-être avait-il songé à rédiger une lettre plus longue pour expliquer son geste à sa famille et à ses relations, mais il s'était finalement contenté d'un : « Je n'ai trahi personne. »

Le chef commentait : sans doute soupçonné d'une relation extraconjugale et soumis aux questions de ses supérieurs, Kuo n'avait pu les convaincre de son innocence et avait craqué sous la pression.

L'enquête sur le meurtre de Chou Hsieh-ho avait montré que le conseiller menait grand train – et avait emprunté à des individus peu recommandables des sommes importantes qu'il n'avait pu rembourser. Son assassinat avait donc été commandité par la pègre. Le principal suspect, Ai Li, était en fuite – peut-être même à Taïwan.

Quant à la mort de Chiu Ching-chih, elle n'était pas liée aux deux autres et l'enquête suivait son cours, soutenue par le ministère de la Défense.

Les journalistes avaient posé de nombreuses questions que le chef avait toutes esquivées, arguant du secret nécessaire à l'enquête.

Crâne d'œuf et les autres responsables de section avaient assisté à toute la conférence, debout derrière le chef de bureau. Wu ne put déchiffrer son attitude impassible.

Il avait reçu d'innombrables textos et e-mails. Il commença par celui de Crâne d'œuf : « Moi aussi je suis sous pression, dix mille fois plus que Kuo Wei-chung, et pourtant je ne me tire pas une balle dans la tête. Mais si un jour ça m'arrive, telles seront mes paroles d'adieu : *Tout le monde m'a trahi.* »

Wu ne put réprimer un éclat de rire et répondit : « Tu as trouvé qui était Huo Tan ? Prière vérifier si relié à un Huo Po-yu. Peut-être son père adoptif ? »

Le message suivant venait de la veuve Kuo. Wu ne riait plus : « Superintendant, qu'est-ce que ça veut dire ? Mon Wei-chung aurait laissé une dernière note, mais à quelqu'un d'autre que moi ? À qui alors ? Vous avez trouvé quelque chose ? »

Wu laissa son regard errer sur un paysage déformé par la pluie sur les vitres du train. À la gare de Taipei, il renvoya ses hommes au Bureau et prit le métro jusqu'à Zhongshan. Mme Kuo était assise devant le même 7-Eleven, le regard vide. Il accepta une cigarette mentholée qu'elle lui offrit et ils fumèrent un moment, sous la bise et la pluie amère.

— Vous avez laissé tomber l'enquête ?

— Nous n'avons trouvé aucune preuve qu'il s'agit bien d'un assassinat.

— Vous m'aviez promis, superintendant…

— Oui. Je m'en souviens.

— Qu'est-ce qu'on va devenir, mes enfants et moi ?

Wu resta coi.

— Si je vends l'appartement et que je déménage en banlieue, on tiendra deux ou trois ans. Et après…

Wu n'avait rien à répondre à cela.

— Le message que Wei-chung a laissé sur son ordinateur... il ne parlait pas de trahison envers nous, mais envers ceux qui l'auraient forcé à ce prétendu suicide. De qui s'agit-il ?

Wu hocha la tête. Il ne pouvait plus se taire :

— J'ai une idée à ce propos, mais je ne suis pas sûre qu'elle vous plaira.

— Allez-y.

— Ceux qui vous ont envoyé l'argent. Ils veulent éviter que vous contactiez la police, ce qui démontre qu'ils s'inquiètent de ce que vous savez. Alors – si je peux me permettre –, y a-t-il quelque chose que Wei-chung vous a demandé de dissimuler ?

— Vous ne trouvez pas le meurtrier, donc vous rejetez la faute sur moi ?

— Non. Ils pensent que vous savez quelque chose. Comme la police a trouvé cette note d'adieux sur son ordinateur, ils ont peur que vous sachiez à qui elle s'adresse vraiment.

— Je n'ai jamais fouillé dans son téléphone ou dans son ordinateur, et lui jamais dans les miens.

— Réfléchissez...

Elle alluma une seconde cigarette à ce qu'il restait de la première.

— Je ne vois rien.

— Parlez-moi de la façon dont vous avez connu votre mari.

— Je l'ai rencontré quand j'avais dix-huit ans, nous étions ensemble au lycée. Il n'avait jamais rien à manger et s'entraînait au basket pendant que les autres déjeunaient. Au bout d'un moment, ses copains se sont arrangés pour lui donner chacun un peu de leur propre lunchbox. Vous savez ce que c'est, superintendant. Ce qu'ils lui donnaient ne leur manquait pas, et lui pouvait manger à sa faim.

— Ses parents n'avaient pas le temps de lui préparer à déjeuner ?

— Il n'avait pas de parents.

— Comment ça ?

— Il arrivait de Birmanie.

— C'était un enfant de l'Armée perdue ?

Wu se rappelait ses cours d'histoire : en 1949, alors que le gros des forces de l'armée nationaliste s'était replié sur Taïwan après sa défaite sur le continent, certaines unités étaient passées dans le nord de la Birmanie, où elles avaient survécu en se livrant à la culture du pavot à opium. Le grand baron de la drogue sino-birman Khun Sa en avait fait partie. En raison de la pression internationale, ces unités avaient fini par être dissoutes. Des milliers de soldats avaient finalement rejoint Taïwan, mais d'autres étaient restés sur place et avaient continué la lutte anticommuniste, soutenus par le gouvernement thaïlandais. La plupart envoyaient leurs enfants suivre leur scolarité à Taïwan, grâce aux subsides du Conseil des communautés chinoises d'outre-mer.

— Il venait de Birmanie, mais ses parents étaient restés là-bas ?

— Ils y sont morts.

Encore un orphelin, ou tout comme. Kuo Wei-chung avait des parents, mais à Taïwan il était seul. Pas étonnant qu'il ait rejoint la Famille. Il devait être au courant de certaines affaires internes qui lui avaient valu la mort. Wu sentait ses mains trembler d'excitation.

— Êtes-vous allée le voir en Allemagne, quand il y était en formation ?

— Une fois seulement.

— Tout était normal ?

— Vous voulez savoir s'il me trompait ? Ce n'était pas son genre. Il s'était lié d'amitié à un vieux monsieur chinois du voisinage. Tout allait très bien.

— Un vieux monsieur chinois ? Quelqu'un de sa famille ?

— Non, juste un ami. Je l'appelais "Oncle Shen".

— Oncle Shen ? Et son prénom ?

— J'ai oublié. Ou bien je ne l'ai jamais su, Wei-chung ne me l'avait pas donné, il m'avait juste dit de l'appeler Oncle Shen.

Wu résista à l'envie d'appeler Crâne d'œuf sur-le-champ.

— Madame Kuo, je crois qu'un des anciens amis de Wei-chung lui a demandé de lui rendre un service. Quel genre de service, je ne sais pas. Mais ça devait avoir un lien avec quelque chose qu'ils voulaient garder secret, d'où les menaces que vous avez reçues. J'espère que vous continuerez à accorder votre confiance à la police. Je vais vous parler franchement : si vous repreniez ostensiblement contact avec nous, peut-être tenteront-ils quelque chose, et ça nous donnera l'occasion de les arrêter.

— Ça me semble dangereux.

— Votre aide nous est indispensable pour progresser.

— Vous comptez sur moi pour jouer la comédie ?

— Le Bureau garantit votre sécurité et celle de vos enfants.

— Garantit ma sécurité ? Et comment ? Mes enfants ne seraient pas en danger ?

— Vous seriez placés sous protection de spécialistes vingt-quatre heures sur vingt-quatre.

Elle sortit une nouvelle cigarette de son paquet. Wu la lui alluma. Un épais nuage de fumée se dispersa dans la pluie.

— Au début, j'ai voulu imiter la veuve de Chiu, brandir une affiche, commencer une grève de la faim devant le ministère. Mais ce n'est pas mon style. D'accord, je ferai ce que vous me direz.

— Demain, des agents se rendront à votre domicile pour poser des caméras et des micros. Ils viendront dans un minibus noir. Ensuite, vous m'enverrez plusieurs textos dans la journée, ça devrait suffire à faire réagir nos adversaires.

— Je n'ai pas le choix, pas vrai ? Je vais envoyer mes enfants chez mes parents.

Wu écrasa sa cigarette et se leva.

— Vous partez à la retraite la semaine prochaine ? Excusez-moi, c'est quelqu'un de chez vous qui me l'a dit. Comme vous ne répondiez pas à mes textos, j'ai appelé le numéro du Bureau sur votre carte.

— J'en ai encore pour quelques jours, dit Wu en consultant sa montre.

— Qui reprendra l'enquête quand vous ne serez plus là ?

— L'un de mes collègues. Soyez tranquille.

Wu dut détourner le regard en proférant ce mensonge.

— Ce n'est pas qu'une question d'argent, vous comprenez ? Je veux savoir la vérité. J'ai rencontré Wei-chung à dix-huit ans, je n'ai jamais connu d'autre homme. Nous sommes ensemble depuis le dernier trimestre de terminale – et depuis ce moment, c'est moi qui lui préparais à déjeuner. Vous ne vous imaginez pas à quel point il était seul auparavant. Dès que les enfants sont arrivés, il ne nous a plus quittés, sauf pour son travail. Il adorait sa famille.

Wu hocha la tête. Kuo Wei-chung avait deux familles. Qu'il n'ait pu se débarrasser de la première resterait un éternel fardeau pour la seconde.

Il la raccompagna en bas de chez elle, observa sa silhouette fine ouvrir la porte. Elle se retourna brusquement, lui saisit le bras. Il sentait la pression de ses doigts à travers ses habits. Ils se firent face un long moment. La pression se relâcha peu à peu, la porte se referma.

Wu s'éloigna sous la pluie, marchant contre le vent qui hérissait chaque poil de son corps, errant presque à l'aveuglette dans l'atmosphère détrempée.

Alex abaissa la visière de sa casquette, quitta la supérette et l'abri des arcades et pénétra de nouveau dans un autre immeuble.

Dix ans auparavant, ce bout de terrain militaire avait fait l'objet d'une valorisation conjointe avec un groupe de promoteurs immobiliers. La plupart des appartements avaient été acquis par des militaires en service. Une entrée séparée menait à des logements de fonction : elle était gardée par des vigiles et dotée de caméras de sécurité.

Mais l'entrée qu'Alex utilisa était celle de la partie privée, et ne méritait apparemment qu'un garde semi-cacochyme plongé dans une partie de mahjong sur ordinateur. Alex agita dans sa direction le badge qui pendait sur sa poitrine. Le vieux y jeta un coup d'œil et retourna à son écran. Alex prit l'ascenseur, descendit au dernier sous-sol et suivit des tuyaux le long d'un mur jusqu'à l'endroit où ils traversaient une paroi. Sous les tuyaux : une trappe en métal ; sur la trappe : une serrure rouillée. Alex se glissa de l'autre côté, épousseta sa combinaison d'employé de la compagnie nationale d'électricité, appela l'ascenseur, monta au onzième étage, appuya sur une sonnette.

Une voix de femme :

— Qui est-ce ?

— Taipower ! Je viens vérifier vos compteurs.

La porte s'ouvrit sur une femme au visage recouvert d'un masque cosmétique. Alex la repoussa à l'intérieur, lui colla un grand pansement adhésif sur la bouche avant qu'elle n'ait pu crier, lui passa des menottes aux poignets – elle portait des gants hydratants.

L'appartement était spacieux : trois chambres, deux séjours, deux salles de bains. Alex fit asseoir la femme sur la cuvette dans les toilettes des invités. Au pire, elle souillerait sa culotte, sans saloper le parquet.

Elle commença à se débattre à ce moment-là. Alex lui posa un doigt sur les lèvres pour lui intimer le silence, referma une autre paire de menottes sur ses chevilles – elle avait des boulettes de coton coincées entre les orteils et les ongles de pieds peints en vert foncé.

En vert foncé ? C'était la mode chez les Taïwanaises cette année ?

Il lui emprunta son téléphone, déroula la liste des

contacts jusqu'au nom du mari, envoya un message :
« Rentre dès que tu peux. »

Le désordre de la cuisine était un crime contre
l'humanité. Alex rangea, nettoya, jeta dans une marmite tout ce qui était susceptible de pouvoir mijoter.
Il n'avait pas encore eu de vrai repas de la journée. Il
trouva des œufs et un reste de riz au frigo, se fit une
grande poêlée de riz sauté qu'il dévora assis sur un
tabouret haut à côté du plan de travail. Il consulta
le téléphone : la réponse était arrivée.

Il goûta le bouillon, le remua à l'aide de la louche,
baissa le feu. Rien de tel qu'un bon bouillon de
poule pour se remonter le moral : ils en auraient
tous besoin.

Des bruits sourds venaient des toilettes : coups
de pied dans le battant. Il ouvrit la porte et fixa les
pieds de la maîtresse du foyer au bas de la cuvette
par trois tours de ruban adhésif. Ça devrait suffire.
Il fit de nouveau « Chut ! » à la dame qui roulait des
yeux furibonds à travers son masque.

Tours de clé dans la porte d'entrée : un homme
en costume gris anthracite pénétra dans l'appartement, se pencha pour ôter ses chaussures, posa
sa sacoche sur le sol. Quand il se releva, un sac de
couchage l'enveloppa presque tout entier, ne laissant apparents que deux pieds dans des chaussettes
à carreaux. Alex tira la fermeture éclair, déroula le
ruban adhésif à la hauteur de la taille. Trois tours,
bien serrés. L'homme hurlait, s'agitait frénétiquement. Alex lui asséna un coup de poing bien senti
dans le bas-ventre : les cris cessèrent, les mouvements aussi. Il prit le sac sur l'épaule et le jeta sur
le canapé du salon. Pourquoi s'embêter avec des

menottes ? Il fit trois tours d'adhésif autour des chevilles de sa victime. Tira un couteau pliant de sa ceinture, découpa une fente dans le sac à hauteur de tête, appuya la lame à proximité de la pomme d'Adam. Deux gouttes de sang perlèrent.

Il se dirigea vers le bar, saisit une bouteille au hasard : un Hennessy XO. On ne s'emmerdait pas chez les hauts fonctionnaires. Plutôt que d'en donner à l'individu dans le sac pour le requinquer comme il l'avait prévu, il se servit un verre.

— Monsieur le vice-ministre, veuillez me pardonner d'avoir débarqué sans en être prié : j'ai quelques questions à vous poser. Ne vous inquiétez pas pour votre honorable épouse, je ne lui veux aucun mal. Elle attend dans les toilettes que vous éclaircissiez ma lanterne. J'ai mis un bouillon à mijoter sur le feu, j'espère qu'il vous plaira. Vous pourrez dîner tous deux tranquillement comme si rien n'était arrivé.

L'autre ne dit mot.

— Il paraît que vous n'avez pas effectué votre service militaire ?

— J'ai été réformé sur critères physiques.

— Mais vous lisiez bien sûr depuis l'enfance des livres sur la stratégie militaire, ce qui explique que vous vous considériez comme un expert de la question ?...

— Non...

— Depuis quand êtes-vous vice-ministre de la Défense ?

— Sept mois.

— Commencez-vous à maîtriser le sujet ?

— À peu près.

— Connaissiez-vous Chou Hsieh-ho ?

Pas de réponse.

La lame du couteau caressa derechef la peau du cou.

— Oui, mais très peu.

— "Très peu", c'est-à-dire ?

— Il était conseiller en stratégie de la Présidence. Nous avons dû tenir quelques réunions, mais nous n'avions pas de relations hors du travail.

— Quel était l'objectif de son séjour à Rome ?

Silence.

— Qui était Shen Kuan-chih ?

Pas de réponse. Le vice-ministre se tortillait dans son sac.

Alex lui arracha une chaussette, découvrant un pied rarement soumis à un quelconque effort sportif. Ah ! Le vice-ministre avait les pieds plats. Au moins n'avait-il pas menti sur son inaptitude au service. Alex lui piqua la peau tendre du cou-de-pied.

— C'est un secret d'État ! Je ne peux rien dire.

Alex l'avait appris en Irak : appuyez la pointe du couteau sur le cou-de-pied, augmentez progressivement la pression, observez la lame percer la peau. Des beuglements retentirent dans le sac. Quand la pointe rencontra l'os, Alex appuya un peu plus fort.

Les cris furent remplacés par des halètements précipités.

— Shen Kuan-chih est un intermédiaire en contrats d'armements, il représente deux compagnies américaines.

Alex força encore.

— Mais sur Chou je ne sais rien, il dépendait de la Présidence.

Alex se demandait ce que l'autre ressentirait

s'il perçait jusqu'à la plante du pied. La douleur pouvait-elle être encore plus forte ? Ou bien le trou laisserait-il passer un courant d'air apaisant ? Il retira le couteau de la plaie, d'où le sang s'écoula. Il retira aussi l'autre chaussette.

— Vraiment rien ?

Les pieds se recroquevillaient, les orteils se rétractaient comme s'ils voulaient rejoindre l'utérus originel.

— Il allait parler de vente d'armes.

Cette fois la pointe du couteau piqua la peau fine de la plante du pied.

— Il avait été envoyé auparavant en Russie, où il a rencontré un intermédiaire ukrainien.

La pointe perça la peau, juste un petit peu.

— L'Ukrainien prétendait pouvoir nous vendre des missiles et des sous-marins.

Un petit peu plus profond.

— Chou disait qu'il s'agissait des plans des sous-marins Kilo et de missiles antinavires à changement de milieu.

Jusqu'à l'os.

— Il était sûr de pouvoir acheter des Kilo.

Les halètements devinrent des sanglots. Ah là là. Un vice-ministre pleurant comme un gamin, reniflant à grand bruit. On aurait dit qu'il allait trépasser à tout moment. Le pire était l'urine qui s'écoulait lentement du sac de couchage.

— Les Américains ne devaient pas nous vendre des sous-marins ? demanda Alex. Pourquoi les ukrainiens plutôt que les leurs ?

— Ils sont moins chers.

— Et ça suffit ?

— Nous aurions aussi les plans et la licence pour en construire nous-mêmes.

Alex ôta le couteau de la plaie, l'essuya sur la jambe du pantalon.

Quelques questions de plus.

— Ah ! J'ai oublié. Je me présente : Ai Li. Ça vous dit quelque chose ?

Silence.

— Je répète : Ai Li. Hmmm ?

— Ça ne me dit rien.

— Ça m'étonnerait.

— Ah ! Oui. Aux infos. Vous êtes l'assassin de Chou.

— Vous n'aviez jamais entendu mon nom avant ?

— Jamais. Seulement aux nouvelles et dans les conférences de presse de la police.

— Avez-vous déjà donné des ordres à des agents basés en Europe ?

— En Europe ? On a des agents en Europe ?

— Très bien. Pas la peine de paniquer, vous n'avez que quelques petits trous dans les pieds, un peu de désinfectant et des pansements et il n'y paraîtra plus. Vous direz à vos gens qu'un couteau de cuisine vous est tombé sur le pied. Pour le bouillon, il vaut mieux le laisser encore vingt minutes sur le feu. Je vous ai laissé un bol de riz sauté – ma spécialité. Ça se marie très bien avec le bouillon et le cognac. Et oubliez ce désagréable épisode.

Alex découpa le ruban adhésif autour du sac de couchage, rangea son couteau, quitta l'appartement, refit son chemin en sens inverse et adressa un signe de tête au joueur de mah-jong.

Il avait tout son temps. L'homme était un

318

politicien ambitieux qui avait consacré sa vie entière à arriver là où il était. Il jouissait d'un bel appartement de fonction, d'une voiture de luxe, d'un chauffeur. Jamais il n'oserait avouer ce qui lui était tombé dessus : il préférerait raconter qu'il s'était blessé au pied avec un couteau de cuisine – deux fois – plutôt que de perdre son emploi.

Une autre des leçons de Tête-de-fer : la plus grande faiblesse des arrivistes était leur peur de retomber dans l'anonymat après avoir connu les sommets.

Il enleva la combinaison d'employé de Taipower, héla un taxi et se rendit à son rendez-vous. Ce n'était pas encore l'heure du dîner. Il glissa un billet de mille dollars dans la main droite de la réceptionniste, et une rose dans sa main gauche.

En espérant que la rose suffirait à ce que Bébé lui pardonne pour le lapin qu'il lui posait.

Wu arriva à son bureau et fut accueilli par des pouces levés et des claques dans le dos. Une dizaine de présents s'empilaient sur sa table, enveloppés dans de magnifiques papiers cadeau. Sauf le plus gros : un paquet informe de feuilles de carton et d'élastiques en caoutchouc, ressemblant vaguement à une pierre du Colisée. L'œuvre de Crâne d'œuf, bien entendu.

— Ouvre-les, je prends note. Ceux qui t'auront refilé du thé moisi ou le cadeau de la grand-mère au Nouvel An dernier seront rétrogradés.

Il ouvrit d'abord le cadeau de Crâne d'œuf, arrachant une couche de carton après l'autre. Crâne d'œuf ne semblait pas préoccupé par le sort des forêts asiatiques.

Un magnum de chianti. Soit, selon les stricts critères de rationnement imposés par sa femme, bien assez pour tenir une semaine.

— Alors, c'est pas mal, hein ? Imagine-toi à la retraite, contemplant le coucher du soleil avec un petit verre de vin, repensant à toutes les femmes qui t'ont aimé.

Wu contemplait la bouteille. Il avait du mal à sauter sans transition du nuage de fumée tragique de Mme Kuo à la bouteille rigolarde de Crâne d'œuf.

— Tout est prêt, l'informa celui-ci. On installe les caméras ce soir. Il y aura quatre agents en civil, et deux bagnoles prêtes à bondir à proximité.

— Malgré ce qu'a dit le chef ?

— Le chef veut sa promotion. Moi, je n'aurais finalement rien contre un départ en retraite. On sera détectives privés ensemble.

— Vous avez trouvé Huo Tan ?

— Ah, mon vieux Wu, qu'est-ce que je ferais sans toi ! Huo Tan : né de père et mère inconnus, enfant adopté.

— Lui aussi ?

— Par un certain Huo Po-yu.

— Le Patriarche !

Wu avait beau s'y attendre, le choc le propulsa sur son fauteuil.

— Relax, mon pote. Ça ne nous avance pas beaucoup. Huo Tan et ses copains ont adopté trois enfants, qui sont tous devenus militaires. Deux d'entre eux sont impliqués dans l'enquête : l'un est mort, l'autre est à la recherche de ceux qui l'ont mouillé.

— Pas seulement trois. Rajoutes-y un quatrième

orphelin : Kuo Wei-chung venait de Birmanie, il était tout seul à Taïwan.

Crâne d'œuf siffla entre ses dents.

— Bon, cinq morts, quatre orphelins. Des membres de la Famille. C'est décidément une affaire de Famille. Il ne nous reste plus qu'à découvrir qui tire les ficelles dans l'ombre.

— Ça m'étonnerait que ce soit le Patriarche. Il a près d'un siècle et il n'arrive même plus à sucrer ses fraises.

— Oui, j'ai entendu les enregistrements de ton micro de talon. On a récupéré son dossier médical et Parkinson est le moindre de ses problèmes. On sait qu'il était le père adoptif de Huo Tan, mais ça n'explique pas que Huo Tan ait pu adopter Lo Fen-ying alors qu'il était déjà mort. Il faut vérifier tout ça. Au moins il ne risque pas de s'enfuir.

— Et après ?

— Après ? Ton banquet d'adieu, ta passation de suite. Et puis tu fais tes cartons et trois voitures de police te raccompagnent chez toi, toutes sirènes hurlantes. Le plus beau jour de ta vie... ne l'avoue pas à ta femme.

— Je parlais de l'enquête.

— Ah ! Eh bien, si tu aimes tellement ton boulot, pourquoi partir ? Rédige ta demande de prolongation, mais ce soir on se pète la panse malgré tout et dans un mois tu invites tout le monde pour compenser.

— C'est ça.

— Je plaisantais ! Mais le banquet est réservé, on n'y coupera pas. Il faut juste ne pas trop picoler. Cela dit, le chef de bureau, le chef adjoint et toutes les autres huiles sont trop occupés pour venir, donc on sera entre nous. Tu survivras.

— Je survivrai ? C'est tout ce que tu trouves à dire pour mon banquet d'adieux ?

Comme prévu, Wu survécut à son banquet de départ, mais en attendant les téléphones sonnaient et les corvées tombaient. Le Nouvel An chinois était tout proche et les températures tombèrent en dessous de zéro, comme les météorologues l'avaient prédit. Il neigea sur la montagne de Jade et sur le mont Hohuan, rien de très surprenant pour des sommets qui grimpaient à plus de trois mille mètres, mais il floconna même cinq minutes sur Yangmingshan, près de Taipei. Une performance pour une montagnette culminant à mille deux cents mètres sur une île en zone subtropicale. Cent quatre personnes moururent de froid en l'espace de deux semaines, surtout des vieillards fragiles, certes, qui seraient peut-être morts tout de même, mais le climat n'en était pas moins partiellement à blâmer.

Le banquet dura de sept heures et demie à neuf heures et demie, deux heures bien arrosées, malgré les recommandations de Crâne d'œuf. Presque tous ceux qui vinrent lui porter un toast lui tinrent un discours similaire : « Il faudra qu'on se revoie ! »

C'était dit avec tant d'enthousiasme que Wu se demanda s'il n'aurait pas mieux fait de s'engager dans l'armée. Au moins aurait-il aussi eu droit à un beau tatouage en écriture ossécaille sur le biceps.

L'agent chargé de la vérification des dossiers d'adoption envoya un long message. Crâne d'œuf lut par-dessus l'épaule de Wu : « Ça progresse !

En plus des adoptions qu'on connaissait déjà, j'ai découvert que Pi Tsu-yin et d'autres avaient aussi été adoptés par Huo Po-yu. Résumé ci-dessous. Je continue mes recherches.

« Huo Po-yu (le Patriarche), né en 1917, cinq enfants adoptés :

« Pi Tsu-yin, 1929. Adopte Ai Li en 1989.

« Chen Lo, 1940. Adopte Chen Li-chih alias le Gros en 1992.

« Huo Tan, 1941-1981, censé avoir adopté Lo Fen-ying.

« Shen Kuan-chih, 1945. Connu sous le nom de Peter Shan.

« Chih Tsai-han, 1947. Ex-lieutenant-général de l'armée de Terre, aujourd'hui aux États-Unis. »

Le monde était petit. Huo Po-yu avait adopté cinq enfants, trois de ceux-là avaient à leur tour adopté Ai Li, le Gros et Lo Fen-ying. Et…

— Pas possible ! Shen est aussi un fils adoptif du Patriarche ?

— Je m'en doutais un peu, dit Crâne d'œuf, sérieux pour une fois. En 1949 le gouvernement s'est replié sur Taïwan. Plein de gens n'ont pas suivi mais ont confié leurs enfants à leurs parents ou amis qui sont partis. À Taïwan ils étaient enregistrés sous le nom de la famille adoptante. Mais là… ça ne colle pas. Pi Tsu-yin n'avait que douze ans de moins que Huo Po-yu, et ne porte pas le même nom ! Pour que Huo ait pu l'adopter, ils ont dû en tirer, des ficelles.

— Plein de gens n'ont pas suivi ? Mais leurs enfants, confiés à Huo Po-yu, ont pu s'enfuir ?

— Mon vieux, demande-toi quel genre de soldats

seraient restés derrière mais auraient pu faire sortir leurs enfants.

— Mystère et boule de gomme.

— Mais non. Ceux qui sont restés derrière devaient être des agents de renseignement. Le gouvernement a transféré leurs enfants pour les rassurer et soutenir le moral des troupes. Ou pour avoir barre sur eux, avec des otages, au cas où.

— Et Huo Po-yu en aurait recueilli cinq à lui tout seul ? Mais Chih Tsai-han n'avait que deux ans…

— Wu, le Patriarche était un espion.

— Mais comment un espion pourrait-il être aussi le chef de la Famille ?

— Qui sait ? L'existence de la Famille n'a jamais été rendue publique, si ça se trouve elle dépend des services secrets. Ce qui devrait plutôt nous préoccuper, c'est qu'ils savent que nous savons.

— Nous sommes la police, quand même !

— Et qui a le plus de pouvoir ? La police, ou le DIS ?

À l'idée d'avoir à se frotter aux services de renseignement, Wu transpirait en abondance tout l'alcool qu'il avait ingéré. Il bondit dans un taxi pour se rendre chez Mme Kuo.

Le dispositif de protection était en place. Huit caméras de sécurité, veillées depuis le minibus de commandement, couvraient tous les angles de la rue, de la porte et des fenêtres de l'appartement des Kuo. Wu sonna, la veuve, qui s'apprêtait à sortir faire des courses, sortit au même moment.

— Tout est prêt, dit-il. Les gamins sont chez leurs grands-parents ?

— Superintendant ! Vous avez bu ? Vous êtes couvert de sueur. Vous ne voulez pas monter boire une tasse de thé ?

— Non merci, je passais seulement. Tout va bien ?

Elle retira sa main, qu'elle avait tendue pour le soutenir.

— Ça va.

Une batte de base-ball s'abattit dans le dos de Wu, le précipita en avant dans les bras de la veuve. Le deuxième coup l'atteignit aux chevilles. Mme Kuo poussa un hurlement. La batte n'avait pas eu le temps de tomber une troisième fois qu'un agent en civil se précipitait, arme à la main. *Pan !* Un tir parti d'un bosquet sombre dans le petit parc renversa le policier. Wu maintint la veuve sous lui et glissa la main dans la poche intérieure de son imperméable. Un projectile frappa la porte de l'immeuble. Wu se rappela qu'il n'embarquait jamais son arme pour les festivités hors service.

Trois autres policiers en civil surgirent de trois directions différentes. Une salve les força à se jeter à couvert. Combien de tireurs se planquaient dans ce foutu parc ?

Les tirs continuaient.

— À l'intérieur ! à l'intérieur ! hurlait Mme Kuo, coincée sous Wu.

Mais il n'avait pas le temps de se précipiter à l'intérieur. Un lampadaire explosa. Deux autres sbires en cagoule de ski, eux aussi armés de battes de base-ball, se ruaient vers eux. Wu n'avait pas pratiqué depuis des années – mais n'avait pas perdu les bases. Il arrêta net son premier adversaire d'un coup de pied dans le tibia. Il sentit le frôlement de la batte le long de son oreille, le choc sur le sol. Fit chuter un deuxième d'un balayage en arc de cercle, l'envoya bouler sur le premier.

Restait le troisième. Où était le troisième ?

Coup sur l'épaule gauche. Wu ne sentait plus son bras. Il pivota, frappa des pieds frénétiquement pour écarter l'autre. Lequel en profita pour défourailler un pistolet fait maison et le braquer sur son visage. Mme Kuo se cramponnait à Wu. Wu ne pensait plus à rien – qu'à protéger la veuve de tout son corps.

Floutch.

Wu entendit très distinctement le bruit d'une balle pénétrant la chair. *Floutch.* Le pistolet bricolé tomba au sol. Son propriétaire tomba sur les pieds de Wu. *Floutch*, encore. Un autre type qui accourait du parc, pistolet à la main, s'effondra en pleine rue.

Un cri retentit, quelque part : « On se casse ! » Les agents se relevaient, se jetaient sur les sbires à terre. Dans la confusion générale, ils se retrouvèrent cernés de voitures de police.

La grosse cata, se disait Wu. Il avait un de ses hommes au tapis. Devant lui, trois flics maintenaient trois attaquants. D'autres poursuivaient ceux qui s'enfuyaient aux quatre vents. Partout autour d'eux, des dizaines de téléphones brandis par des passants immortalisaient la scène en photos et vidéos. Depuis quand les citoyens n'avaient-ils plus peur des balles perdues ? Ils étaient si nombreux qu'ils gênaient le déploiement des renforts.

De son bras valide, il s'appuya un moment au sol, se releva, soutint Mme Kuo et la fit entrer dans l'immeuble. Il se retourna en franchissant le seuil, leva les yeux : de l'autre côté du parc, sur un toit, une ombre lui adressait un grand salut, un fusil dans l'autre main.

Alex ne s'était pas rendu à son rendez-vous. Le poids glacé qu'il avait sur le cœur l'aurait empêché d'apprécier le dîner français aux chandelles et le vin rouge. Il devait d'abord trouver certaines réponses à ses questions pour s'en débarrasser.

Il ôta la lunette de visée du fusil, démonta le M1 et le rangea dans son étui à cithare. Il était venu pour parler à la veuve de Kuo Wei-chung, mais son œil exercé avait noté la présence d'un nombre suspect d'individus musclés en longs manteaux, étonnamment désœuvrés. Il avait trouvé une bonne position en hauteur, d'où il avait assisté au combat. Il n'avait pas eu le choix : il ne pouvait laisser tuer Wu ; il avait encore besoin de lui.

Il bondit par-dessus une allée coupe-feu large d'à peine un mètre et descendit par l'escalier de secours de l'immeuble voisin. Des spectateurs curieux s'agglutinaient devant un grand magasin. Il se mêla à la foule.

Battes de base-ball, pistolets bricolés, tireurs minables et opération bâclée : les assaillants de Mme Kuo n'étaient pas des pros, mais des petites frappes recrutées pour l'occasion.

Mieux valait ne pas s'attarder. Il s'engouffra dans le métro, ralluma son téléphone : deux appels ratés.

Il faudrait trouver une autre occasion de parler à Mme Kuo. Si Kuo avait été tué parce qu'il savait quelque chose, peut-être sa veuve le savait-elle aussi. Et peut-être comptait-elle justement le révéler au superintendant Wu ? Sinon, pourquoi cette attaque vicieuse sur le policier ?

Wu avait reçu des coups, mais n'avait pas été touché par balle. Une ambulance l'emmènerait à l'hôpital où il serait soigné, puis il devrait être débriefé. Difficile, en ces circonstances, de taper la causette au Bureau des enquêtes criminelles. La police allait enfermer tous les assaillants arrêtés et transformer l'immeuble de Mme Kuo en bunker. Il ne pouvait plus espérer la voir avant un bon moment. Alors que cette conversation était si cruciale à ses yeux.

Il se remémora les dernières informations sur les meurtres de Kuo Wei-chung et Chiu Ching-chih. Il avait tant de questions : Chiu dirigeait le Bureau des commandes de l'armée de Terre. M. Peter Shan traficotait des armes en Europe. Kuo avait été formé en Allemagne. Lui aussi trempait-il dans le commerce d'armement ?

Et Wu avait frôlé d'assez près la vérité pour devenir une cible.

Mais à la minute présente, Alex ne pouvait pas s'approcher de Wu. Et il manquait de temps. Il devait prendre le risque d'appeler Wu. Il devait lui parler, des textos ne suffiraient pas.

Les cabines téléphoniques se faisaient rares à Taipei, mais Alex en trouva une devant un bureau de Chunghwa Telecom. Et elle acceptait encore les pièces ! Alex prit son courage à deux mains et composa le numéro de Wu.

Qui ne décrocha pas.

Alex appela Tête-de-fer.

— J'ai posé quelques questions, dit la voix énergique. Ce sont des histoires d'achats d'armement.

— J'ai aussi posé quelques questions, dit Alex. Des Kilo.

— Des Kilo ? Quèsaco ?

— Des sous-marins russes. Vous n'en avez pas entendu parler ?

— Je vérifierai. Où es-tu ? Planque-toi et attends mon coup de fil.

Tête-de-fer n'était pas homme à gaspiller sa salive. Alex rappela Wu. Un autre répondit.

— Je voudrais parler au superintendant Wu.

— Il ne peut pas vous répondre maintenant.

— C'est urgent.

— De la part de… ?

— Son neveu.

— Wu aurait un neveu ? Depuis quand ? Eh, mon vieux, tu veux lui causer ? Il dit qu'il est ton neveu… ton fils illégitime, probablement !

La voix de Wu :

— Bonsoir, mon neveu !

— C'est moi, superintendant.

Un moment de silence.

— Je t'écoute !

— Vous avez un moment ?

— Un moment seulement. Je suis sous perfusion.

— Si j'en crois ce que j'ai vu, c'est vous qu'ils essayaient de buter. Ils croient que vous en savez trop.

— Je comprends.

— Le dossier Kuo est-il relié à ceux de Chiu et du Gros ?

— Oui. Tu n'as qu'à passer nous voir à la maison demain, je te donnerai l'argent.

— Quel est le lien ?

— Je t'ai dit de venir demain. Je suis à l'hôpital, tu es sourd ?

329

Wu raccrocha.

Aller voir Wu chez lui ? Ça sentait le traquenard.

Un appel : Tête-de-fer.

— J'ai regardé ce qu'étaient les Kilo. Ils peuvent balancer des missiles antinavires en restant en plongée. Ils sont construits en Russie, mais certains des concepteurs étaient ukrainiens. Et Chou était à Rome pour rencontrer un Ukrainien. On se voit ? Il faut qu'on creuse un peu ça.

— Au parc à crevettes ?

Alex s'était retenu juste à temps de demander : « Dans la boîte de nuit de Chin ? »

— Non, ça grouille de flics. Tu te souviens des galettes farcies ?

— Oui.

— Alors là-bas, à une heure du matin. Et ne te fais pas repérer.

Alex fixa la boîte à cithare sur le siège arrière de sa deuxième moto volée de la semaine.

Sans autre appel d'Ai Li, Wu arriva chez lui et fut confronté à la fureur de sa femme :

— Tu es dingue ? Tu as vu dans quel état tu t'es mis à quelques jours de ta retraite ?

Que pouvait-il répondre à cela ?

Une fois sa colère épuisée, elle montra l'aspect plus aimable de sa personne en lui réchauffant un bol de soupe aux nouilles et *wonton*. Contre toute attente vu l'heure tardive, son fils émergea de sa chambre et réclama un bol. Wu tenta de s'emparer d'une bouteille, mais sa femme l'en dissuada d'une claque sur la main.

— Maman, laisse-le boire un petit verre !

Le fils prenant le parti de son père, la mère bafouée décida de se retirer dans la chambre conjugale :

— Je vois ! Vous êtes du même acabit. Puisque c'est comme ça, démerdez-vous entre Wu !

Fiston versa un verre à son père – un tout petit verre. Du whisky dans un dé à coudre prévu pour du kaoliang*. Eh bien, un petit verre suffirait. L'harmonie familiale avant tout.

La soupe aux nouilles n'avait été qu'un prétexte. Son fils baissa le ton et lui confia :

— Papa, j'ai vérifié. On a vraiment été piratés.

— Qui perdrait son temps à pirater le domicile d'un policier presque à la retraite ?

— Oui, c'est bizarre. Qu'est-ce que vous avez trouvé ?

Fiston attendait visiblement des explications. Wu savait qu'il ferait mieux de se taire, mais ne put s'empêcher de partager sa propre excitation. Il lui montra son téléphone. Son fils fit les yeux ronds :

— Waouh ! J'hallucine. Huo Po-yu a adopté cinq enfants, et ils ont adopté les autres ? C'est dingue.

— Motus et bouche cousue. Et ne joue plus les hackers, tu m'as compris ?

— J'ai compris.

Le téléphone sonna : une voix de femme.

— Superintendant Wu ? Il paraît que vous me cherchez. Je suis Lo Fen-ying.

---

* Le kaoliang et le maotai – alcools de sorgho fermenté –, tout comme la plupart des autres alcools blancs de céréales chinois, se boivent en général cul sec dans de tout petits gobelets, tout au long d'un banquet.

Wu bondit de sa chaise. Se retint de hurler de douleur. Elle poursuivit :

— Je suis en permission. C'est très urgent ?

— Où êtes-vous ? J'ai besoin d'une heure – pour parler.

— D'Ai Li et du Gros ? Je ne les ai pas vus depuis une éternité, je n'ai rien à vous dire.

— Vous êtes à Taïwan ? Une heure seulement.

— D'accord. Tout à l'heure ? À minuit ?

— Très bien, dit Wu en notant l'adresse. Où est-ce ?

Rire léger :

— Une copine artiste, qui organise une fête dans son studio. On est entre filles !

— Vous êtes sûre que je ne dérangerai pas ?

— Superintendant, il y a quinze secondes vous teniez absolument à me voir, et vous voilà soudain gêné ?

— D'accord, d'accord. J'y serai.

Wu remit son imperméable trempé.

— Papa, tu ressors dans ton état ? Maman va s'inquiéter.

Wu se retourna, sourit :

— Je dois plier cette enquête avant de partir. C'est dans mes veines ! Et tu peux me croire, tu tiens de moi. Un jour tu finiras par t'en apercevoir, et ce jour-là tu viendras me voir avec une bonne bouteille et tu diras : "Papa, t'avais raison."

Fiston éclata de rire. La voix de sa femme leur parvint :

— Continuez à vous foutre de moi tous les deux ! Qu'est-ce que j'ai fait au Bouddha pour vous avoir sur les bras !

332

Wu fit taire son fils en lui couvrant la bouche de sa main.

— Allons nous excuser ensemble. Si elle nous en veut, elle ne dormira pas bien et nous devrons le payer demain. Ta mère est notre destinée à tous les deux – et il ne faut pas lutter contre le destin si l'on veut vivre heureux !

2

Alex déplia son couteau et le planta sur le côté de sa semelle. Il portait toujours les rangers qui l'avaient accompagné durant cinq ans, des sables brûlants du désert irakien aux boues visqueuses des jungles ivoiriennes. Il s'activa donc, le cœur gros, arracha la semelle extérieure, remit ses souliers et fit deux pas silencieux dans une flaque d'eau.

Il ne pouvait se permettre de laisser des traces de semelles : l'empreinte des chaussures de combat réglementaires de l'armée française était trop aisément identifiable. Sa paire était probablement la seule sur Taïwan.

Il vérifia fusil et munitions. Il lui restait neuf cartouches. Il espérait ne pas avoir à les utiliser.

Il se mit en route.

Sa moto était garée sur la rue Gongguan. Il était dix heures et demie passées. Le vent glacé avait chassé les noctambules normalement attirés par le marché de nuit et le complexe de cinémas de Xiutai. Les rideaux des boutiques étaient presque tous abaissés, les rues quasi désertes.

Il tourna à droite dans un chemin réservé aux

piétons, contournant la colline du temple de Kuan-yin. Son ombre isolée s'allongeait sous les rares lampadaires.

Le chemin l'amena à un endroit sombre sous la voie surélevée de Shuiyuan. Un coup d'œil aux alentours l'assura de l'absence de passants. Il franchit le mur de béton qui empêchait les coulées de boue, puis se lança à l'assaut des trente mètres presque à la verticale de la falaise.

Plus haut, la pente était couverte de constructions qu'aucune administration n'avait jamais approuvées, à un ou deux niveaux – un troisième étage branlant parfois rajouté par-dessus – et de ruelles étroites et tortueuses qui n'auraient pas laissé passage à plus de deux personnes de front. La plupart des résidents de l'ancien bidonville étaient morts ou partis, pas une lumière ne brillait. La seule présence humaine se manifestait sous la forme d'une voix féminine à l'accent épais d'une quelconque campagne de l'autre rive du Détroit, qui lui parvenait de derrière une fenêtre fermée. Jadis, Tête-de-fer avait ici quelques amis, des vétérans âgés de l'armée nationaliste. L'un d'eux mitonnait les meilleures galettes fourrées de l'univers : la croûte légèrement brûlée à la saveur de pâtes, la farce à la viande de mouton mélangée de fenouil. Mélange incongru auquel vous deveniez vite accro. Tête-de-fer descendait le tout avec un alcool fort. Il ne fallait pas commander plus de deux galettes par personne à la fois, sous peine qu'elles ne refroidissent. Le Gros en avait un jour englouti seize en une soirée.

Alex franchit un coin de rue. L'ancienne boutique à galettes du vieux grognard avait été convertie en café d'artistes. Un rideau de fer et trois gros cadenas le fermaient.

Le problème des rangers dessemelées était qu'elles n'étaient plus étanches. Alex retira chaussures et chaussettes, grimpa sur le toit d'une construction basse. Une bruine incessante tombait ; pour une raison inconnue, pas un des lampadaires de la ruelle ne fonctionnait.

Wu prit un taxi, remonta l'avenue Tingzhou, dépassa le marché de Gongguan et les cinémas, s'arrêta au pied de la colline. Il était en avance et décida de continuer à pied. Il n'y avait pas long à marcher, mais tout était sombre. Pourquoi lui avait-elle fixé rendez-vous ici ?

La colline au Trésor était restée déserte jusqu'aux années 1970, quand des immigrants du Fujian y avaient érigé un temple dédié au Bouddha et à Kuan-yin, la déesse de la miséricorde. Puis les immigrants pauvres et des soldats retraités avaient bâti des cabanes de briques et de bois sur les pentes, faisant de la colline l'un des plus fameux bidonvilles de Taipei. La municipalité avait tenté à plusieurs reprises de le raser, mais les vétérans s'y étaient vigoureusement opposés, soutenus par le monde de la culture : la ville avait accepté d'inscrire la colline au Trésor à la liste du patrimoine historique. Au fur et à mesure que les taudis se vidaient, elle se les était appropriés – ils étaient après tout construits sur terrain municipal –, et en une douzaine d'années l'ancien bidonville était devenu un village d'artistes. Où Lo Fen-ying avait donc apparemment une amie.

Wu avait renoncé à prévenir Crâne d'œuf de son

escapade nocturne, ignorant s'il en tirerait quoi que ce soit. Autant rencontrer Bébé d'abord, et décider ensuite de la conduite à tenir.

En quelques pas, Wu quitta Taipei et entra dans une autre dimension où régnaient les ténèbres et le silence. Alors que la période précédant le Nouvel An chinois était d'habitude plutôt sèche, la pluie ne semblait jamais s'arrêter. Au moins les agriculteurs ne manqueraient pas d'eau cette année.

En passant devant le temple, il s'agenouilla brièvement pour prier. Il ne voulait ni la fortune, ni les honneurs – mais devant chaque temple il demandait la paix. Puis il se releva, tâta l'arme à sa ceinture. Ai Li l'avait prévenu : c'était après lui que leurs adversaires étaient désormais.

Il était trempé. Vite, trouver Bébé. Il ne lui restait plus qu'une journée avant la retraite.

Dans la nuit noire, son fusil à la main, Alex rampait sur la tôle ondulée recouvrant l'immeuble qui semblait le plus solide du bidonville. Il arriva au faîte du toit, balaya les alentours de ses jumelles de vision nocturne. Pas une trace d'activité.

Une vibration dans sa poche : le téléphone-jouet de Tête-de-fer.

— Tu es en avance ? Tu ne viens pas me voir ?

— Vous avez pu creuser la raison du voyage de Chou Hsieh-ho à Rome ?

— Oui. La Présidence et le ministère estimaient que les Ukrainiens étaient notre meilleure chance d'obtenir des sous-marins. Chou était à Rome pour la négo, s'il achetait les plans et quelques ingénieurs, Taïwan pourrait construire ses propres submersibles.

Et tout l'honneur aurait été pour lui. Viens, je suis sur la petite place centrale.

— Et les Américains n'auraient pas coincé à mort si on achetait du matériel ukrainien ?

— On veut des subs depuis longtemps. Les Américains nous mettent des bâtons dans les roues, on contourne leur avis. L'économie ukrainienne est moribonde, mais le pays a encore plein de scientifiques et d'ingénieurs. Quand Chou les a contactés, les Ukrainiens voulaient d'abord nous vendre des chars de combat, au dixième du prix des tanks américains. Mais à quoi bon ? Pour défiler ? Les sous-marins sont beaucoup plus utiles. Chou était conseiller en stratégie du Président, toutes les portes lui étaient ouvertes. Personne n'osait s'opposer à ses décisions.

— Si tout ça marchait si bien, pourquoi on m'a envoyé pour le tuer ?

— Ai Li, dit Tête-de-fer d'un ton où l'impatience perçait, la politique, ça me dépasse. Rejoins-moi sur la place. Tu ne fais même plus confiance à ton instructeur ? Je suis le propriétaire d'un parc à crevettes où je coule des jours heureux. Je ne vais pas te refiler aux flics pour la prime.

— Il paraît que la commission habituelle pour les ventes d'armes, c'est 0,3 %. Le contrat pour les M1A2 américains, c'est trente milliards de dollars taïwanais, soit une com' de quatre-vingt-dix millions*. Mais si Chou Hsieh-ho avait conclu pour les sous-marins, combien on aurait payé aux Ukrainiens ?

— Je suis un vieux soldat, les chiffres et moi ça fait deux.

---

* Environ 2,6 millions d'euros.

— Ce que je veux dire, c'est que les chars américains, c'était le deal de Shen Kuan-chih. Et si Chou
achetait les plans des subs aux Ukrainiens, Shen
aurait vu la commission lui filer sous le nez.

— Tu m'as perdu. Je n'y comprends plus rien.

— Moi non plus, mon colonel. Il y a un truc que
je ne comprends pas depuis le début.

— Dis-moi.

— C'est Bébé qui m'a ordonné de tuer Chou. Au
début je croyais que ça venait de vous, mais vous
aviez déjà quitté le service. Ensuite, on a envoyé
quelqu'un pour m'éliminer. Et ce quelqu'un était le
Gros. Or le Gros n'aurait obéi à un tel ordre que s'il
venait directement de vous, mon colonel. Et il savait
où j'habitais, il connaissait les refuges à Budapest et
à Telč. Qu'est-ce que ça veut dire ?

Tout en parlant à voix basse dans le téléphone,
Alex n'avait cessé de parcourir les toits environnants
avec ses jumelles de vision nocturne. À cent vingt
mètres environ, une silhouette humaine se mouvait
lentement sur un toit. Tête-de-fer ?

— C'est à Bébé qu'il faut poser ces questions.
Elle bosse au ministère, elle obéit aux ordres. Ai Li,
ce n'était pas pour moi que tu travaillais, mais pour
la Patrie. Après mon départ à la retraite mon suc-
cesseur a évidemment récupéré mes pouvoirs, dont
celui de te commander.

Alex était occupé et ne pouvait répondre : il sortit de son sac un dauphin en plastique gonflable, le
remplit d'air à force de poumons et le recouvrit d'un
imperméable. Puis, en deux roulades, il redescendit
jusqu'au parapet du toit.

— Allô ? Allô ?....

— Présent, mon colonel. Petit problème de signal…

— Tu crois que c'est moi qui t'ai piégé ?

— Non, c'est juste que je ne pige pas. Les instructions que j'ai reçues pour Chou étaient hyper précises. Comment Bébé aurait-elle pu connaître autant de détails ? *Comment savait-elle à quelle table Shen et Chou s'assiéraient ?* Mon colonel, c'est qui, le supérieur de Bébé ?

— Un vice-ministre, un civil, je te l'ai déjà dit.

— Il est au courant de mon existence ?

— Ça ne figurait pas dans la passation de suite, mais tu étais dans les dossiers secrets auxquels il a accès. Nom de Dieu, Ai Li, je ne t'ai pas contacté une seule fois en cinq ans. Et au bout de cinq ans, alors que j'avais quitté l'armée depuis six mois, je t'aurais fait contacter un beau jour où je m'emmerdais pour que tu sortes de ton trou et ailles assassiner le conseiller en stratégie du Président ? Tu as perdu la boule ou quoi ?

Des bruits de pas. Profitant d'une averse soudaine, Alex enjamba le parapet et roula sur le toit de tôle d'une autre maison en contrebas. Le bruit restait léger, mais sans doute suffisant pour révéler sa position. Il glissa sur la pente jusqu'à la gouttière, repoussa les jumelles de nuit sur son front, leva son fusil, appuya sa joue droite contre la crosse. Pointa l'arme et sa lunette de visée sur le toit où il avait vu la silhouette. Trop de pluie pour repérer quoi que ce soit.

La source des bruits de pas s'arrêta sur une petite placette entourée sur trois côtés par des constructions basses, à côté d'un mât de drapeau. Un éclat

soudain de lumière : l'écran d'un smartphone. Ai
Li reconnut le superintendant Wu, debout sous
l'averse, sans parapluie. Qu'est-ce qu'il foutait là ?
L'eau ruisselait dans ses cheveux gris fer, sur son
visage éclairé par l'écran. Une cible idéale.

Sur la colline au Trésor, les seuls bruits étaient le
fracas de la pluie et la voix brouillée de Wu.

— Je ne t'avais pas dit de laisser tomber et de
consacrer un peu plus de temps à tes études ?...
Comment ? Quelle nouvelle ? Ils ont trouvé l'identité de qui ?... Ah ! Oui, celui qui est mort à Telč...

La pluie forçait encore. Alex rampa en avant de
deux pas. En face de lui, la silhouette sous la pluie
se redressa dans un brusque mouvement de surprise.

— Chang Nan-sheng, ex-officier de l'armée de
Terre... Qu'est-ce qu'a dit le ministère à la conférence de presse ?

Alex sentit son cœur battre la chamade. Le nom
lui était familier.

— Oui, le type du parc à crevettes est Huang
Hua-sheng, pas Chang Nan-sheng. Comment ?...
Parle plus fort, s'il te plaît... Chang était aussi
un élève de Huang ?... Un tireur d'élite ?... De la
promo d'Ai Li ?... Ah ! d'accord, la suivante... Tu
t'es encore risqué à pirater quelque chose...

Un autre mouvement, quelque part en face, un
peu sur la droite.

Il y en avait du monde autour de cette place.

— On en reparle plus tard, récupère toutes les
nouvelles que tu peux trouver en ligne.

Wu rangea son téléphone, fit un tour sur lui-
même pour se repérer. Nouvelle sonnerie : il baissa
la tête sur son appareil.

Merde ! Un point rouge fugace, là où ça avait bougé. Quelqu'un tenait le policier en joue ! Alex hurla, sans réfléchir :

— À terre, le flic ! Baissez-vous !

Simultanément, il leva son fusil, le braqua vers le tireur et pressa la détente, presque au jugé. Le projectile perça le rideau de pluie. Wu semblait l'avoir entendu, s'était baissé. La balle tirée par l'adversaire frappa le mât en ciment derrière le policier. Le point rouge disparut.

Wu avait entendu le cri d'Alex mais la douleur du coup reçu dans le dos limitait ses mouvements. Au lieu de se jeter à terre, il s'était mis à genoux. Il posa son téléphone, dégaina son pistolet, entendit le choc de la balle sur le poteau de ciment. Un bruit qu'il connaissait bien pour l'avoir récemment entendu au parc Meiti, quand Ai Li avait fait sauter le coin d'un banc de pierre. Tenant son arme à deux mains devant lui, il balaya rapidement du regard les toits environnants.

Les dernières nouvelles communiquées par son fils confirmaient ses soupçons : un groupe d'orphelins avait été formé pour constituer une armée secrète, dont le chef était jadis le Patriarche. Mais aujourd'hui le Patriarche était gâteux et d'autres individus en profitaient pour exploiter ces orphelins de la Forêt des plumes à des fins privées.

Alex était descendu du toit et se collait au mur le plus proche. Il avait glissé le téléphone à l'intérieur de son casque de moto et entendait Tête-de-fer :

— Ai Li, qui préfères-tu croire ? La police ou moi ? Si tu as encore des questions, retrouvons-nous, mais quelque part où il y a moins de flics.

Avant qu'il ne réponde, il entendit Wu crier :

— Police ! Jetez vos armes et rendez-vous !

En se déplaçant, Alex n'avait pas quitté du regard l'endroit où il avait aperçu le point rouge : une fenêtre au beau milieu de la façade d'un bâtiment en face de lui, sur la droite, à soixante-dix mètres environ. Il était clair que ce tireur-ci avait d'abord eu pour cible le superintendant Wu et pas lui, Alex. Et qu'il ne s'agissait pas de Tête-de-fer : jamais l'instructeur n'aurait choisi une position de tir où il pouvait être aussi facilement détecté.

Il avait donc deux tireurs en face de lui.

Alex observa la fenêtre dans son viseur. Oui… dans la pénombre il distinguait bien un canon muni d'un silencieux, qui pivotait lentement, comme s'il cherchait une cible.

Pourtant, même à genoux, Wu était parfaitement visible. Et pourquoi tripotait-il son téléphone ?....

Et Alex *vit* un écran de téléphone s'allumer derrière le fusil, *entendit* la sonnerie qui venait de la fenêtre. *Retint* son souffle pour viser. *Identifia* le tireur illuminé.

— C'est moi, Wu. Où êtes-vous ? disait la voix du policier.

Alex vit le canon du fusil s'immobiliser, pointé droit sur lui. Moins de cent mètres : aucun besoin de s'inquiéter de la vitesse du vent ou de la pluie. L'instinct et les réflexes nés d'années d'entraînement lui firent presser la détente alors même qu'il hurlait silencieusement : Bébé !

Bébé poussa un cri perçant, mais son fusil avait tonné avant qu'elle ne tombe. Le projectile vola dans la nuit et la pluie, frappa le sommet du casque d'Alex, le brisant en deux comme une noix de coco, envoyant le téléphone dans une flaque d'eau. Alex tomba en roulant, récupéra le téléphone d'une main et, se relevant, courut en zigzag jusqu'au centre de la petite place où il se cogna contre le superintendant Wu, toujours à genoux.

— Allongez-vous !

— Ai Li ? Vous avez tué Lo Fen-yin ?

Une balle pénétra la cuisse gauche d'Alex. Cette fois elle ne s'était pas arrêtée aux couches supérieures du muscle, comme en Italie : Alex sentit qu'elle avait frôlé le fémur. Il entoura le policier de ses bras et l'entraîna dans une nouvelle roulade, jusqu'à l'abri tout relatif d'une ruelle étroite.

Le petit écran de son téléphone s'illumina de nouveau.

— Pas mal, Ai Li. Tu t'es souvenu de mes leçons sur la pose d'appât, mais c'était un peu trop flagrant. Un dauphin ! Tu aurais dû acheter une poupée gonflable, ça serait mieux passé.

Bébé ! Alex fut pris de tremblements. L'appât de Tête-de-fer avait été Bébé.

— C'est Huang Hua-sheng ? demanda Wu.

Le policier écarta Alex et jaillit hors de la ruelle, lâchant une salve de coups de pistolet en direction des toits. Les projectiles frappaient les murs et les tôles. Le bruit du vent et de la pluie ne suffisait plus à couvrir les détonations du pistolet sans silencieux.

— Police ! Bureau des enquêtes criminelles ! Huang Hua-sheng, posez votre arme et rendez-vous !

Alex n'avait pu retenir le policier. Wu tentait de lui procurer l'occasion dont il avait besoin. Il releva

344

son M1, le braqua sur les toits de tôle qui crépitaient sous la pluie. Il se concentra sur son ouïe : si la pluie tombait sur un corps humain, elle ne ferait pas le même bruit.

Il aperçut un canon émerger de la pluie – pointé en direction de Wu. Un éclair – le projectile déchira le flanc gauche du policier qui s'étala de tout son long sur le pavé trempé, son pistolet lui échappant de la main et volant à quelques mètres de distance.

Tête-de-fer avait tiré d'abord sur le policier ! Alex comprit soudain son erreur. Wu était une bien plus grande menace – lui seul pouvait faire condamner Tête-de-fer à mort. Le témoignage d'Alex ne compterait pas : il avait été l'élève de Huang, il était un ennemi public, l'assassin d'un haut fonctionnaire. Alex comprit également que le vice-ministre n'avait pas menti : il n'avait jamais entendu parler de lui. Depuis le début, c'était Tête-de-fer qui avait donné ses ordres à Bébé, qui avait lancé l'ordre de tuer Chou Hsieh-ho.

Wu avait échoué. Il avait voulu jouer l'appât pour Ai Li, n'avait réussi qu'à se retrouver allongé sous la pluie, attendant le coup de grâce, aussi aisé à toucher qu'un canard en carton dans un stand de tir forain. Une autre balle le frappa à l'épaule gauche, le sang lui éclaboussa le visage et sa conscience partit en vrille. Alex avait tué Lo Fen-ying, Huang Hua-sheng voulait le tuer, Huang était le marionnettiste dans l'ombre qui actionnait Bébé, Huang n'avait pas de titre de propriété, son certificat de résidence ne mentionnait pas le parc à crevettes, il était toujours enregistré au 409 de la rue de la Paix du Nord, à la même adresse que Bébé. S'il existait réellement une unité secrète, elle consistait en Huang Hua-sheng et Lo Fen-ying.

L'eau accumulée au sol pénétrait ses narines, il ne pouvait plus bouger, il lui restait vingt-quatre heures avant de prendre sa retraite. Sa main cherscha son pistolet, mais elle ne trouva pas d'arme – ce qu'elle trouva, c'était un téléphone portable, son propre téléphone dont l'écran était allumé. Qui tentait de l'appeler à cette heure indue ? Il ne pouvait plus aider Ai Li. Il pouvait essayer. Wu hurla à s'en déchirer les cordes vocales :

— Huang Hua-sheng ! La police sait tout ! Vous vous êtes servi de vos relations au Département de l'information stratégique pour faire effacer les données, mais Shen Kuan-chih et vous êtes frères jurés. Shen est trafiquant d'armes et n'admettait pas que Chou Hsieh-ho empiète sur ses plates-bandes. Alors vous avez dit à Lo Fen-ying de transmettre à votre agent sous couverture en Europe l'ordre d'assassiner Chou. Mais vous n'étiez pas sûr des réactions d'Ai Li, et vous avez envoyé Chen Li-chih et Chang Nan-sheng l'éliminer. Tout vient de vous ! Déposez immédiatement votre arme et rendez-vous à la police !

Il n'obtint qu'un grand rire en réponse, suivi d'une balle qui toucha le pavé tout près de lui, soulevant un geyser de gouttes d'eau digne d'un feu d'artifice.

— Ai Li, n'écoute pas le flic. Je suis là pour t'expliquer tout ça. Nous ne formons qu'une seule famille, et ses membres doivent garder la foi et le sens du devoir ! Chou Hsieh-ho voulait acheter des plans de sous-marins aux Ukrainiens. Ai Li ! La Famille ne survit que grâce aux ventes d'armes, Shen Kuan-chih est notre exécutant principal. Il pouvait nous procurer les chars, les sous-marins, tout le matos ! Putain ! Chou se vantait de pouvoir envoyer nos pilotes se former sur des Mig ou des Sukhoï en Ukraine. Et parce qu'il s'était acoquiné aux Ukrainiens, il pensait pouvoir récupérer d'un coup toute la filière des contrats d'armement ! Le colonel Chiu écoutait Chou et était même allé là-bas pour essayer des missiles antichars. Un pauvre idiot de biffin qui n'avait jamais fait la guerre que sur le papier. En tuant Chou, tu as empêché le gouvernement de se planter en achetant des saloperies de sous-marins soviétiques. Shen avait conclu avec les Américains, il ne pouvait laisser Chou tout détruire. Un membre de la Famille ne pouvait en décider autrement, Ai Li, c'est comme ça ! Envoyer le Gros te tuer, c'était pour le bien de tous. Tu dois le comprendre et me pardonner !

Alex tira quelques coups de fusil vers la position de Tête-de-fer : il ne fallait pas lui laisser le temps de viser, sinon Wu y passait.

Mais Alex n'était venu qu'avec neuf cartouches, et il ne lui en restait qu'une seule maintenant. Tête-de-fer l'avait compris aussi, et rugit :

— J'ai reconnu le M1 de Pi Tsu-yin, Ai Li ! Il avait une dizaine de cartouches, je crois ? Il ne doit plus t'en rester beaucoup !

Ce fut Wu qui répliqua :

— Huang Hua-sheng, vous êtes le sixième fils adoptif du Patriarche, nous savons tout ! Jetez votre arme et venez affronter la Justice. Vous ne pouvez pas vous en tirer !

— Ah ? Vous croyez que ça vous suffira d'avoir rencontré le Patriarche ? Il vous a dit qu'il m'avait adopté ? Il peut en témoigner au tribunal ? Vous lui avez préparé sa perfusion et ses couches ? Superintendant, votre seul vrai témoin est un assassin. Je crains que sa parole ne vaille pas un clou.

Alex tira à la main la culasse de son fusil, retira la dernière cartouche de la chambre puis l'y replaça. Le bruit informerait Tête-de-fer qu'il n'était pas encore démuni. Et il devait détourner son attention, pour donner à Wu encore un peu de répit.

— Mon colonel ! J'ai oublié de vous dire, j'ai rendu visite au chef de Bébé, le vice-ministre aux pieds plats. Il m'a affirmé n'avoir jamais entendu parler de moi avant de lire mon nom dans les journaux. C'était vous, mon colonel, je savais déjà que c'était vous qui manipuliez Bébé depuis le début, qui avez voulu faire tuer Chou, qui avez envoyé le Gros à ma poursuite.

— Ai Li ! Nous ne sommes qu'une famille.

— Nous étions une famille.

— Tu te souviens du tatouage que je t'ai montré un jour ? *Chia.* Tu as le même à l'épaule gauche, c'est ton grand-père Pi Tsu-yin qui te l'a tracé quand tu avais quinze ans. Est-ce qu'il ne t'avait pas dit : « Ai Li, tu dois supporter la douleur, rappelle-toi que ce tatouage prouve que tu appartiens à la Famille » ?

— Et alors ?

— Toi et moi appartenons à une seule famille, hier, aujourd'hui, demain et pour l'éternité.

— Et envoyer le Gros me tuer, c'était de l'amour familial ?

— On aurait dû t'expliquer plus tôt tout ce que

ça impliquait, mais Tsu-yin a refusé, il n'était plus qu'un vieux poltron. Alors je t'ai recruté et t'ai envoyé en France quelques années pour que tu acquières l'expérience du combat. Tu m'appartiens, Ai Li !

— Personne ne m'a jamais rien dit sur ce tatouage.

— Ah, ton grand-père ! Un vrai robinet d'eau tiède, toujours en retard d'une guerre. Mais toi, Alex, je fondais de grands espoirs sur toi. Tu étais d'un autre niveau que Bébé ou le Gros !

Wu rassembla ses forces :

— Kuo Wei-chung était du côté de Shen Kuan-chih, Shen lui a probablement demandé de tuer Chiu, mais Kuo a dû refuser d'en arriver là. C'est vous, Huang, qui avez tué Kuo, n'est-ce pas ? Il était de la Famille, vous lui avez fixé rendez-vous dans cet hôtel de Keelung. Il avait préparé bien sagement un petit festin pour vous témoigner son respect. Et il est resté assis bien sagement pendant que vous lui tiriez dessus. Quel est votre rang dans la Famille ? Le Patriarche est au bout du rouleau, il vous a laissé carte blanche ?

Alex essuya l'eau qui lui coulait sur le front. Il cherchait toujours sa cible.

Hurlements de sirènes. Bruits de bottes dans les flaques d'eau. La voix de Crâne d'œuf dans un mégaphone.

Crâne d'œuf ? Ici ?

Wu avait bâti son histoire sur des fragments d'indices et des suppositions, pour ramener l'attention de Huang vers lui. Mais l'illumination s'était faite :

tout concordait ! Il n'y avait plus qu'à rester en vie, car s'il crevait personne ne croirait Ai Li et l'enquête sombrerait corps et biens.

Son fils avait-il alerté Crâne d'œuf ? Non, il ne savait pas qu'il était à la colline au Trésor.

Il remua la main droite : succès. Puis la main gauche : elle bougeait aussi. Ses doigts palpaient à l'aveugle devant lui, trouvèrent une crevasse entre deux pavés. Il tenta de se tirer en avant – impossible, il élargissait la blessure qu'il avait au ventre. Il n'était plus qu'un morceau de viande sur l'étal du boucher – une carcasse de porc attendant le couperet.

Floutch ! Une balle de plus, dans la jambe gauche. Wu hurla de douleur, se figea sur place.

Deux coups frappèrent le mur non loin d'Alex. Il ne bougea pas : s'il s'éloignait il perdrait Wu de vue. La police arrivait, Tête-de-fer devrait se décider à se montrer pour achever Wu. L'imprécision de ses derniers tirs prouvait qu'il tirait presque au jugé.

— Ai Li ! Passons un marché. On réglera nos comptes un autre jour. Les flics arrivent, ni toi ni moi n'avons intérêt à les croiser. Deux tigres qui s'affrontent n'ont nul besoin de chiens qui s'interposent !

Alex serra les dents.

Un tireur d'élite doit être doté d'une patience très supérieure à celle du commun des mortels. En Irak, Alex était resté immobile un jour et une nuit entiers sous un buisson, se retenant de pisser, de manger, voire de cligner des yeux. Vingt-quatre heures à attendre le meilleur moment pour frapper.

Il releva le canon du M1, le fusil maintenu dans l'étau d'acier de ses deux mains, comme le lui avait enseigné Tête-de-fer. La lunette contre son œil qui ne clignerait pas, comme le lui avait enseigné Tête-de-fer.

Les pas se rapprochaient. Les policiers avaient atteint le niveau de l'ancienne boutique de galettes farcies. Ils étaient nombreux et lourdement équipés. Le claquement des culasses rythmait le flic-flac des bottes sur le pavé trempé.

Alex ne bougeait pas. Si Tête-de-fer voulait le tuer, il devrait se montrer. S'il voulait achever Wu – ou vérifier qu'il était mort – il devrait se montrer. Et s'il voulait fuir il devrait aussi se montrer.

Une succession de coups de feu, Tête-de-fer bondit d'un toit, Alex visa la tête, Tête-de-fer visait la tête de Wu, Alex pressa la détente en premier. Le sillage blanc du projectile à travers la pluie prolongeait les pétales de fumée blanche échappés du canon.

La balle frappa Tête-de-fer à l'épaule. L'instructeur pivota sous le choc, son coup partit vers le ciel en fusée d'artifice. Il avait raté Wu.

Tête-de-fer n'osa pas parier sur le nombre de cartouches qu'il restait à Alex. Il plongea dans une maison vide, fracassant la fenêtre.

Wu tendit le bras péniblement, toucha son pistolet du bout du doigt. Il releva la tête dans un dernier effort, encouragé par les bruits de bottes tout proches désormais, vit le fusil d'Ai Li braqué sur une fenêtre brisée.

L'arrière de la maison était un mur mitoyen. Si Tête-de-fer s'enfuyait par la fenêtre de droite, il tomberait sur des policiers armés jusqu'aux dents. Celle de gauche donnait sur un cul-de-sac.

Wu se remémora la description du professeur Wang : « La famille, c'est un cochon sous un toit. »

En l'occurrence, un cochon bien garrotté.

Alex attendait patiemment, et commençait à se dire que la victoire était proche. Il avait entraperçu l'arme que tenait Tête-de-fer : un McMillan Tac-50 américain, avec bipied, celui des US Navy Seals et du caporal canadien Rob Furlong, qui avait abattu un Taliban à 2 430 mètres en 2002 : le record de distance pour un tireur d'élite à l'époque. L'instructeur ne leur avait-il pas répété en long et en large que l'important n'était pas de tirer à de telles portées, mais de toucher du premier coup ? Peut-être avait-il trop regardé *American Sniper* et éprouvé une pointe d'envie.

La distance maintenant était d'environ douze mètres, et face au Tac-50 de Tête-de-fer, Alex n'avait qu'un M1 Garand antédiluvien, certes amoureusement remis à neuf mais sans munitions, et une patience qui commençait malgré tout à s'éroder. Tête-de-fer aurait dû avoir toutes les cartes en main, et pourtant il s'était foutu tout seul comme un grand dans une nasse dont il ne pouvait plus s'échapper.

Alex observa Tête-de-fer tenter son ultime chance, passer le bout du canon du McMillan par la fenêtre, balayer de sa lunette de visée la petite place, s'arrêter sur lui. Alex posa son fusil au sol et braqua son regard sur les yeux de l'instructeur, où affleurait un léger sourire.

— Comment savais-tu, pour la commission ?

— J'ai trouvé ça sur Internet.

— Tu es trop intelligent, Ai Li. C'est pour ça que moi aussi j'ai évité de te parler de la Famille. Les enfants trop malins ont du mal à obéir.

Le sourire dans les yeux de Tête-de-fer disparut. Alex hurla :

— TIREZ !

Les deux coups de feu retentirent à peu près au même moment. Alex sentit une lame brûlante lui frôler la joue. Il ne bougea pas, vit la tête de l'instructeur basculer brutalement en arrière, vit le sang jaillir comme les fleurs pourpres de l'Immortelle céleste. Vit la fumée échappée du canon d'un Smith & Wesson semi-automatique réglementaire de la police de Taipei, lequel était retombé dans l'eau.

Alex leva le pouce.

— Dans le mille.

— Bonne chance pour la suite, Ai Li.

— Merci, superintendant. Tenez le coup, vous allez vous en tirer.

Et Alex disparut dans une ruelle sombre en traînant la jambe.

Wu desserra sa main crispée sur la crosse du pistolet, regarda le jeune homme s'éloigner. Ce fut à cet instant qu'il accepta définitivement, et au plus profond de lui, le besoin de prendre sa retraite : il en était arrivé à oublier son devoir de policier le plus élémentaire. Il n'éprouvait aucune honte – pas la moindre trace d'un quelconque remords – à laisser s'enfuir un assassin recherché.

Ce dernier coup de feu tiré suffisait à couronner superbement une vie entière de flic.

— Mon vieux ! Mon pote, tout va bien ?

Des agents en tenue d'intervention l'entouraient, Crâne d'œuf se précipitait sur lui, manquant l'écraser de son bouclier pare-balles.

Des lampes de poche, des projecteurs portables dissipèrent les ténèbres de la colline au Trésor. Quatre robocops armés de fusils d'assaut s'introduisirent dans la petite baraque : un par fenêtre. Une voix rendit compte :

— Un mort ! Blessure au front.

Ha ha ha. Wu émit un rire silencieux par sa blessure au ventre. Curieusement, personne ne l'entendit. D'autres pourraient dire ce qu'ils voudraient, c'était lui, Wu, qui avait résolu à lui tout seul cinq enquêtes de meurtres. Et ce, le dernier jour de sa carrière.

Crâne d'œuf aida les infirmiers à le déposer sur une civière et lui murmura à l'oreille.

— Et Ai Li ?

Wu préféra détourner la conversation.

— Crâne d'œuf... qu'est-ce que tu fais là ?

— Tu n'avais pas rendez-vous avec Lo Fen-ying à minuit ?

— C'est un truc que j'ai appris récemment, les tireurs d'élite arrivent toujours en avance, histoire de préparer le terrain.

— Putain, t'en as appris des choses ces derniers temps.

— C'est toi qui nous piratais ? Tu as fait poser des écoutes sur nos téléphones et chez moi ? Tu croyais que je voulais te voler toute ta gloire ? Je suis à la retraite demain...

— Hé, après tout tu as oublié de m'avertir que tu

avais "rencontré" Ai Li. Non, il m'a suffi de consulter tes mails. Bordel de merde, qu'est-ce que tu voulais ? Gagner tout ton karma à la dernière minute ?

— Mon boulot c'est d'enquêter, Ai Li était une piste à suivre.

— Et moi, mon boulot c'est d'arrêter les meurtriers. On n'a pas chopé Ai Li, qu'est-ce qu'on va raconter au chef ? Les médias vont remuer la merde, la Présidence va nous remonter les bretelles. Tu parles d'une putain d'enquête.

La civière s'éleva, et Wu avec. Au-dessus d'eux, un hélicoptère tournait. Crâne d'œuf hurlait dans le vacarme :

— Tu fais chier, mon pote. Tu te casses peinard mais moi pas ! Wu, tu sais bien que je…

Wu l'interrompit, épuisant ses dernières forces :

— Je sais, Crâne d'œuf, je sais que tu la veux ta promotion.

3

Les blessures à l'abdomen constituent la façon la plus douloureuse de mourir. Comme le cœur continue à fonctionner, il expulse votre sang hors de votre corps. Finalement, il n'a plus assez de sang à pomper, vous sombrez dans l'inconscience et l'étape suivante est la mort.

Si la blessure est large, ou a touché des organes importants – les poumons, le foie –, vous mourez un peu plus vite. Mais Huang Hua-sheng avait judicieusement placé son coup : dans le côté gauche, à travers le côlon et l'intestin grêle. La perte de sang était relativement lente. Dans ces cas-là, vous disposez d'environ une demi-heure avant la mort. Wu avait tenu environ vingt-cinq minutes. Devait-il s'estimer chanceux ?

Le Bureau annonça que toutes les enquêtes en cours étaient bouclées, leurs sept morts expliquées. Pas une seule fois le mot de « Famille » ne fut prononcé. Quel besoin ? Et surtout, qu'arriverait-il si l'on avouait que les acquisitions d'armement et le principal service de renseignement du pays étaient entre les mains d'une société secrète datant des

Tang ? D'autant que les rangs les plus élevés des forces armées comme de l'administration devaient toujours grouiller de « membres de la Famille ». Le Bureau des enquêtes criminelles, décidément, ne faisait pas le poids.

Confronté à des dizaines de caméras et des centaines de journalistes, le chef de bureau s'en tira plutôt bien, témoignant d'un art consommé du louvoiement et de l'hyperbole, pour un exposé somme toute plausible. Il omit de mentionner que Kuo Wei-chung obéissait à Shen Kuan-chih, ainsi que son refus de tuer Chiu Ching-chih. Il déclara que Huang Hua-sheng avait tué Kuo parce que celui-ci avait eu vent des malversations en cours et s'apprêtait à en rendre compte à ses supérieurs. Une fin digne pour un sous-officier d'élite, et un dénouement heureux à toute l'histoire. Kuo serait reconnu comme ayant péri en service commandé – faute de quoi Wu promettait de déclencher un scandale général dont personne ne sortirait la tête haute. Sa veuve pourrait faire son deuil et recevoir pension de réversion et argent de l'assurance, mais elle ne connaîtrait pas la vérité, devrait vivre avec son chagrin et élever seule ses enfants.

Il s'avéra que Lo Fen-ying avait été élevée par Huang Hua-sheng lui-même. Il était aisé de s'imaginer comment Tête-de-fer avait manipulé le Gros, Bébé, Chang Nan-sheng : à coups de « Famille » et de « Patrie », comme les orphelins de l'empereur Wu des Han. Ils avaient eu leur vérité et y croyaient à cent pour cent. Sans doute avaient-ils vécu plus heureux que nombre de gens qui n'avaient aucune vérité sur laquelle compter.

Wu songeait au Patriarche, qui s'éteignait peu à peu dans les baraquements délabrés de Hsin-chu, rêvant aux raviolis à la ciboulette conservés au congélateur. Il avait consacré sa vie à aider des orphelins. Pourrait-il jamais comprendre que l'un de ses enfants l'avait trahi et donnait des ordres en son nom ?

Et si Wu restait dans la police, en fin de compte ? Il y songea, et se dit qu'il en aurait peut-être décidé ainsi si les enquêtes n'avaient pas été bouclées. Mais en l'état actuel des choses, le chef de bureau n'avait aucunement l'intention de garder un subordonné désobéissant qui aimait jouer au plus fin. Le père de Crâne d'œuf avait raison : ne cours ni trop vite ni trop lentement ; fais ton boulot et si la chance te sourit, prends les promotions qui se présentent. Sinon, ce seront les autres qui seront promus, et alors ? Leurs retraites seront à peine supérieures à la tienne.

Wu resta allongé deux mois, put finalement se relever. Il avait sur le ventre une cicatrice grosse comme un dollar d'argent. Elle n'était pas aussi belle qu'un tatouage en écriture ossécaille, mais Wu la voyait plutôt comme une médaille de tireur d'élite émérite, reçue le jour même de son départ à la retraite.

Cramponné à son déambulateur, il se dirigea vers la cuisine. Son fils s'essayait au riz sauté – Wu avait reçu les instructions détaillées par téléphone, d'un numéro inconnu, et Fiston, curieux, s'était lancé.

— Papa, tu savais qu'un jour Dieu a demandé à Dante quel était son plat préféré ? Dante a dit les œufs de poule. Dieu a demandé : d'accord, mais comment tu les prépares ? Dante a dit : avec un peu de sel. C'est un marrant, l'ami qui t'a envoyé la recette.

Du sel sur les œufs, du sucre sur les petits pains.

— Si tu nous fais sauter les œufs avec le riz, tu seras un homme, mon fils, lui dit Wu en lui tapotant l'épaule.

Dans un moment, son père arriverait en tirant son caddie et s'apercevrait que la cuisine était déjà occupée. Comment réagirait-il ?

Peut-être Wu devrait-il enfin trouver le courage de lui parler, de lui expliquer qu'il n'était plus nécessaire de revenir jour après jour leur préparer à dîner : Fiston s'attaquait au riz sauté !

Ce serait bien mieux d'aller une fois par semaine déjeuner chez le grand-père que de l'avoir tous les jours sur le dos. Coincée entre un beau-père envahissant et un mari convalescent, sa femme commençait à craquer. Coincé entre son père et sa femme, Wu assumait mal le double rôle de vieux fils et de vieux mari.

Clopinant et zigzaguant, Wu sortit sur le balcon s'en griller une. Mais où étaient ses cigarettes ? Sa femme les lui avait-elle confisquées ? Combien de paquets avaient ainsi disparu corps et biens ? Une bonne centaine. Au moins cinquante. Voilà à quoi en était réduit un vieux fumeur, coincé entre ses clopes et sa famille : une épave pathétique et impuissante.

Il éprouvait une vive envie de boire un bon café chez Lili. Africain, brésilien, ce qu'elle avait en stock. De s'asseoir au soleil avec son vieux brigand de père, une petite heure. D'en profiter pour lui expliquer que la Famille n'était après tout pas qu'un ramassis de truands. Lui expliquer que même les grands frères des Triades devaient un beau jour passer la main. Et qu'il valait mieux pour cela ne pas attendre d'être en chaise roulante et divagant.

Les médecins étaient optimistes quant à son rétablissement. Ils estimaient qu'il pourrait attaquer son nouveau boulot dès le mois suivant. Un nouveau départ. Chaque jour était un nouveau départ. Le lendemain, Crâne d'œuf organisait un grand banquet pour fêter sa promotion – il l'avait enfin décrochée ! Wu ne lui souhaitait que du bien. Il n'y avait pas de mal à avoir un peu d'ambition. Il fallait simplement que son foie tienne le coup – un foie frais comme du sashimi était la clé du succès dans la bureaucratie.

Le téléphone sonna.

— Allô.

— Superintendant ! Vous avez l'air d'aller beaucoup mieux.

— Beaucoup mieux qu'il y a deux mois, en tout cas. Et vous ?

— Je me remets.

— Où êtes-vous ?

— Le pavillon sur la gauche dans le parc devant chez vous ? Ne le quittez pas des yeux.

— Je ne le quitte pas des yeux.

— Vous voyez le parterre de fleurs, juste devant ?

— Oui.

— Le printemps est là.

— Fascinant.

— Regardez la passerelle piétonne, sur la droite. Ne la quittez pas des yeux.

360

— Je vois. La dame au clébard ?

— Il vient de lâcher un étron, et elle feint de n'avoir rien vu.

— Je lui collerai une amende.

— Observez les transats, au centre du parc. Ne les quittez…

— … pas des yeux.

Wu vit Ai Li, debout devant les transats, le téléphone à l'oreille. Ai Li ôta sa casquette, enleva ses lunettes, s'inclina profondément.

— Je vous prie de regarder maintenant l'avion en train de décoller à Songshan, sur l'autre rive. Ne le quittez pas des yeux.

Wu contempla le jet pendant une minute, deux minutes, jusqu'à ce que sa femme l'appelle :

— À table ! Ton fils a piqué une crise et décidé d'investir la cuisine. Il a foutu du riz et de l'eau partout. Qu'est-ce que vous manigancez tous les deux dans mon dos ? Une nouvelle façon de me tourmenter ?

Enfin un vrai repas, après deux mois de perfusions suivies de bouillies insipides.

— Comment tu t'en es tiré, Fiston ?

— Pas trop mal. J'ai rajouté des crevettes.

Fier comme un paon, Fiston lui apporta un grand bol de riz sauté bien blanc, parsemé du rose des crevettes, du jaune des œufs et du vert des oignons de printemps.

Mais c'était son fils que Wu ne quittait plus des yeux.

Note du traducteur :
la transcription des termes chinois du roman

Ce roman se déroule en partie à Taïwan, avec des personnages taïwanais, donc de langue chinoise. La transcription des termes et des noms chinois qui y figurent peut cependant s'avérer délicate, car le système *pinyin*, habituellement utilisé pour les romans traduits du mandarin de Chine populaire, est loin d'être universellement répandu à Taïwan, et soulève des questions non seulement *politiques*, mais aussi *affectives* très vives. Et ce, même s'il a été officiellement adopté au niveau gouvernemental en 2009, après des années de débat. Ainsi, l'immense majorité des Taïwanais, quand ils transcrivent leur nom en lettres latines, évitent résolument le *pinyin*. Par exemple, l'auteur transcrit son nom Chang Kuo-li, alors qu'en *pinyin* il serait écrit Zhang Guoli. Par ailleurs, la plupart des subdivisions administratives restent libres de leur choix et n'ont pas adopté le *pinyin* ; d'innombrables systèmes coexistent encore.

Nous avons donc décidé de coller au plus près des usages *réellement en vigueur* à Taïwan, par respect pour l'auteur et les personnages, tout en harmonisant quand c'était possible. Ce qui nous a conduit à faire les choix suivants :

— pour les noms les plus courants ou les noms « historiques », nous respectons la graphie en vigueur depuis toujours, même si elle n'est pas forcément « correcte » : Taïwan, Taipei, Keelung, Tamsui, Koxinga... ou Sun Yat-sen ou Tchang Kaï-chek (noms cantonais) ;

— pour la majorité des transcriptions des noms de personnages du roman (et quelques mots chinois et noms de lieux, hors Taipei), nous avons adopté le système le plus couramment utilisé à Taïwan : le système dit Wade-Giles simplifié (sans apostrophes). Quoique assez ancien, ce système présente cependant l'avantage, sur le *pinyin*, de représenter un peu plus « naturellement » la prononciation réelle des mots. Exemple : Kuo Wei-chung pour le personnage 郭為忠, qui en *pinyin* s'écrirait Guo Weizhong. La liste des personnages page 7 donne toutefois les deux transcriptions ;

— pour les noms des rues et des districts de Taipei, où se déroule l'essentiel de l'action du roman sur Taïwan : Taipei est l'une des rares municipalités à avoir adopté, il y a quelques années, le système *pinyin* pour sa signalisation. Nous avons donc fait de même, pour permettre aux lecteurs de situer ces lieux sur un plan s'ils le désirent. Exemples : « rue Zhongxiao Est », « district de Jingshan ». Notons cependant que le nom de la ville elle-même, Taipei, n'a pas changé et s'écrit toujours Taipei, alors qu'il ne s'agit pas de *pinyin*.

DU MÊME AUTEUR

Aux Éditions Gallimard

Dans la collection Série Noire

LE SNIPER, LE PRÉSIDENT ET LA TRIADE, 2022.

LE SNIPER, SON WOK ET SON FUSIL, 2021, Folio Policier n° 969.

*Tous les papiers utilisés pour les ouvrages
des collections Folio sont certifiés
et proviennent de forêts gérées durablement.*

*Composition Nord Compo
Impression Maury Imprimeur
45330 Malesherbes
le 12 août 2022
Dépôt légal : août 2022
N° d'impression : 264843*

ISBN 978-2-07-296592-0 / Imprimé en France

401836

DISPONIBLE DANS LA SÉRIE NOIRE